마음이 따뜻한
# 경찰이
되고 싶다

세상이 밝고 따뜻하여 경찰관이 한 명도 없는 그날이 온다면 어떤 일을 하고 살아가야 할까 걱정하면서도 세상 모든 사람들의 마음이 온전히 따뜻한 그런 날이 왔으면 하는 간절한 마음입니다.

마음이 따뜻한
# 경찰이
되고 싶다

박화진

지식공감 도서출판

# 차 례

# 마음이 따뜻한 경찰이 되고 싶다

 가끔 '당신은 경찰관 같지 않다.'라는 칭찬 아닌 칭찬을 듣게 됩니다. 경찰관 같다는 말은 어떤 것일까? 일반인들에게 비친 경찰의 모습은 어떤 것이란 말인가? 경찰관에 대한 인식은 법을 집행하는 사람으로서 딱딱하거나 죄를 범하거나 범하지 않거나 법집행을 하는 사람에 대해 약간의 두려움을 표현한 말인 것 같습니다.

 직업이 사람의 성격뿐 아니라 외모까지 그 직업에 대한 이미지로 굳어지게 되는 것 같습니다. 저에게 경찰관 같지 않다는 말은 경찰이 어울리지 않는다는 말보다는 기존의 경찰관에 대한 인식과는 외모나 성향과 달리 친근감이 든다는 칭찬으로 생각합니다. 인간세상에서 일어나는 온갖 종류의 궂은 일은 다 지나가는 곳이 경찰관서라면 그곳을 직장으로 살아가는 이 땅의 많은 동료 경찰관들은 자신의 의지와 무관하게 무서운 사람, 딱딱한 사람으로 인식되고 있습니다. 그렇지만, 대다수의 경찰관들은 그런 일반적 인식에도 불구하고 우리가 쉽게 접할 수 없는 마음 따뜻한 일을 비일비재하게 하면서 지내고 있습니다.

지난 26년간 경찰공무원으로 지내면서 늘 마음이 따뜻한 세상이 되면 범죄와 무질서가 없을 것 같다는 생각을 자주 했습니다. 경찰살이를 통해 세상을 들여다본 경험을 글로 엮어보고 문득문득 떠오른 삶과 자연에 대한 단상들을 몇 글자로 압축하여 이곳저곳 놓아두었다가 모아 보았습니다. 수필과 詩라고 하기에 너무 거창한 것 같고 그저 그때그때 내뱉은 독백에 더 가깝다는 생각을 하게 됩니다. 짧은 기간 해외에서 근무하며 한국교민과 주재국의 숨은 속살도 경찰의 눈으로 들여다봤습니다. 이국땅일지라도 사람이 사는 곳은 어느 곳이나 차가움 보다는 따뜻한 온기가 더 많다는 경험도 같이 묶었습니다.

세상이 밝고 따뜻하여 경찰관이 한 명도 없는 그날이 온다면 어떤 일을 하고 살아가야 할까 걱정하면서도 세상 모든 사람들의 마음이 온전히 따뜻한 그런 날이 왔으면 하는 마음 간절합니다.

사랑하는 가족과 동료, 선후배, 상사와 함께 지낸 경찰살이를 되돌아 볼 수 있어 더 없이 행복하고 하나님에게 감사드립니다.

그리고 한결같이 인생의 멘토가 되어주는 재옥이 형에게도 감사하다고 전하고 싶습니다.

임진년 가을 광화문에서  박 화 진

# 마음이 따뜻한 경찰이 되고싶다

## 밤별

사위가 어두워도 두렵지 않다

제 몸 까맣게 태우고
실안개 하얗게 우산살처럼 펼쳐 보여
새벽 달 길동무한다

귀전을 맴도는 여름밤 풀벌레 소리
어둠 속에 푸른 별이 길을 밝힌다

01

첫 번째 세상 •

# 생각 나누기

# 명함단상

현대사회는 자기 PR시대라고 합니다. 그럼에도, 한국사회는 무분별하게 다른 사람 앞에 나서거나 자신을 과시하면 경망스러운 행동으로 비쳐집니다. 그러나 은둔적이고 엄숙주의적인 양반 및 선비문화가 뿌리 깊은 우리의 전통도 현대사회의 자기 PR이라는 거대한 트렌드를 비켜 갈 수는 없는 것 같습니다.

특히 국토가 좁고 자원이 부족한 나라에서 세계 시장을 겨냥한 한국의 비즈니스맨들의 피 말리는 경제 전쟁의 현장에서 자기가 속한 기업과 자기를 각인시키는 것은 필수적입니다.

이 과정에서 우리가 가장 많이 그리고 쉽게 사용하는 방법이 명함을 주는 것 입니다. 기업의 로고와 명칭, 자기의 직책과 이름, 연락처 등으로 구성된 것이 명함입니다. 최근에는 이곳에 자신의 사진을 새겨 넣어 더욱 상대방에게 기억 깊게 새기도록 노력하고 그 외에도 갖가지 색상을 넣어 시인성을 높이고 있습니다.

명함의 역사에 대해 정확한 문헌으로 알려진 것은 없으나 과거 중국인들은 아는 사람의 집을 방문했을 때 상대방이 부재중이면 이름을 적어두었다고 하고 종이를 발견한 것이 AD105년 정도라니 시기는 이

마음이 따뜻한 경찰이 되고싶다

후 정도일 것이고 다만 이것이 오늘날 명함과 같은 용도였는지는 확인 되지 않는 것 같습니다. 독일도 16세기경 이름을 적은 쪽지를 사용했다고 하며 프랑스는 루이 14세 때부터 명함을 사용했다고 알려지고 있습니다. 일본은 1850년 중반 에도막부의 관리가 방일한 미국사절단에게 자신의 지위와 이름을 적어 건네준 때로 거슬러 올라간다고 합니다. 우리나라 최초의 명함 사용자는 한국인 최초의 유학생 유길준의 명함이 현재 미국 메사츄세츠의 세일럼 시피바디 액세스 박물관에 보관되어 있다고 합니다.

현대인에게 일상화되어 있는 명함 주고받기는 디지털시대가 도래하면서 직접 명함을 주고받음이 없이 스마트폰으로 툭 치면 서로의 연락처는 물론 명함주기가 이루어지는 프로그램이 있다고 하니 시대가 빛의 속도로 발전하고 있습니다.

명함주기는 기본적인 에티켓을 지켜야 합니다. 바쁜 일상 속에서 잦은 명함 건네고 받는 과정에서 결례할 경우가 종종 생깁니다. 특히 명함은 '나는 이런 사람이다.' 하고 상대방에게 알려주는 것임에도 받기에 급급하고 받는 즉시 호주머니에 집어 넣어버려 대화 중 상대방의 직책이나 이름을 모르고 대화를 하다가 슬그머니 다시 명함을 꺼내 들여다보는 행위야말로 결례의 극치입니다. 그럼에도 모든 일을 빨리빨리 처리하려는 우리의 문화가 명함을 주고받는 곳에서도 명함 자체에 대한 인식보다는 본론으로 들어가는 얘기에 급급하여 상대방이 누군지 조차 정확히 알지 못하고 대화를 하게 됩니다.

그 외에도 명함집에 넣었다가 내주기, 상대를 기다리게 하고 명함을 줘서는 안 되며 같이 주고받기, 깨끗한 상태를 유지하기, 서서주고 받기, 짤막한 자기소개 후 건네기, 상대방이 읽을 수 있는 방향으로 주기, 손아래 사람이 먼저 주기, 하의주머니가 아닌 상의주머니에 받아넣기, 두 손으로 잡고 보기, 상대방의 명함으로 손장난하지 않기, 상대방에게 이름과 직책을 말하고 명함 건네기, 파티석상에서는 주지 않기 등 여러 가지가 있습니다. 전체적으로 상식적인 행동의 범위에서 명함을 주고받아야 하는 것 같습니다. 상대를 배려하는 행위를 말하는 것입니다.

그런데 자기를 PR하려는 명함이 때로는 독이 되어 자신에게 돌아오는 경우가 있습니다. 공직자들이 무심결에 건넨 명함 한 장이 부적절한 인물과의 접촉으로 여겨지고 이로 인해 자신이 속한 조직은 물론 자신의 명예에도 큰 손상을 입게 됩니다. 심지어 명함이 단서가 되어 비리에 연루되어 단죄를 받기도 합니다.

이런 이유로 규제와 단속을 일삼는 경찰공무원이 명함을 건네는 행위가 여간 조심스럽지 않습니다. 관련자가 명함을 소지했다는 이유 하나로 매도당하는 경우가 허다하기 때문입니다. 상대의 명함을 받고도 자신의 명함을 주지 않는 것은 분명 결례입니다. 그럼에도 이를 꺼리게 됨은 안타까운 현실입니다. 한때는 명함에 만난 사유, 일시 등을 기재할 수 있는 여백을 만들어 두었다가 명함을 건넬 때 기록해두자는 아이디어라고 받아들이기엔 무거운 현실도 있었습니다.

어쨌든 명함을 통해 자기를 알리고 상대를 아는 것은 현대인의 자연스런 생활의 일부분이 되었습니다. 나 역시 공직자로서 명함주기에 평소 상당히 신중을 기하는 편입니다. 그럼에도, 경찰서장이라는 관서장이 되고 나니 많은 지역민을 만나게 되고 그들로부터 경찰서장 명함을 달라는 요구를 받고 명함을 돌리게 됩니다. 그들은 경찰서장 명함 한 장을 꽤 의미 있게 받아들이는 것 같습니다. 어떤 이유에서인지는 정

마음이 따뜻한 경찰이 되고싶다

확히 잘 모르겠지만….

경찰서장으로 근무하면서 참으로 의미 있는 명함 한 장을 받고 그때의 잔영이 오래도록 남은 기억이 있습니다. 딱딱한 공무원의 명함이라는 인상을 불식시키기 위해 경찰서장으로 부임 후 캐릭터를 후면에 그려 넣고 경찰서의 슬로건을 삽입한 다소 코믹한 명함을 만들어 사용하고 있었습니다. 받는 사람들마다 미소를 머금게 하고 경찰의 부드러운 이미지를 심어주는 것 같아 나름대로 의기양양하며 명함을 내밀곤 했는데 그날의 명함은 제 뒤통수를 내리쳤습니다.

나에게 문제의 명함을 건넨 사람은 다름 아닌 국내 공영방송사의 사회부 여기자였습니다. 사건 현장을 누비는 기자였으니 아직은 초년생인 것 같았습니다. 그럼에도, 씩씩하고 활달한 말과 건네주는 명함에서 나는 그녀가 머지않은 장래에 저녁 메인뉴스 여성 앵커로 활약할 것이라고 확신이 섰습니다. 그녀가 건넨 명함은 방송사 로고, 직책, 이름, 연락처 등 여느 명함과 다름이 없었으나 분명히 다른 것이 하나 있었습니다. 명함을 받으면서 손끝에 느껴지는 촉감이 달랐던 것입니다. 바로 시각장애인을 위한 점자가 들어 있었습니다. 보통 명함은 자신을 알리기 위해 갖은 방법을 동원하여 만들게 됩니다. 사진, 색상, 슬로건, 직장로고 이 모든 것이 주는 사람 생각에서 만들어질 것입니다. 그런데 평생 처음 접해보는 점자가 가미된 명함, 아! 저는 순간 그녀와의 대화가 헛돌기 시작했습니다. 배려문화! 우리 사회에 당위로 떠오른 담론, 약자에 대한 배려, 소외된 자에 대한 배려 등등, 이런 담론이 현장에서 작은 실천으로 이루어지는 것을 목도했고 제가 자부심을 갖고 내민 명함이 순간 초라하기 짝이 없었습니다.

거창한 구호가 아닌 작은 것부터 실천해나가는 것이 시민정신의 발현이 아닌가 싶습니다.

자기 PR시대, 자기보다 한 번쯤은 남을 배려하는 실천하는 삶을 K모 여기자에게서 경험하며 그녀의 꿈이 널리 널리 펼쳐지길 소망해봤습니다. 명함 한 장도 의미 있게 만들어 잔잔한 감동을 준 K기자에게 감사하는 마음을 전하고 싶습니다.

● 2011. 봄 경찰서장실을 방문한 K방송사 여기자를 만나고….

마음이 따뜻한 경찰이 되고싶다

# 아무리 높이 올라가도

주말이면 도심 한가운데서 이뤄지는 대소규모 집회와 시위는 우리의 일상처럼 되었습니다. 자신들의 뜻을 관철하겠다는 집회와 시위는 민주주의 국가에서 보장된 당연한 권리이기에 법이 정한 테두리 안에서 이루어지는 집회시위는 보장되어야 합니다. 집회시위의 형태도 우리의 집회시위 역사만큼이나 다양한 형태로 이루어지고 있습니다. 언제부턴가 고공시위가 유행인 듯합니다. 국내 굴지의 제조업체에서 구조조정을 둘러싸고 꽤 오랫동안 분쟁을 하고 있습니다. 근로자 한사람이 타워크레인에 홀로 올라가 고공시위를 벌이고 있습니다. 이를 지원하는 사람들과 막으려는 사람들 사이에 갈등이 계속 이어져 오면서 고공시위가 어떤 것인지는 이제 누구나 다 알고 있습니다.

관내에서 대학생 한 명이 자신이 다니는 학교의 상징물에 올라가 고공시위를 벌였습니다. 학내문제이지만 사회적 이슈화를 시키려고 학내외에서 크고 작은 집회와 시위를 해도 크게 눈길을 끌지 못하자 좀 더 자극적인 방법을 택한 것입니다. 시위를 주도하는 몇몇 학생 지원으로 새벽녘 방호원들의 경비가 허술한 틈을 타 높이 10여 미터의 학교 상징철탑에 올라갔습니다. 경찰과 소방관이 출동하여 안전장구를 설치하고 학생이 내려올 것을 설득했지만 요지부동이었습니다. 학생의 부모가 연락을 받고 달려왔습니다.

자식이 국내 최고의 명문대 법학과에 다님에 자랑스러웠을 학생 부모는 현장을 보면서 걱정스러운 얼굴빛이 역력했습니다. 휴대전화로 학생을 설득하기 시작했습니다. 그러나 학생은 전혀 내려올 의사가 없음과 그런 결정도 자신이 마음대로 결정할 수 없다는 것을 말했습니다. 부모를 만났습니다. 학생의 안전이 최우선이라는 경찰의 입장을 설명하고 학생이 자진해서 내려와 안전하게 귀가하기를 바란다며 부모의 설득노력을 요구했습니다. 부모는 하늘 높이 솟은 상징물 철탑 위에 멀뚱멀뚱 앉아 플래카드를 흔드는 아들을 보면서 한숨을 크게 내쉬었습니다. 그들은 자랑스러웠던 자식의 엉뚱하고도 초라한 모습을 바라보며 가슴이 미어지는 듯 얼굴이 일그러졌습니다. 휴대전화 버튼 아들에게 연거푸 눌렀습니다. 일단 내려와서 대화로 해결하라고 애타게 말했습니다. 아들은 대답 대신 전화를 끊었습니다.

저녁이 되자 한낮의 따갑던 햇살은 간데없고 산바람을 타고온 차가운 공기가 상징탑을 휘감았습니다. 부모는 가져온 자신의 코트를 위에 올려달라고 요구했습니다. 자신들도 급히 오느라 제대로 차려입지 못했지만, 자식을 위해 기꺼이 벗어 내밀었습니다. 학생의 체온이 떨어졌습니다. 상징철탑 밑에서 응원을 하던 동료 학생들이 간간이 간식과 음료수를 두레박처럼 끈에 달아 올려주었습니다. 그들은 혹시나 경찰관이 강제로 끌어내릴까봐 경찰의 움직임에 예민하게 반응하며 소방구급장비의 반입조차 몸으로 막았습니다. 그렇게 꼬박 밤을 새우며 하루가 지났습니다.

상황은 별 변동이 없었습니다. 학교 측은 학생들의 수용할 수 없는 주장과 요구 사항에 대해 거절의 뜻과 자진해산을 종용했습니다. 부모도 차가운 밤 공기를 맞으며 자식이 올라간 상징탑 밑에서 발을 구르며 밤을 꼬박 새웠습니다. 학교 측 관계자나 경찰을 보면 강제적으로라도 내려오게 해달라고 매달렸습니다. 강제력을 동원하여 내려오게 하는 일은 동조학생 규모나 상징물의 구조 등을 고려해볼 때 굳이 할 수도 있으나 만에 하나 불상사로 이어질 경우를 고려하면 조금 더 인내하며 학생을 설득하는 것이 낫다며 시간을 두고 신중하게 하자는 뜻을 전했습니다.

50대 초반의 학생 부모들은 똑똑하고 공부 잘하여 좋은 대학에 진학하고 장래가 보장된 판검사의 길을 걸을 것이란 아들에 대한 기대가 한꺼번에 무너진 고공시위 현장에서 학생의 동료들에게 다가가 강하게 항의를 했습니다. '학생들이 대신 올라가라. 내 아들이 저렇게 되는 것을 나는 보고 있을 수 없다. 만약에 아들에게 문제가 생기면 책임을 져야 할 것이다.' 학생들은 학생 어머니의 강한 항의를 받으면 무책임하게 슬슬 자리를 피했습니다. 고공시위 40여 시간이 흘러 학생의 건강상태를 체크하고자 의사가 사다리차를 타고 올라갔습니다. 혈압과 체온이 비정상으로 더 이상 버틸 경우 위험할 수 있다는 의사의 진단과 병원으로 후송하기를 부모가 요구했지만 대기 중인 시위학생들은 거부하며 버텼습니다.

그러나 농성 50시간 만에 학생은 부모의 눈물 어린 호소와 자신의 신체상태가 좋지 않다는 것을 알고 자진하여 내려와 병원으로 후송되는 것으로 학생의 고공시위는 끝을 맺었습니다. 동조했던 학생들도 뿔뿔이 흩어졌습니다. 현장에는 부모와 경찰, 소방구급대원, 학교 측 관계자만 있었습니다. 학생은 부모와 함께 구급차에 실려 병원으로 후송

되었습니다. 학생의 고공시위 현장을 겪으며 학창시절 한때의 의협심이라고 아무리 양보를 해도 혹시나 다칠까 봐 태산같이 걱정하며 이틀 밤을 꼬박 새운 부모의 애타는 심정을 대신할 수 있을까? 아무런 문제 없이 앞날이 보장될 것 같은 자식의 삶이 무너지는 것 같아 얼마나 큰 충격을 받았을까? 이 세상 아무리 높고 위험한 곳에 올라가 자신이 옳다고 외치더라도 그것을 바라보며 걱정하는 부모의 애타는 마음보다 절실할까라고 생각해봤습니다.

먼 훗날 학생은 '부모는 늘 자식이 올라간 것보다 더 높은 곳 더 위험한 곳에서 자식의 안위를 위해 시위를 한다.'라는 진리를 자연스럽게 깨달을 것입니다. 저 역시 부모가 되고 나서야 부모의 심정을 알게 되었습니다. 50시간 동안 부모의 가슴을 졸이게 한 장래가 촉망되는 고공시위 학생이 빨리 건강을 회복하고 학업에 열중하여 훌륭하고 멋진 법조인이 되었으면 하는 소박한 기대를 해봅니다.

● 2011. 가을 고공시위 학생의 귀가를 바라보며…

마음이 따뜻한 경찰이 되고싶다

# '공간' 유감

사람은 일생 동안 공간 확보와 확장을 위해 살아가고 있습니다. 특히 인구가 폭발적으로 증가한 현대 사회에서는 상대적으로 공간이 좁아지자 이를 차지하기 위한 경쟁이 더욱 치열해진 듯합니다. 개인뿐 아니라 국가도 공간 확보를 위해 다양한 활동을 합니다. 제국주의, 식민지 개척, 전쟁은 공간 확보 및 확장 활동이라고 할 수 있습니다.

현대국가에서 모든 정치, 경제, 사회, 문화적 국제관계는 결국 공간을 위한 치열한 경쟁이 아닌가 하는 생각이 듭니다. 스포츠경기에서도 공간 확보는 중요하게 다루어집니다. 축구 선수인 박지성 선수는 프리미어리그에서 볼 점유율이 높지 않지만, 종횡무진 공간을 휘젓고 다녀 소속팀이 불리하게 밀리다가도 교체선수로 투입되면 상대의 전술이 흔들릴 정도여서 감독은 적기에 박지성 선수를 투입하여 전술의 변화를 확실히 모색할 수 있어 박지성 선수가 소속팀에서 중요한 역할을 한다고 합니다. 가히 공간 확보의 중요성을 알 수 있는 대목입니다. 한 사람이 차지하는 공간의 크기와 넓이 등 규모는 그 사람의 부와 권력, 영향력 등을 상징합니다. 기업에서도 여러 가지 편법으로 사업성 토지를 사들이는 것도 공간 확보 행위라고 볼 수 있습니다. 도시에 사는 많은 서민은 아파트 평수를 넓히는 것이 큰 목표이기도 합니다. 공무원 등 관료들은 높은 직급이 되면 사무공간이 더욱 넓어지게 됩니다. 자동차도 마찬가지입니다. 단지 이동수단이라면 그렇게 배기량에 집착하지 않을 것입니다. 배기량이 큰 승용차는 승차공간도 큽니다. 그렇다고 사람이 더 많이 탈 수 있게 설계되지는 않습니다. 4인승이면서 그 내부 공간은 다릅니다. 부와 권위의 상징인 듯합니다. 직장에서 상위직일수록 차지하는 공간도 넓습니다. 어쩌면 치열하게 승진한 데 대한 당연한 보상으로 받아들여집니다. 승진의 결과물이기에 더욱 경쟁의 동기부여가 되기도 합니다. 그러나 사무공간이 더 넓어졌다고 일의 양이 많은 것은 아닙니다. 물론 고위직 사무 공간 중에는 접견 등 응접 공간이나 단위부서의 회의공간도 겸하고 있는 경우가 많습니다만, 이것 역시 대안이 없는 것이 아닙니다. 특히 실용보다 명분을 중시하는 우리 문화적 속성이 직위에 따라 사무공간의 차이를 당연히 여기는 것일지도 모릅니다.

그러나 비싼 임대료 등을 감안하면 이러한 명분용의 사무공간에 대한 재정립이 필요하지 않을까 생각해봅니다. 공직사회의 공간도 예외는 아닙니다. 장차관은 집무실이 별도 있으며 중앙부처 단위의 국장급도 마찬가지입니다. 제복을 입는 군이나 경찰의 경우도 일정 계급이나 보직에 이르면 넓은 사무공간을 차지하게 됩니다. 자신은 물론 다른 사람들로부터도 출세했다는 생각을 불러일으킬 만큼 그 규모와 시설의 고급스러움을 맛보게 됩니다. 혹자는 이런 맛에 승진하고 출세하려는 것이 아닌가 하고 그 당위성을 내비칩니다.

나도 경찰 내에서 5% 안에 드는 상위직에 올랐습니다. 그래서 경찰서장이라는 직책을 맡게 되었습니다. 일선경찰의 단위 지휘자로서 경찰서장이라는 직책은 정부부처의 직급은 4급으로 분류되지만, 그 권한이나 중요성은 상당히 크다고 할 수 있습니다. 경찰서장실 역시 기관장을 상징하듯 일반인들이 보기에 여느 대기업의 CEO 사무 공간만큼이나 큽니다. 더불어 24시간 비상대기 근무체계를 반영하여 서장실내에는 전용화장실, 침실 및 휴게공간이 있습니다. 경찰에 입직한 사람이라면 이런 혜택이 주어지는 서장을 한번 해봤으면 할 것입니다. 사무공간이 물론 접견실과 간부회의 공간을 겸하고 있습니다만, 그 크기가 적잖습니다. 규모 면에서 서장실과 맞먹을 순 없지만 경찰서 과장급의 사무공간도 방실 형태의 독립공간으로 되어 있습니다. 일전에 감독자의 폐쇄문화를 없애고 직원과 함께한다는 취지로 과장실을 개방형으로 바꾼 적이 있지만, 지금은 대부분 다시 독립 방실 형태로 되돌아간 듯합니다. 일부 시민단체에서는 기관장들의 사무공간이 너무 크다고 비판하기까지 합니다. 물론 의사결정권자 위치의 사람에게 넓은 공간은 전적으로 권위를 위한 것만이 아닙니다. 독립된 공간에서 조용하게 전체 상황을 그리며 판단하고 결정하는 일을 위해 필요하다는 실용적인 이유도 있긴 합니다.

그래도 공간비용이 점점 늘어나는 추세를 감안하면 지금의 기관장 등 고위직의 공간 활용을 실용적으로 재고해볼 필요가 있지 않나 생각됩니다. 서울 시내 경찰서장으로 부임하고서 서장실의 넓은 공간에 대한 변화의 필요성을 실제 실천에 옮겨봤습니다. 기존의 공간에서 집무공간을 1/3 규모로 줄이고 1/3은 서장직소민원실 그 가운데 1/3은 중소회의 공간으로 누구나 사용할 수 있는 이름하여 '열린 뜨락'으로 만들었습니다. '열린 뜨락'은 아침 일일간부회의 장소는 물론 직원들의 크고 작은 회의 및 동아리 모임장소로 제공되었습니다. 처음에는 서장 집무실이 바로 옆이고 더구나 유리창으로 밖을 볼 수 있게 만든 구조로 인해 직원들이 사용하기 거북해하는 듯했지만, 이제는 서장의 집무 모습이 보이고 가까이 있어도 별 부담 없이 활발히 아주 유용하게 사용하는 듯합니다. 물론 이 공간은 외부인을 위한 접견실로도 사용됩니다. 기관장실의 밀폐된 구조의 폐해도 들게 되었습니다. 과거 좋지 못한 기억들을 떠올려보면 밀실에서 이루어진 많은 부적절한 일(청탁, 금품수수 등)들이 그 공간의 폐쇄성도 한몫한 것 아닌가 하는 생각이 듭니다.

 어찌 되었든 기관장 공간을 축소하고 개방한 것은 기득권을 버린 행위일 것입니다. 기득권을 버리고 실질을 추구한다는 일은 쉬운 일은 아닙니다. 같은 처지의 동료 기관장들로부터 조소를 받을 수도 있는 일이니까요. 그럼에도, 공간에 대한 집착을 버림으로써 더욱 실용적인 업무를 할 수 있다면 주저할 필요가 없을 것입니다. 더욱이 그것이 겉치레용이라면 더욱 필요한 일이라는 생각이 듭니다. 세상의 많은 부분들도 마찬가지인 듯합니다. 부동산을 가지고 축재를 한 사람들은 더욱 많은 부동산을 가지려고 합니다. 서민들도 작은 평수나마 내 아파트 내 공간이 있었으면 좋겠다고 생각하고 각고의 노력으로 작은 아파트를 마련했지만, 시간이 지나면 이런저런 이유로 더 큰 평수의 아파트를 희망하게 됩니다. 이동 수단으로 충분하다는 자동차도 시간이 지날수록 배기량이 크고 외형이 큰 자동차로 바꾸기를 희망하게 됩니다. 지구 크기는 한정되었지만 이렇듯 인간의 공간 확장 추구는 지속되고 있는 것이 현실입니다. 자연히 공간 확장을 위한 경쟁은 더욱 치열해질 수밖에 없는 것이지요. 경쟁이 치열할수록 반칙이 횡행할 수 있는 여지도 많아집니다. 그러나 태어나 처음 몸을 감싸는 강보 크기나 죽

마음이 따뜻한 경찰이 되고싶다

어 누울 자리는 불과 한 평 남짓 묘지나 관의 크기에 불가한데 그것마저 화장일 경우 차지하는 공간은 납골당에 들어갈 한 줌의 유골함 크기에 불과합니다. 치열하게 나와 내 가족 친지를 위한 공간 확장 노력이 허무하게 마감하는 것입니다. '虎死留皮 人死留名'이란 말처럼 사람이 죽어 공간을 남기는 것이 아니라 이름을 남긴다고 옛 성현들은 말했습니다.

한 번쯤 살아가면서 명분만을 위해 겉치레를 위한 물리적 공간 확장을 위해 지나치게 몰입한 적이 있는지 되돌아 볼 필요가 있다는 생각을 하게 됩니다. 그것보다는 진정으로 넓혀야 하는 것은 마음의 공간인 것 같습니다. 넓혀진 마음의 공간은 물리적 공간 확보 경쟁에 내몰린 많은 현대인들에게 함께 살아가는 지혜의 공간이 될 것입니다. 그래서 저는 오늘도 내가 차지하고 있고 또 차지하려는 공적, 사적 공간이 영속적인 나의 공간이라고 착각하지 않아야겠다고 성찰해봅니다.

● 2011.08. 경찰서장실을 개방형으로 축소 개조하고서….

# 바람개비 삶

팝콘처럼 피어오른 목련꽃이 가로등 불빛에 교교히 반사되며 그 우윳빛 보드라움이 손에 잡힐 듯 봄바람 부는 밤하늘에 벚꽃 잎마저 첫눈처럼 하늘 넓이 퍼져 나가며 무르익은 봄기운이 주변을 감돕니다.

이맘때면 늘 가족들과 교외로 나들이 한번 나가고 싶다는 생각이 맴돌지만 쉽게 되지 않습니다. 일을 핑계로, 피곤함을 핑계로 차일피일 미루다 늘 아름다운 때를 놓치게 됩니다. 이젠 아이들도 훌쩍 성장해 버려 함께 하고 싶은 시간들이 내가 주체가 되어 결정할 수 없을 정도가 되어 버렸으니 지나간 시간들에 대한 후회스러움을 자꾸 쌓아가며 살아가는 것 같아 아쉬운 마음을 넘어 초조함마저 밀려듭니다. 이 좋은 하늘과 바람, 꽃들이 내 주변에 손쉽게 오는 날들도 점점 줄어들고 있는데 말입니다.

관내에 경찰서장으로 부임 후 치안센터에 검사검사 들른 적이 있습니다. 파출소가 지구대로 통폐합되고부터 종전 파출소에 치안센터라고 개칭하고 주간에는 민원상담관이 상주하며 지역민과 직접 접촉하며 그들의 민원도 들어주고 방범 취약 지역도 진단하며 그야말로 현장에 주민과 함께하는 경찰활동을 합니다. 그리고 야간에는 관할지구대에

마음이 따뜻한 경찰이 되고싶다

서 연계 순찰을 하며 빈 치안센터의 역할을 보완하고 있습니다. 제가 들른 치안센터의 A 센터장은 직장 내에서 부지런하기로 소문난 분입니다. 치안센터는 경찰관 1인이 다역을 해내는 곳입니다. 그는 지역민을 위한 여러 가지 활동으로 정평이 나있습니다. 반상회 참석, 동전 모아불우이웃돕기 등 그야말로 잠시라도 가만히 있지 않은 분입니다. 지천명의 나이를 훨씬 넘기고도 열정적으로 자기 일에 최선을 다하는 선배 경찰의 업무자세에 경의를 표하고 싶습니다.

지역 현안을 자세히 설명 받고 적극적인 업무자세에 고마움을 표시하고 치안센터를 떠나면서 나는 치안센터 출입문 옆 작은 화단에 평소와 다른 장면을 목격했습니다. 부지런한 센터장의 모습을 읽을 수 있듯이 작은 화단에 무지개색으로 작은 바람개비 화단을 꾸며 놓은 것이었습니다. 좁은 골목길에 위치한 치안센터라는 딱딱한 공간 앞에 가지런히 서 있는 바람개비, 그리고 간간이 골목바람을 받아 돌아가는 바람개비의 모습이 그렇게 아름답게 느껴질 수 없었습니다. 자칫 치안센터장이라는 보직이 쉽게 보낼 수 있는 자리라고 스스로 안주하고 아니면 이제 몇 년 후면 곧 퇴직할 것이라고 생각하며 소극적으로 그럭저럭 시간만 보낼 수 있는 자리라고 생각할 수도 있지만, 그는 마치 영화 빠삐용의 주인공 빠삐용(스티브맥킨 분)처럼 고립된 섬에서 떠나지 않으려는 드가(더스틴호프만 분)와 대비되게 끊임없이 탈출을 위해 노력하는 주인공을 떠올리게 합니다.

눈길 한번 주지 않을 치안센터 옆 작은 화단에 바람개비를 마련하여 주민과 아이들에게 작은 볼거리를 제공한 A 센터장의 재기 어린 아이디어에 찬사를 보내고 싶습니다.

그리고 며칠 후 저는 그의 저작물을 도용(사전 허락을 얻었으니 엄밀하게는 도용은 아니고 원용이 맞을 것 같다)하여 경찰서 내 철쭉 동산에 바람개비를 몇 개를 설치했습니다. 파란색, 분홍색, 노란색 등 몇 가지 원색의 바람개비가 겨울을 갓 견뎌낸 황량한 철쭉 동산에 활기를 불어넣은 것 같습니다. 봄을 재촉하는 비바람이 며칠 사이에 불어오면서 바람개비가 돌기 시작했습니다. 저는 아침저녁으로 바람개비를 바라보면서 자연에 순응하는 이치를 가끔씩 생각하게 됩니다. 바람이 없는 날 바람개비는 절대 돌지 않았습니다. 그러나 바람이 지극히 적은 날에도 바람개비는 그 작은 몸짓을 했습니다. 바람개비는 비를 부르기 위해 선조들이 주술적으로 이용했다고 합니다. 그런데 이런 바람개비는 제 혼자서는 움직이지 않습니다.

나는 우리네 삶을 생각해봤습니다. 세상을 살아가면서 제 혼자서 할 수 있는 일이 과연 몇 가지일까 하고…. 그러나 바람개비는 작은 바람결에도 몸을 움직여 대답합니다. 바로 우리네 삶이 그런 것이 아닌가 생각합니다. 특히 무엇보다 동료 간 또는 시민의 협력이 필요한 경찰 업무는 더더욱 그렇고 생각합니다. 혼자서 살지 못하는 세상, 바로 서로 서로에게 몸짓을 보내고 도와가며 살아가야 하는 것이 인생이 아닐까? 그게 바로 바람개비와 같지 않을까?

봄이 오는 것을 시샘이라도 하듯 오늘도 제법 쌀쌀한 기운을 감싼 비가 내립니다. 경찰서 철쭉 동산에도 예외 없이 비바람을 맞고 바람개비가 돌아갑니다. 유리창에 휘날리는 봄비 넘어 무심히 돌아가는 바람개비를 바라보며 우리네 인생도 서로에게 말을 하지 않더라도 서로 도우며 설렁설렁 잘 돌아가는 삶이었으면 하고 생각해 봅니다.

● 2011. 봄 치안센터 앞 골목길 바람개비에 취해….
● 계간 '영남문학' 신인작가상(수필부문) 수상작

# '관악산 박수(博殳)무당'의 박수예찬

최근 우리 사회 어디든지 대립과 반목, 경쟁이 부쩍 심해진 것 같습니다. 희망이라는 파랑새는 잡히기는커녕 눈에 보이지도 않는 듯합니다. 온통 세상이 잿빛으로 덮인 것 같습니다. 청년실업, 물가고, 주택, 노사문제, FTA, 정치 등 우리 주변의 갖가지 이슈들이 신바람 나거나 속 시원하게 풀리는 일이 없는 것 같습니다.

치안을 직업으로 삼고 살아가는 사람으로서 이런 사회분위기에 편승하여 자칫 범죄가 기승을 더욱 부리지 않을까 걱정하게 됩니다. 치열한 경쟁사회에서 살아남으려니 남보다는 나를 먼저 생각하다보면 마찰이 불가피하고 그 과정에서 법을 일탈하는 행위가 수반될 수밖에 없을 것이기 때문입니다. 사람들은 세상이 팍팍해졌다고 모두들 네 탓이라고 하기 바쁩니다. 원인을 위정자들로 돌리기도 합니다. 소수의 가진 자를 비난합니다. 그 밑바닥에는 이념의 대립 문제도 안고 있는 듯합니다. SNS 선거운동 등 기존의 투표 행태를 탈피하는 형식으로 의사표출을 해보기도 합니다.

그러나 이런저런 원인을 진단하지만, 누구도 어떤 방식으로도 뚜렷하게 해결책을 내놓지 못하고 있는 것 같아 더욱 안타까울 뿐입니다. 조급증을 DNA로 가진 우리는 이런 사회현상에 더욱 초조해하며 시달리고 있습니다. 앞만 보고 살아온 지난 시절의 압축 성장 모드에 익숙한 나머지 '급할수록 돌아가라.'라는 옛 선조들의 말을 되새겨보면 해결책이 자명한 것을 그런 마음의 여유조차 없습니다.

사회 이쪽저쪽에서 나눔과 배려문화 운동이 움트고 있지만, 그동안 우리가 보여준 새마을 운동, 금 모으기 같은 몇몇 사회운동처럼 불타오르듯 잘 번지지는 않고 있습니다. 우리 선조들은 어려울 때일수록 서로 도우는 좋은 부조문화를 가지고 있습니다. 언제부턴가 내 위주의 세상으로 된 것 같습니다. 그렇다 보니 남을 칭찬하고 인정하며 앞세우는데 인색해졌습니다. 남을 칭찬하고 인정하는 방법은 여러 가지입니다. 말로써, 물질로써, 그리고 면전에서 하는 박수가 있습니다. 말(言)은 비용이 들지 않는다는 점에서는 장점입니다만 진정성이 없는 말의 성찬은 오히려 하지 않은 만 못합니다. 물질은 그 어떤 것보다도 현대 물질문명사회에서 좋은 것입니다. 하지만, 물질적 칭찬과 인정 역시 규모의 한계가 있음은 물론 사람의 마음까지 전적으로 감동을 불러일으키기는 석연치 않은 구석이 있습니다. 박수도 한 가지 방법입니다. 박수는 손바닥을 치며 상대방에게 호의를 보내는 행위입니다. 칭찬과 인정의 즉시성과 외표성에 있어서 박수만큼 간단하면서도 상대방에게 곧바로 호의를 보낼 수 있는 다른 방법은 없는 것 같습니다. 다수로부터 동시에 박수를 받는 행위를 싫어하는 사람은 없을 것입니다. 어떤 민속학자는 박수의 유래에 대해 박수는 상대방을 포옹하며 받아들이는 표시행위라고 합니다. 상대방에게 호의를 보내면서 포옹을 직접 할 수 없을 경우 손을 벌리고 손바닥을 치는 것이 박수라고 합니다. 물론 박수와 유사한 행동으로 손뼉이 있습니

마음이 따뜻한 경찰이 되고싶다

다. 손뼉 역시 손바닥을 치는 행위지만 이것은 상대방을 격려하고 인정하는 것이 아니고 자신의 생각이나 의도가 맞았을 때 긍정하고 자신이 기특하다는 뜻으로 치는 행위를 손뼉이라고 합니다. 유사한 행위이지만 그 의미가 다르다고 합니다.

박수가 많은 조직이나 사회가 좋은 사회라는 것을 박수의 유래에서 따져보니 답이 나옵니다. 팍팍한 세상살이에 남에게 돈 들이지 않고 할 수 있는 멋진 몸짓이 바로 박수인 것 같습니다. 박수를 많이 치고 살았으면 합니다. 대립과 반목을 줄이고 치열한 경쟁에서 낙오하더라고 박수로 상대방을 포옹하는 행위야말로 문명화된 사람들의 의식 있는 행동이 아닐까하는 생각이 듭니다.

얼마 전 우리 대통령이 미국의회에서 연설했습니다. 연설이 끝날 때까지 40여 회의 유례없는 박수가 이어졌다고 합니다. 그들이 진심으로 우리 대통령에 대해 포옹행위를 한 것인지 알 수 없습니다. 하지만, 외교적인 제스처라고 하더라도 6·25 전쟁의 폐허의 처참한 나라에서 세계 경제 대국의 반열에 오른 위대한 한국인의 대표에 대해 아낌없이 찬사의 포옹행위라고 선의로 받아들이고 싶었습니다.

우리 주변에 혹시 나보다 못한 자, 덜 가진 자, 그들의 어려운 처지를 되새기며 함께 살아가는 사회를 생각하면서 그들에게 두 팔을 크게 벌려 포옹하는 의미인 박수를 맘껏 쳐주었으면 합니다. 치안을 직업으로 가진 사람으로서 박수를 많이 칠수록 따뜻한 사회가 되어 범죄가 줄어들 것이라고 희망에 찬 생각을 합니다.

저는 자칭 '관악산 박수무당'이라는 별칭을 사용하고 있습니다. 무속인을 자처하는 것이 아니라 입직경로별, 계급별 켜켜이 혼재된 경찰조직에서 누구든 구분없이 잘한 사람은 잘한 대로 칭찬을, 못한 사람은 못했지만, 격려와 재기를 위해 열심히 박수를 많이 쳐주겠다는 의지로 그렇게 지어본 겁니다. 자! 다시 한 번 내 주변에 박수쳐줄 사람이 있는지 둘러봤으면 합니다. 그럼에도, 북쪽의 그 누구(?)처럼 괴상한 눈빛과 각도로 박수치는 행위는 경계해야 할 것 같습니다. 그 사람 박수의 목적, 진정성이 박수 본래의 의미와 다른 듯해서 말입니다.

● 박수무당이란 의미는 여장을 한 남자무당을 칭하는 것으로 알려졌으나 무속신앙을 연구하는 사람 중에는 무녀가 춤을 추거나 접신할 경우 옆에서 무속기구를 치거나 균형을 잡아주거나 주술을 해석하는 역할을 하는 남자 무속인이라고 주장을 하기도 합니다.

● 2011. 초겨울 시작한 박수치기는 부임지를 바꿔도 회의 전후에 하는 중요한 의식이 되었다.

# 2달러 행운나누기

세상에 돈 싫어하는 사람이 몇 명일까요? 賢者들은 돈이 반드시 행복을 보장하지 않는다는 말을 합니다. 돈은 살아가는 동안 수단이 될 수 있을지언정 진정한 삶의 목적일 수 없다고 일갈(一喝)하기도 합니다. 그러나 하루하루 벌어 살아가는 사람에겐 가슴으로 받아들이기 어려운 말입니다. 돈벼락 맞아 죽더라도 원도 없이 돈 한번 펑펑 써보고 죽고 싶다고 하는 사람들이 더 많을 것입니다. 우리 주변에 불행한 일들이 돈 때문에 일어나는 경우가 많습니다. 자살률 세계 1위라는 오명을 들여다보면 결국 돈이 원인이 경우가 많습니다. 강력범죄에 희생된 사람도 범인이 돈을 노린 것이 많습니다. 반대로 어렵게 모은 거액을 조건 없이 기부하여 우리 사회를 훈훈하게 하는 경우도 있습니다. 어쨌든 돈은 행복과 불행의 양면성을 가진 것입니다.

얼마 전 직장에서 일일회의 시작 전 느닷없이 CEO로부터 회의 참석자 전원이 미화 2달러짜리를 받게 되었습니다. 환한 미소를 지으며 한 장씩 건네주는 그의 얼굴 모습도 행복해 보였지만 이를 받는 참석자의 웃는 얼굴 모습은 더욱 좋았으며 저 역시 덩달아 공짜 심리가 발동했는지 기분 좋게 영문도 모른 채 받았습니다. 설마 어떤 회의 목적으로 주고 되돌려받을 상황은 아닐 것으로 확신했습니다. 환율을 가장 높게 평가하여 환전해도 한화 3,000원에 못 미치지만, 그날 아침 받은 돈 탓에 종일 기분이 좋았습니다. 인터넷을 뒤져 미화 2달러의 의미를 찾아보고서 그 돈이 행운을 불러오는 의미가 있다는 것을 알았습니다. 미국에서 1928년 발행되어 유통력은 떨어졌지만 1960년대 유명 여배우가 영화의 상대남자였던 배우로부터 선물로 받고 나서 왕비로 등극하게 되었다는 일화가 있는 돈이었습니다. 직장의 딱딱한 분위기가 일상화되어 있는 일일회의를 시작하며 행운의 의미를 가진 CEO의 미화 2달러 선물은 조직 분위기를 바꿀 수 있는 작지만 큰 이벤트였던 것 같습니다. 저 역시 회의를 마치고 부서회의에서 직원들에게 행운릴레이를 했습니다. 회의 참가자들에게 사다리타기를 통해 다시 미화 2달러를 전달했습니다. 그날 사다리 타기로 제가 받은 행운을 다시 전달받은 그 직원이 어떤 행운을 가지게 되었는지 모릅니다. 하지만, 저는 확실히 행운을 건지게 되었습니다. 남에게 제 행운을 전해줬기 때문입니다. 그런데 그 직원이 환전해서 로또로 바꿔 일확천금을 노린 일을 했을지 모른다는 생각과 거금에 당첨되면 내 배가 많이 아프게 되지 않을까 하는 생각이 잠시 들었습니다. 아직도 속물을 벗어나기엔 한참 부족한 것 같습니다. 하긴 십여 년을 수도한 수도승도 한판(?) 붙는 세상에 저 같은 凡人이 그런 생각 정도야 할 수 있는 것이겠지요.

● 2012. 봄 탈선 승려의 도박 반란사건을 바라보며….

# 20대에 50대,
# 50대에 20대처럼

시중에 '처음처럼'이라는 소주가 꽤 인기 있는 것 같습니다. 소주는 막걸리와 함께 서민들의 애잔한 삶이 녹아있는 대표적인 술입니다. 최근 몇 년 사이에는 소주의 이름과 함께 알코올 도수까지 다양한 제품들이 출시되고 있습니다. 어지간한 주당이 아니고서는 술맛을 구별하기가 쉽지 않게 되었습니다. 하지만, 아무리 좋은 이름과 몸에 적당한 도수의 소주라도 술을 잘 마시지 못하는 저에겐 술의 쓴맛은 별반 차이가 없습니다. '처음처럼'이란 소주는 이름이 주는 여러 가지 의미가 술의 인기를 좌우했는지 초심을 잃지 않으려는 마음가짐을 얘기하는 것 같아 술을 좋아하지 않은 저에게도 호감을 줍니다.

그럼에도, 처음 시작하는 기분과 마음가짐으로 끝까지 해내는 일은 쉬운 일이 아닙니다. 굽이굽이 굴곡이 많은 우리네 삶을 처음 마음먹은 대로 살아가는 일은 거의 불가능에 가깝다고 생각합니다. 그럴수록 처음에 먹은 마음들을 다져보는 것은 하고자 했던 목표를 매듭짓는데 효과적입니다. 특히 사회초년생들이 직장생활을 시작하거나 갓 결혼한 부부, 상급학교에 진학하는 사람 등등 출발선상에선 모든 사람은 장밋빛 인생을 그리게 됩니다. 처음의 마음이 어떤 것인지를 짐작하게 되는 대목입니다.

25년 전 경찰관으로 사회에 첫발을 내디뎠습니다. 대학 교육기간 동안 경찰간부로서의 소양과 전문적인 기술을 익혔습니다. 20대 중반의 나이에 경위 계급장(무궁화 한 개)은 어깨가 무거울 정도로 과중한 것이었습니다. 지금은 경위 계급장을 단 경찰관이 많아졌지만(그래도 신임순경으로 출발하여 경위가 되기까진 최소한 10여 년은 이상 걸리는 초급 간부계급임) 당시의 경위계급은 파출소장 직급으로서 그 희소성도 만만치 않았습니다. 일제 강점기에 경위이상 간부는 모자와 정복에 금테로 치장하여 '금테쟁이'라고 했습니다. 그런 잔습으로 어르신들로부터 '금테쟁이'라고 불렸습니다. 이마저 대도시가 아니면 잘 볼 수 없을 정도였으니 조직 내부에서조차 상당히 출세한 것처럼 대우받았습니다.

사법고시를 패스하고 검사로 임관되어 시골 검찰청에 배치되면 지역유지라는 사람들이 젊디젊은 청년검사에게 영감님이라고 호칭하던 시절에 파출소장 계급에 해당하는 경위계급의 권위도 그들의 눈에는 대단한 것으로 보였던 것 같습니다. 권위주의 시절이었으니 공직자의 위세는 지금의 봉사, 서비스 개념의 공직과는 완전히 달랐다고 해도 과언이 아닐 겁니다.

20대 중반에 그 무거운 계급의 직책을 맡게 되었습니다. 상대하는 지역민들은 대부분 50대였으며 같이 근무하는 동급자는 물론 최하위자조차도 연장자였습니다. 부모님 뻘되는 사람이 비일비재했습니다. 사관학교를 졸업하여 소위로 임관되었으나 나이 많은 부사관이 부하인 경우와 똑같다고나 할까요? 계급장을 부착하고 제복을 착용하는 경찰은 군조직과 유사하지만, 경찰업무는 군사작전과는 다르게 대민을 상대하는 업무이기에 사회적 경륜, 경험, 나이 등이 업무를 함에 있어 중요하게 작용하게 됩니다.

어쩔 수 없이 적응하기 위해 애 늙은이가 될 수밖에 없었던 것 같습니다. 공적인 업무뿐 아니라 사생활에서도 복장이나 용모, 사용하는 말투 등 20대의 청년으로서 행동보다 중년처럼 행동한 것 같습니다. 그래도 동기생보다 나이가 좀 들어 보인 외모 탓에 무안당하는 일은 없었던 것 같습니다. 어떤 동기생들은 파출소장으로 군무하면서 관내에 사건 현장에 사복을 착용하고 출동하였다가 대동한 부하 경찰관의 부하로 오인 받는 경우가 있었습니다.

인생의 그 어느 때보다 재기 발랄해야 할 청년 시절을 업무의 성격과 맡은 직책으로 인해 50대 중년 같은 생활을 한 것입니다. 따지고 보면 지금의 중견 경찰지휘자로 성장할 수 있었던 것은 20대의 나이에 50대를 흉내 내며 노련한 척한 저의 능력보다는 나이 어리고 경험 부족한 동생 또는 아들뻘 되는 상사를 살갑게 대하면서 말없이 도와주고 떠나가신 선배 경찰관이 있었기에 가능했던 것 같습니다. 그분들 중 일부는 아직 현직에 재직하고 계시는 분도 있습니다. 계급 고하를 막론하고 현장의 선배 경찰관들로부터 많은 사랑을 받았습니다. 감사할 따름입니다.

시간은 정지되어 있지 않았습니다. 하루하루 어설프게 50대 중년을 흉내 내며 시작한 경찰생활이 벌써 4반 세기가 흘렀습니다. 정말 50대가 되어 버린 거죠. 직장에서 늘 제일 나이 어린 간부였다가 나보다 나이가 많은 사람이 더 적게 되었습니다. 20대 때의 어설픔을 이제 나이까지 뒷받침해주니 완벽한 50대의 노련미를 가미한 공사 생활이 되어야 정상일 것입니다. 그런데 이게 웬일입니까? 가끔씩 나잇 값을 못하는 일들을 하게 되는 겁니다. 당연히 나이에 걸맞게 아랫 사람의 사소한 실수에 관용을 베푸는 어른스러움을 보여야 하는 것을 꺼리는가 하면 귀에 조금 거슬리는 쓴소리에 마음 상해하면서 며칠 보내게 됩니다. 나이 먹으면 더 쉽게 삐치고 삐치면 오래간다는 말이 좀 실감이 납니다. 가정에서도 아내의 한마디에 별거 아닌 걸과도하게 반응하고, 주변 사람들의 칭찬인지 덕담인지 아부인지 애매한 멘트에 마냥 좋아합니다. 아무튼, 사춘기를 갓 지난 소년처럼 정신적 혼미상태에 빠진 것 같습니다.

어느 날 아내가 불쑥 청바지를 사 와서 입으라고 했습니다. 20대부터 청바지 한번 못 입어보고 늘 정장 같은 옷을 입은 탓인지 젊은 세대들이 입는 진종류나 티셔츠가 잘 어울리지 않는다고 생각해왔기에 '웬 핫바지 사이로 방귀 새는 소리냐.'며 거절했습니다. '안 입는다.' '입어봐라.' 티격태격하다가 어느 날 '그래. 저걸 입으면 좀 젊어 보일까.'하는 의구심 반 기대감 반으로 한번 입어봤습니다. 오랫동안 굳은 고정관념이 몸을 지배했습니다. 여간 불편하게 느껴진 게 아니었습니다. 그런데 몸이 느끼는 불편함과 달리 거울을 힐끗 보니 뭐 그렇게 완전히 낯설지도 않았습니다. 그 이후 가끔씩 아내와 외출할 때 평생을 담쌓고 살았던 청바지를 슬쩍슬쩍 입었습니다. 아내는 애늙은이처럼 살아온 남편에게 죽기 전(?) 청바지 한번 입혀 보는 게 소원이었는데 소원 풀었다는 듯이 "잘 어울린다. 젊은 신랑과 사는 것 같다."며 과잉 립서비스(lip service)로 저의 청바지 착용 의지를 굳혔습니다.

그 일을 계기로 부쩍 20대로 되돌아갔으면 하는 바람이 많아졌습니다. 사회초년생 시절 직장에 적응하고 업무를 익히느라 소홀히 했던 지적 욕구도 끓어오르기 시작했습니다. 마치 죽기 전에 읽지 못한 책들을 다 읽어야 한다는 강박관념으로 책읽기에 빠졌습니다. 남들은 이십대에 읽고 가치관을 세웠던 책들을 뒤늦게 읽게 된 것도 있습니다. 돌아보니 읽어야 할 책들이 너무 많습니다. 그러면서 때로는 심한 회환에 빠지게 됩니다. 청년시절 그 많은 시간을 어디에 허비했는지(현재의 위치를 다른 사람의 기준으로 본다면 무의미하게 시간을 낭비하며 산 것은 아닌 것 같지만) 한 살이라도 젊었을 때 더 노력하며 자기발전을 위해 노력할 걸 등등 지나간 시간들이 아쉬워 때늦은 후회를 합니다. 40대를 마지막으로 보내는 이번 가을엔 학창시절 시험 치기 위해 달달외웠던 시들이 더 살갑게 다가오고 허접하게 끼적거렸던 것들이 시로 변신했습니다. 낯설고 멀리 있던 시어들도 실감나게 몸에 와 닿았습니다. 50대를 맞아 20대 같은 청춘의 아픔이 도진 것입니다.

그러나 곰곰이 생각해보면 이 병이 결코, 나쁘지 않다는 생각이 듭니다. 남은 인생을 허무하게 생각하거나 안절부절못하며 감당하지 못하는 중년의 사춘기 열병을 앓는 것보다 20대처럼 책도 읽고 시라는 이름으로 낙서도 해보고 청바지 차림으로 아내와 산책도 하는 것이 주책은 아닌 것 같습니다. 어떤 이는 50대에는 인생을 마감하고 정리하는 듯이 지낼지 모릅니다. 하지만, 20대에 50대처럼 50대에 20대처럼 지내더라도 처음과 뒤가 바뀐 것을 잘 조화시키면 인생 후반기를 젊고 활기차게 살아갈 수 있을 것 같아 괜찮다는 생각이 듭니다.

그렇다 하더라도 아내의 립서비스(lip service)에 현혹되어 쳐진 엉덩이와 튀어나온 뱃살을 힘겹게 쪼이는 스타일을 고집해서 괜히 죄 없는 청바지만 괴롭히는 것은 아닌지 모르겠습니다. 그냥 '처음처럼' 사는게 나은 게 아닌가 생각해 봅니다.

- 제때 제일하여 때를 놓쳐 허둥대지 않는 삶이 제일 멋진 삶일 것이다. 꿈을 가꾸며 초심을 잃지 않는 청년경찰이 많았으면 한다.

마음이 따뜻한 경찰이 되고싶다

# 결혼식장에서 생긴 일

봄, 가을이면 화창한 날 오후, 결혼식을 마치고 '우리 방금 결혼했어요.'를 광고하듯 꽃 장식을 하고 달리는 신혼여행 차량을 가끔씩 봅니다. 내 가족의 일이 아니라도 흐뭇한 미소를 지으며 그들의 앞날을 축복하게 됩니다.

한편으로 짧은 순간이나마 기억 저 멀리 가물거리는 자신의 결혼식의 추억과 지나온 결혼생활을 더듬으며 '참 좋을 때지.'라고 부러워하면서 '살아봐라, 좋은 일만 있는 줄 알지?'라고 중얼거리게 됩니다. 인생 선배로서 결혼생활이 생각보단 쉽지 않다는 조언 아닌 조언을 하게 되는 것이지요.

그래도 평생의 반려자를 맞이하여 새롭게 출발하는 사람들에겐 그 순간이 가장 행복하고 그 행복이 한없이 이어질 것으로 생각하는 것은 당연한 것일 겁니다. 당연히 행복하고 좋은 일만 펼쳐져야 할 것입니다. 결혼식 날의 행복감으로 평생 부부가 살아가면 얼마나 좋겠습니까? 그런데 현실은 그렇지 않은 경우가 많습니다. 특히 최근에 우리 주변에는 부부가 평생을 함께 살아간다는 일이 쉬운 일만 아닌 것으로 보입니다. 여러 가지 이유로 과거보다 많은 부부들이 이혼을 하고 있습니다. 우리나라는 OECD 국가 중에서 이혼율이 가장 높다고 합니다. 가정이라는 사회의 기초단위의 붕괴를 우려하는 소리가 높습니다만 뾰족한 대책은 보이지 않습니다. 과거 얼굴조차 보지 않은 상태에서 혼례를 치르고 평생을 백년해로하며 살아왔던 선조들이 지금의 세태를 어떻게 볼지 생각해보면 죄스럽기까지 합니다.

더욱 심각한 것은 결혼 적령기의 선남선녀들이 제때에 결혼하는 것에 대해 적극적이지 않거나 아예 결혼을 하지 않고 독신주의를 고집하는 사람도 드물지 않게 보게 됩니다. 경제적인 이유가 크다는 분석도 있습니다만 가정을 꾸린다는 것, 양가 부모를 모신다는 것, 자녀를 출산하고 교육시키는 것과 같이 결혼함으로써 해야 할 쉽지 않은 많은 의무들이 결혼을 꺼리게 되는 이유인 것 같기도 합니다. 어쨌든 세상에 태어나 성인이 되면 배우자를 만나 가정을 만들고 자녀를 출산하여 양육하고 양가 부모님을 공양하는 일은 인류가 만든 유구한 문화적 제도이기에 따르는 것이 순리이자 사람으로 살아가는 도리가 아닌가 생각됩니다.

저는 직장이나 주변의 젊은 남녀들에게 결혼적령기에 결혼을 할 것을 강권하는 편입니다. 경찰서장이 되고 보니 관서장이란 이유로 가끔 직원들의 주례를 부탁받게 됩니다. 그때마다 아직 주례를 볼 나이나 경륜이 적다는 이유로 사양을 했습니다. 물론 최근에는 친구들이 주례를 서거나 딱히 나이가 주례의 조건이 되지 않는 경우가 있습니다만 그래도 주례라고 하면 사회적 명사이거나 누가 보아도 나이 지긋하여 인생의 오랜 경륜이 묻어나는 분들이 맡아 왔기에 직책과 관계없이 주례를 선다는 일은 좀 쑥스런 일인 것 같아 거절했습니다. 물론 남편이 주례를 선다는 데 대해 나이 든 사람 같아서 싫다는 아내의 거부

반응도 한 못했지만, 곰곰이 생각해보면 주례로서 덕담을 해주기엔 저역시 여느 사람들처럼 결혼생활을 하면서 이런저런 시행착오를 겪어왔기에 순백처럼 무결점한 사람으로부터 주례사를 듣고 인생의 새로운 출발을 다짐하려는 부부에게 주례로 나선다는 것이 내키지 않는 제일 큰 이유이기도 했습니다.

임지마다 주례를 부탁하는 직원들이 몇 번에 걸쳐 있었지만 사양하던 차에 지난 늦봄 마침 저의 직장 내 커플이 꼭 '서장님께서 꼭 주례를 서 달라.'고 부탁하면서 거절하면 농성이라도 할 태세로 사무실에서 버티고 있기에 얼떨결에 승낙했습니다. 그리고 나의 이런 무모한 결정을 아내에게 사후 통보 했습니다. 괜한 주책을 부린다고 타박을 들을 것으로 예상했던 것과 달리 아내는 좋은 경험이 될 것이라며 첫 데뷔작이니까 잘해보라고 했습니다.

어떻게 할 것인가 전전긍긍하며 저의 결혼식을 떠올려 봤습니다. 경찰관 교육을 받을 때 존경하는 은사이자 퇴직하신 선배 경찰관이신 J 경무관께서 하셨는데 역산해보니 지금의 저의 나이와 비슷한 연령대 이셨기에 '아! 나도 나이로는 주례를 서지 못할 나이는 아니구나.'라는 생각에 다소 부담을 덜었지만, 주례사를 무엇으로 할 것인지 여간 고민스럽지 않았습니다. 궁하면 통한다고 했는지 좀 더 쉽고 기억에 오래 남는 말들을 신랑신부에게 해주고 본인들이 너무 잘 아는 내용들을 생각했습니다.

물론 두 부부가 사내커플이기에 그리고 저와 같은 직장에 근무하기에 쉽게 아는 내용이었습니다. 평소 경찰서장으로 부임하여 경찰서 직원들에게 친절(KIND), 공정(FAIR), 청렴(CLEAN) 약칭 'K.F.C'운동을 전개시킨 바 있습니다. 시중의 통닭집 상호를 연상시켜 쉽게 떠오르면서 내용적으로도 경찰이 법집행함에 있어 친절하고 공정하게 그리고 청렴하게 한다면 국민의 사랑을 받을 수 있다고 보고 일과 시작 전 구호를 제창케 하거나 표창 부상으로 K.F.C 상품권(캔터키프라이드치킨 교환권) 제공하여 자녀들과 부모님이 직장에서 받은 표창을 받은데 대해 공감을 하게 하는가 하면 명함에 새겨 넣어 홍보용으로 활용하였습니다. 주변으로부터 'K.F.C서장'이라는 별명도 얻게 되어 효과를 좀 본 듯합니다. 그래서 주례사에서 부부의 슬기로운 결혼생활의 비법을 바로 부부간 친절(KIND)과 양가 부모, 형제, 자매들에게 공평하게 공양하고 우애를 나눌 것(FAIR)과 혼인의 정신적, 육체적 정결(CLEAN) 즉 부부간 'K.F.C' 운동을 하도록 주례사를 정했습니다. 정하고 보니 성현들의 거창한 결혼생활에 대한 어떤 명 주례사보다 쉽고 필요한 것들이고 특히 간략하다는 점(사실 긴 주례사는 신랑신부와 하객들에겐 고통일 수 있다)에서 내심 데뷔작치고는 괜찮은 것 같다고 자평했습니다.

신랑신부의 떨림만큼이나 떨리는 심정으로 예식을 주관하고 주례사는 'K.F.C'로 하여 얼떨결에 주례 데뷔를 끝냈습니다. 그리고 몇 달 후 초보주례의 어설픈 주례사에도 불구하고 신랑신부가 첫아이를 가졌다는 기쁜 소식을 접하게 되었습니다. 이들의 2세 소식은 주례로서 또 다른 뿌듯함을 갖게 했습니다. 하지만, 그날의 주례석상에서 선 제 모습의 어색함은 오랫동안 제 기억 속을 떠나지 않았습니다. 그리고 다시는 주례를 하지 않겠다고 다짐했습니다.

그러나 사람은 결심은 함부로 하는 일이 아닌가 봅니다. 처음이자 마지막이라고 생각했던 주례는 몇 달이 지나지 않아 첫 주례의 신랑과 똑같은 부서에 근무하는 동료가 저를 찾아왔습니다. 역시 주례를 부탁하는 것입니다. 출산의 고통을 겪은 산모가 다시는 아이를 낳지 않겠다고 다짐하다가 언제이냐 싶게 또 임신하는 것처럼 저 역시 첫 주례의 어색함을 잊은 채 선뜻 허락하고 말았습니다. 누구는 주례를 서주고 누구는 거절하는 기준 없는 행위를 논리적으로 답변할 수 없었기에 부득불 승낙을 했습니다. 그리고 이번에는 좀 덜 떨리고 덜 어색하겠지 하는 생각도 들었습니다. 좀 더 잘하겠다는 마음으로 아내를 상대로 예행연습까지 시도했습니다. 물론 내용은 첫 번째 주례사와 동일한 내용이었지만 아내에게 비밀로 한 채 몇 마디 통상적인 주례 형태의 말과 톤으로 리허설을 했습니다. 그리고 리허설을 지켜보던 아내에게 결혼식장에 동행할 것을 제안해 봤습니다. 평소 남편 직장에 얼굴을 내밀기를 부담스러워 하는 아내가 당연히 거절할 것으로 생각하여 지나가는 제의로 끝날 줄 알았지만 "한 번 가볼까? 물가에 내다 놓은 어린 아이처럼 내가 떨릴 텐데 당신 주례사 어떻게 하는 지 한번 보고 싶네!" 하는 것입니다. 아! 저는 괜한 제의를 했다는 생각을 하다가도 이왕 엎질러진 물, 할 수 없다 싶어 동행키로 했습니다.

아내가 학예발표에 내보낸 자식의 발표장면을 보듯 떨리는 가슴을 안고 결혼식장 한 귀퉁이에서 주례사 하는 제 모습을 지켜보는 가운데 저는 식순에 따라 주례사를 시작했습니다. "부부간에는 친절함이 처음처럼 평생 변하지 말아야 하며 양가부모에게 공평하게 효도하고 우애를 나눌 것이며 혼인의 정신적 육체적 정결을 절대 유지하여야…" 예의 K.F.C를 신랑신부에게 복창까지 시키며 주례사를 마무리했습니다. 아내는 주례사를 마친 저를 향해 엄지손가락을 치켜세우며 잘했다는 사인을 보냈습니다. 그리고 단상을 내려오는 저를 반기며 길지 않고 필요한 내용만 잘했다고 칭찬을 곁들였습니다.

마음속으로는 저의 실수를 걱정하며 많이 가슴 졸였을 겁니다. 저는 주례사 내내 신랑신부보단 귀퉁이에 앉아 모니터링 하는 아내가 '아이고, 당신은 그렇게 했수?' 혹시 책망하고 있는 것은 아닌가 생각하며 아내보다 더 가슴 졸이며 주례사를 했습니다. 결국, 몇 달 전 주례 데뷔 때와 마찬가지로 두 번째 주례에서도 똑같이 많이 떨게 되었습니다. 이번에는 이유는 다르지만, 아내와 부부 동반으로 떨게 되었지요. 하지만, 선생님이 꼭 공부를 일등하지 않고도 학생을 잘 가르치듯 그리고 가르치면서 배우듯 저도 주례사를 하면서 그동안의 결혼생활에서 초심을 잃은 것은 없는지 되짚어 보게 되었습니다.

또한, 제가 한 주례사를 이제 25년의 결혼생활로 후반기를 맞이하는 중년의 저희 부부를 위한 주례사로 삼아 결혼생활이라는 작품을 완성해야겠다고 생각했습니다. 그리고 그 작품완성을 위해 더욱 서로의 의지를 확인하고 잘 실천하기 위한 기술(Skill)을 발휘해야겠다고 다짐해 봅니다. 왜냐하면, 행복한 결혼생활은 부부가 행복하게 살아야겠다는 의지(Will)와 그 의지를 실천하는 기술(Skill)로 행하는 예술행위(Art)이기 때문입니다.

● 2011. 봄 첫 주례를 시작으로 그해 세 쌍의 부부를 탄생시켰다.

마음이 따뜻한 경찰이 되고싶다

# 마데카솔

70년대를 어린 시절로 보낸 4~50대들은 요즈음 아이들이 컴퓨터 게임놀이 등으로 혼자 방안에서 놀던 것과 달리 동네 또래들과 바깥에서 어울려 하는 놀이문화 속에서 자랐습니다. 동네 대항축구, 기마전, 돌치기 등 지금 아이들에게 놀이방법을 설명하기도 곤란한 집단놀이가 많았습니다. 좁은 골목길 안에서 가죽이 다 해진 축구공 하나를 두고 저녁밥 먹으라고 부르는 형, 누나의 목소리가 동네 곳곳에서 퍼지는 해질 무렵까지 땀을 뻘뻘 흘리며 뛰어놀기를 했습니다. 먹을거리와 놀거리가 풍족하지 못한 시대적 환경도 한몫했을 터입니다.

이런 놀이를 통해 자연스럽게 어울려 지내는 문화에 익숙해지고 또래집단의 응집력도 생겼던 것 같습니다. 우리나라가 자원이 부족하고 국토가 좁은 경제적 열악한 환경 속에서도 세계 10대 경제대국에 들어가거나 스포츠 강국의 면모도 따지고 보면 지난 시절 골목 문화도 한몫한 것이 아닌가 생각이 듭니다.

이렇게 부대끼며 놀던 과정에서 다치고 상처를 입는 일이 많았지만, 병원치료가 일상화되지 않은 탓으로 어지간한 상처는 민간요법으로 해결했습니다. 검증되지 않았지만, 상처에 된장을 바르거나 간장을 바르게 하고 좀 괜찮은 형편의 사람들은 소위 '아까징끼'라고 불리는 빨간 액체 약(나는 이 약의 정식명칭을 아직도 잘 모른다)을 바르는 것입니다. 1단계 조치인 소독약인 알코올은 좀 더 시간이 흐른 뒤에야 일상화되었습니다. 2차 감염이 될 법도 한데 우리는 열악한 환경에 대한 적응력이 요즈음 아이들보다 강한 탓인지 상처 치료과정에서 2차 감염을 입어 치명적인 결과를 받은 경우를 주위에서 보지 못했습니다.

알코올 소독, 빨간약으로 이어지는 외상치료 방법이 한동안 일상화되었다가 몇 해 전부터 국내 의약품회사에 소독과 상처치료를 한 번에 하고 더욱이 흉터까지 생기지 않게 한다는 획기적인 연고제품이 출시되었습니다. 알코올로 상처를 소독할 때의 따가움을 없애주고 흉터까지 생기지 않게 한다니 히트 상품이 되었고 이후 외상에는 이 연고제품을 바르는 것이 당연시되었습니다. 내가 아는 대표적인 상품은 제약회사 이름은 잘 모르겠으나 약품 명칭은 마데카솔이란 제품이 있습니다. 이 제품명은 상처에 바르는 약으로는 대명사가 되었습니다. 큰 상처가 아닌 유년기 아이들의 조그마한 외상은 이 연고제품으로 해결될 정도이고 보면 그동안 우리의 치료 불편이 한꺼번에 사라진 것이니 세월이 좋다는 말을 쉽게 하게 됩니다.

그런데 이 약에 대해 어느 날 주말 저녁 시간에 아내가 나와 TV시청을 하다가 뜬금없이 "나는 마데카솔이 많이 필요한 사람이에요."라는 것입니다. 나는 "어디 다쳤어?"라고 무심코 물었습니다. "다친 곳이 많아요."라며 다소 울먹이듯 대답합니다. 나는 곁눈질을 슬쩍하며, "뭐 멀쩡한데 왜 그래." 하고 큰 의미 없이 되받았지만, 혹시 평소 부엌일을 하며 가끔 부엌칼에 상처를 입거나 더운 것을 들다가 상처를 입은 것을 말하는가 싶어 "조심하지, 오늘 부엌에서 뭘 또 잘못한 거야!" 하며 걱정스러움과 부주의에 대한 힐난조의 말을 했습니다.

　아내는 TV속 남자주인공이 여자주인공에게 부부싸움 과정에 심한 말을 하자 여자가 흐느끼며 '당신에게 얼마나 상처를 많이 받았는지 말할까요?' 하며 살아온 과정에 대해 불만을 터트리는 장면을 보면서 결혼하고 20여 년을 살아오면서 나 때문에 마음에 상처받은 것들이 떠오른다고 합니다. 그래서 마음의 상처치료를 위해 마데카솔이 필요하다고 말했다는 것입니다.

　나는 지난 시간들을 잠시 뒤돌아보았습니다. 나이가 들면서 철없던 시절 가장의 역할이 무엇인지 가족에 대한 배려, 특히 아내에 대한 배려가 어떤 것인지 모른 채 고집스럽게 때로는 모질게 툭툭 내뱉은 말들을 생각해보게 되었습니다. 내가 당연한 말이라고 생각했으나 아내는 마음의 상처를 받고 받아들였던 것들이 많았으리라는 생각에까지 이르게 되었습니다. 가족뿐 아니라 직장생활, 사회생활을 하면서 무심결에 뱉은 말들이 상대방에게 마음의 큰 상처를 남겨준 것이 없는가 생각해보면 무척 많았을 것 같습니다. 왜냐하면, 나 역시 상대방이 무심결에 던진 말로 인해 마음의 상처를 받고 고민하며 갖가지 억측을 한 적이 많았기 때문입니다.

　나이를 먹는다는 것, 추억을 더듬는 것과 자신의 지난날의 잘못을 조금씩 알아가는 것이라고 생각되어집니다. 남은 날 동안 그동안 아내와 내 주변 사람들에게 입힌 마음의 상처 치료를 위해 질 좋고 향기로운 마음의 마데카솔을 많이 비치해 두고 이곳저곳 치료해주며 베풀며 살아가고 싶습니다.

● 내가 모신 상사 중에는 남에게 마음의 상처를 주지 않기 위해 "도끼는 잊어도 나무는 잊지 않는다."라는 아프리카 속담을 꼭 경구로 삼는다고 한다.

마음이 따뜻한 경찰이 되고싶다

# 백 년 만에 한번 나올까 말까 한…

현대사회는 자기 PR시대란 말이 상식이라는 말을 앞에서 했습니다. 어떻게 자기를 알릴까에 대해 정말 다양한 아이디어들이 속출됩니다. 특히 선량으로 뽑히기를 희망하는 사람들은 선거운동 기간 중 대중의 시선을 끌기 위해 의상은 물론 로고송, 춤 등을 선보이며 온갖 노력을 합니다. 한 사람이라도 더 자기를 알아주기를 바라는 처절한 몸짓이라고 할 수 있지요.

비주얼과 속도가 지배하는 초 디지털시대에 타인의 시선과 관심을 오랫동안 잡아둔다는 일은 여간 어려운 일이 아닙니다. 그러다 보니 자기 알리기는 더욱 자극적이고 선정적으로 변해가고 있습니다. 상품을 파는 기업의 상품 알리기 광고에서 연예인의 대중인지도 올리기는 대표적인 PR입니다. 특히 시청률을 생명으로 여기는 TV 프로그램은 채널의 다양화와 손바닥에 들어 있는 모니터로 인해 참을 수 없는 존재의 가벼움만큼이나 간택이 찰나에 이루어지니 종사자들에게는 피를 말리게 합니다.

개인도 예외일 수 없습니다. 경쟁에서 이기기 위해서 아니면 살아남기 위해서는 자기 알리기는 무척 중요한 것입니다. 자유업에 종사하는 사람은 물론 조직에 소속되어 일하는 사람의 경우 자기의 존재감은 남이 자신을 알아주는 것이 선행되어야 합니다. "어! 저 친구 어느 부서에 근무하지?" "무슨 업무를 맡고 있는가?" "이름이 뭐지?" 등 몇 년을 같은 건물에 근무하면서도 누구인지 잘 모르는 것은 주변의 무관심이라는 현대의 풍조와는 별개로 그 개인에게도 문제가 있지 않나 생각됩니다. 그런 무관심의 유발자가 본인이든 환경이든 조직에 보탬이 되는 상황은 아닐 것입니다.

치열한 경쟁사회에서 군중 속에 고독을 즐기고 싶지 않다면 자신의 브랜드 가치는 자신이 내세워야 할 것 같습니다. 집단지성이 움직이고 인터넷을 통해 쏟아지는 정보가 기존의 학습체계를 훨씬 능가하는 지식을 축적하는 지금의 상황은 경쟁을 더욱 치열하게 하기에 자신의 브랜드 가치는 자신이 창출할 수밖에 없습니다.

경쟁에서 이기고 싶나요?

이기지는 않더라고 살아나고 싶습니까?

아니면 주변에 즐거움을 주는 사람으로 기억되고 싶나요?

이런 방법은 어떨까요? 자신의 이름이나 직책 앞에 수식어를 달아서 자신을 소개하면 어떨까요? 파출소 근무 외근 경찰관이라면 부임지에서 상사, 동료들에게 처음 자신을 소개하거나 자체 행사에서 자신을 소개할 때 자신의 업무를 특화시키거나 개인적인 취향 등을 수식어로 붙여서 '주취자를 안정시키는 데 일가견이 있는 순경 홍길동입니다(일명 주안관).' 교통사고 조사요원이라면 '교통사고 가피(가해자 피해자)의 100% 정확한 판관 사고조사계 경장 박문수입니다. 어떻습니까? 자신의 전문성도 알리고 수많은 경찰관 동료들 사이에 차별화시켜 자신을 알릴 수 있는 것 같습니다. 코믹한 수식어라면 상대방을 즐겁게 하고 기억에 오래 머물게 하여 더욱 좋겠지요. 나는 늘 자칭 '백 년에 한 번 나올까 말까 한 00과장을 지향하는 00과장 총경 000입니다(주변에서 나를 칭찬할 때 '역시 백 년에 한 번 나올까…'로 지칭해줘서 어지간히 이 수식어가 자리 매김 하게 된 것 같다).'

그런데 내가 지방경찰청 경무과장으로 근무할 당시에 직원들은 줄여서 '백경'이라고 불렀습니다. 흰 고래가 되어버리는 데 남자들이라면 고래사냥에 대한 아픈 추억(?)이 있어서 '풀네임으로 불러주면 트라우마를 피할 수 있을 텐데…' 하고 엉뚱한 생각을 하게 됩니다. 어쨌든 이름 앞에 수식어는 개인의 인지도 제고는 물론 브랜드 가치창출에 기여한 면이 있다고 확신합니다. 살아남기 위한 처절한 몸부림이 아닌 진정한 자신만의 존재가치를 높이는 수식어 하나씩 가지고 살아가면 좋을 듯합니다.

● 2012. 봄부터 시작된 '백경'은 그해 늦가을 또 다른 수식어를 찾기로 하고 마감했다.

# 소크라테스, 너마저

'여자가 예쁘게 생겼으면 성깔이 있든지 인물값 한단다.' '남자가 잘 생기면 마누라 평생 고생시킨다.'라는 말은 결혼 적령기를 앞둔 남녀라면 부모든 선배든 결혼생활의 경륜(?)을 가진 사람들로부터 한두 번씩 듣게 됩니다. 저도 3년간 연애를 하고 결혼하여 벌써 20여 년 넘게 한 사람과 살면서 가끔 경륜자의 말이 이치에 합당한지 가끔 따져봅니다.

제 아내를 처음 접한 사람들로부터 립서비스(lip-service)인지 모르겠지만) "사모님이 미인이십니다."라는 말을 들어온 탓에 아내의 외모가 남들이 보기엔 밉지는 않은가 보다 하고 생각하면서 살고 있습니다. 또한, 아내가 바가지 긁을 땐 '인물값 한다.'는 말이 틀린 공식은 아니라는 생각이 듭니다. 하지만, 아내의 바가지가 다분히 저의 유발행위로 인한 것을 감안하면 완전히 들어맞는 공식은 아니라는 생각도 듭니다. 아! 중년을 잘살아가기 위해 아내에게 아부를 해야만 하는 현실, 그러나 슬프지는 않습니다. 그 정도의 바가지는 아내가 '미인이다.'는 칭찬에 상쇄되어 견딜만하니 지금까지 한방 쓰면서 열심히 살고 있습니다.

하지만, 그 반대의 경우는 입장이 좀 다른 듯합니다. 제 아내는 가끔

마음이 따뜻한 경찰이 되고싶다

주변에 남편 자랑을 하곤 하는 모양입니다. "우리 신랑 잘생겼다고…" 확신범에 대해 찬사를 보내는 경우가 종종 있지만, 일반인의 입장에서 보면 가끔은 웃음거리가 되는 경우를 이런 경우를 두고 하는 말이 아닌지 모르겠습니다.

　사실 저는 외모 콤플렉스가 있는 편입니다. 아무리 후한 점수를 주는 선에서 챙겨보아도 제가 '잘생겼다.'라는 것과는 다소 거리가 있습니다. 어린 시절, 그 시절 누구나 반듯한 입성을 차리지 못하였고 비누, 샴푸 등 외모를 치장하는 것들이 없었을 뿐 아니라 제대로 씻지도 않고 그대로 자라던 시절이니 지금의 아프리카에 기아로 허덕이는 아이들의 모습과 거의 다를 바 없었을 겁니다. 비대칭적인 큰 머리, 톡 튀어나온 배, 새까만 피부 등 어디 한구석 예쁘게 보일 리 만무합니다. 가끔 나이 든 집안 어른들이 저의 어린 시절을 떠올리며 '용 됐다.'는 식의 반응을 보이는 이유이기도 합니다.

　그래도 큰 문제 없이 살아온 것은 남자이기 때문에 여자보다는 외모 콤플렉스에서 좀 자유스러울 수가 있었습니다. 외모 콤플렉스를 극복하는 방법은 결국 마초이즘이었습니다. 좀 더 남성스러움이 어떻게 정형화된 것인지 사회적 합의가 있는지는 모르지만 좀 거칠고 아니면 좀 더 씩씩하게, 자신감 있게 등등. 그런 것인 것 같습니다. 과대 포장하면서 살아온 것이 아닌가 생각됩니다. 물론 나이가 들면서는 생리적으로 남성호르몬 부족 탓인지 좀스러움으로 변질되기에 그것마저도 한계가 있습니다. 어쨌든 아내의 표현을 빌자면 청년시절 저의 외모보단 의젓하고 씩씩한 모습에 믿음이 갔다고 하네요. 사골탕에 들어간 사골처럼 젊은 시절엔 그것으로 많이 우려먹었습니다. 그래서 아내도 외모가 좀 떨어지는 남편과 사반세기를 살아온 것 같습니다.

이런 복합적인 이유로 저는 남녀 불문하고 외모보다 인간성, 성격 등 쉽게 드러나지 않는 것들에 집착하며 사람평가의 기준으로 스스로를 강요하며 살아오고 있습니다. 그래서 TV 탤런트 등 외모가 출중한 사람들을 애써 평가절하하면서도 그들 중에도 연기파나 인간성이 좋아 보이는 사람들을 좋아합니다. 본인들은 싫어할지 모르겠으나 개그우먼 정선희, 탤런트 최불암 씨 같은 부류의 사람들에게 평점을 후하게 줍니다.

그렇지만, 저 역시 본성에 깊이 뿌리를 둔 외모에 대한 동경을 완전히 무시하는 것은 아닌 것 같습니다. 지하철이나 길거리, 공원 등 사람이 많이 다니는 장소에서 마주치는 미인들을 보면 한 번 더 쳐다보고 더 오랜 시간 눈길이 머물게 됩니다. 이제는 아들, 딸이 크고 있으니 며느리, 사윗감에 대한 이상형을 그리게 됩니다. 장래성, 인간성, 집안 등 세상 모든 부모들처럼 그런 조건들이 충족되면 좋겠지만, 세상 일이 그렇게 원하는 대로 이루어지는 것은 아니지요. 어쨌든 우선순위에서 외모는 좀 후순위가 될 듯합니다. 자녀들은 그와 반대가 될지 모르겠습니다. 조건 좋고 외모까지 출중하다면 금상첨화일 것 같습니다만 애써 자녀들에게는 '인물 값할지 모른다.'며 여느 경륜가처럼 경계심을 놓치지 말 것을 당부하게 될 것입니다.

직장에서도 직원들을 평가할 때 외모와 관계없이 능력을 평가하고 장래성을 따져야 한다는 당위적인 지론을 내보이기도 합니다. 혹시나 내가 가진 콤플렉스에 대한 보복 심리일지도 모릅니다. 외모지상주의가 마냥 나쁜 것은 아님에도 저는 약간의 거부반응이 있습니다.

지난 초겨울 한국을 찾은 외국인 친구가 강남 거리를 다니다가 저에게 '겨울에 날씨도 흐린데 왜 선글라스를 낀 여자들이 자주 보이느

마음이 따뜻한 경찰이 되고싶다

냐?'라고 한 말이 기억납니다. 물론 그 친구는 저간의 사정을 알면서 저에게 넌지시 한국사회의 세태를 꼬집고 싶었나 봅니다. 방학을 맞아 그리고 상처 아물기엔 한여름보다 겨울이 낫기에 약간의 낯부끄러움을 무릅쓰고 여성들이 얼굴 단장(?)을 한 것을 보고 그렇게 물음표를 던진 것입니다.

너도나도 성형 열풍이 불고 있습니다. 이제는 남자도 예외일 수 없게 되었습니다. 치열한 직장의 면접관문을 고득점으로 통과하려면 첫인상, 외모가 중요한 스펙이 되어버린 것이죠. 가끔 외국 항공사 스튜어디스와 한국 국적의 스튜어디스를 비교하며 개탄해 했습니다. 항공기 좌석 중앙통로로 통행하기에도 불편한 큰 몸집의 여성이 기내 서비스를 하던 에어프랑스 여승무원의 모습을 본 적이 있습니다. 작은 얼굴, 큰 키, 미스코리아에 버금가는 외모를 갖춘 한국 여승무원을 보노라면 한국사회에는 어디 키 작고 못생긴 여자들 서러워서 살겠냐며 마치 사회 운동가처럼 핏대를 올리기도 했습니다.

그러나 그건 전체적인 맥락의 이야기일 뿐이었습니다. 몇 년 동안 거래하는 보험설계사가 있었습니다. 직접 얼굴을 본적이 없이 전임자로부터 인계되어 계속 거래를 해왔습니다. 기껏해야 1년에 두 번 정도 갱신기간이 되면 전화를 해왔습니다. 나는 그 보험설계사에 대해서 전혀 배경지식이 없었습니다. 단지 전화기 수신기를 타고 들리는 목소리를 통해 어림짐작하고 있을 뿐이었습니다. 그 설계사의 목소리로 체형, 키, 생김새 등 외모를 가늠하게 하는 정도의 추측 이외에 아무것도 아는 것이 없었습니다. 다만, 다른 판촉요원들의 전화목소리와 다르게 아주 점잖고 세련된 30대 후반 또는 40대 초반 정도의 여성일 거라고 짐작했습니다. 사용하는 말투로 그 사람의 인격을 판단하듯이 전화상의 업무적인 대화였지만 상당히 교양 있을 것이라고 상상했습니다. 더불어 그런 저의 상상력은 외모도 준수할 것이라는 생각을 굳어지게 만들었습니다. 그러나 그 보험 설계사는 저의 나이, 직장, 자동차 상태 등 많은 정보를 갖고 있었습니다. 또한, 제 전화 음성이 좀 거만스럽다고 생각할 수도 있고, 좋게 평가하면 중후하고 점잖다 느낌을 받았을 것이고 안정적인 직장인이라는 점에서 사회적으로 막돼먹은 사람은 아닐 것으로 판단했을 성싶니다. 어쨌든 서로가 환상을 가지고 매년 반복되는 거래를 했습니다.

그렇게 무심결에 지나가던 어떤 날 그녀로부터 전화가 걸려왔습니다. 지금부터 저는 그녀라는 표현을 쓰고 싶습니다. 지극히 업무적인 간접대면 관계를 지속하던 중 직접 저를 만나러 사무실을 방문하겠다는 전화 한 통화를 받는 순간 모든 남성이라면 잠재적으로 가지고 있을 듯한 바람기가 발동하여 단순히 보험설계사가 아닌 오랫동안 만나지 못했던 여인의 방문이라는 기대감을 가지게 되었기 때문입니다. 방문목적을 애써 보험관련 방문일거라고 생각하고 싶었지만 어쨌든 몇 년간 전화로 접하던 사람이 그것도 여자가 찾아온다는 사실이 은근히 마음을 설레게 하는 것임을 부정치 못했습니다. 혹시 마음속에는 벌써 성경에서 말하는 간음을 하고 있었는지도 모릅니다. 3류 소설, 드라마에 나오는 불륜의 장면까지 연상하게 된 것은 지나친 흥분감이 가져온 심리적 아노미 상태였을 겁니다.

나른한 오후가 평소와 달리 잔뜩 활기를 찾은 것 같았습니다. 세상의 모든 남성과 여성을 포함한 인간은 하나님의 계율을 이탈하는 것이 잠재적인 불륜 심리를 갖고 있기 때문이라고 봐야 할 것 같습니다. 길을 가다가 참지 못하는 관음증의 다른 이름 역시 잠재적인 불륜심리가 아닌가 싶습니다. 갖은 상상 특히 그녀의 목소리에서 그렸던 모습들, 교양을 간직한 갓 중년에 들어선 지적 풍모의 여인, 세련미가 철철 넘치는 여인 등등, 저는 그동안 아내와 살면서 아내의 바가지 앞에서 문득문득 그리웠던 꿈속의 여인(?)을 그리며 그녀를 기다렸습니다. 적지 않은 시간이 흐르고 약속된 시간에 그녀가 사무실 밖에 도착했다는 연락을 받았습니다. 아! 시간관념까지 철저한 이 교양미 넘치는 여인을 내가 운명처럼 만나게 되는구나! 드디어 문이 열리고 나의 운명의 여인은 화사한 연분홍빛 투피스 차림으로 환한 미소를 머금고 출입문 공간을 완전히 채웠습니다. 출입문으로 빛이 들어올 공간이 없어졌습니다. 나는 순간 자리에서 벌떡 일어나며 우리의 운명적인 첫 대면을 맞이했습니다.

그러나 기대가 크면 실망이 크다는 속언이 진리라는 생각을 곧바로 하게 되었습니다. 그녀는 내가 온갖 상상력을 동원하여 그려보던 모습과는 전혀 다른 외모를 하고 있었습니다. 30대 중반, 보통사람보다는 적당하게 살이 오른 몸매라고 하기엔 더 크게 인심을 써야 할 정도로 비만형. 기계적 조작이 가미된 전화 음성과는 달리 직접 듣는 그녀의 음성은 그리 품위 있게도 들리지 않았습니다. 나는 갑자기 오래든 적금통장이 날아간 듯한 상실감에 빠졌습니다. 보험설계 내근업무를 맡다가 부서가 바뀌며 현장을 직접 뛰는 모집업무를 맡게 되었고 그동안 관리하던 고객들을 직접 찾아다니며 보험 신상품을 판매하기 위해 찾아왔다는 그녀. 예전의 전화 상담처럼 친절하고 상냥한 설명에도 전혀 귀가 기울여지지 않았습니다. 빨리 이 상황이 끝나야 한다는 생각만 들었습니다. 갑자기 근성으로 답하는 나의 태도에 적잖이 당황한 그녀는 더 이상 판촉활동을 하지 못한 채 어김없이 상냥한 말투로 다음 기회를 기약하며 사무실 밖을 나갔습니다.

저는 외모지상주의를 비판하며 마치 사회운동가 같이 굴었던 자신에 대한 모든 믿음이 무너짐에 큰 실망을 했습니다. '아! 이 속물!' '브루투스 너마저…' 저는 학창시절 선생님으로부터 '소크라테스'라는 별명을 얻은 적이 있습니다. 소크라테스처럼 위대한 철학자가 되라거나 그런 자질이 있어 붙여준 별명은 아닙니다. 단지 그 못생긴 위대한 철학자의 외모를 보며 저와 비슷하다고 붙여줬던 것입니다. 어쩌면 선생님께서 떠들며 수업에 집중하지 않던 저에게 내린 언어 체벌인지 모릅니다. 그래도 자라면서 그 유서 깊은(?) 역사를 묻혀둔 채 위대한 철학자 소크라테스가 제 별명이라는 것이 싫지 않았습니다. 그렇게 좀 사유하려고도 했습니다. 대학진학을 앞두고 철학과로 진학할까 생각해보기도 했거든요.

저는 위대한 철학가에 대해 모욕죄를 범했습니다. 그 착하게 생긴 보험설계사에 대해 단지 외모가 내가 생각했던 사람이 아니었다는 이유로 쫓아내듯 방문을 마무리했으니 말입니다. 한편으론 그녀는 나보다 더 큰 실망을 하고 상담을 하는 듯 마는 듯 되돌아갔을지도 모릅니다. 벗겨진 머리, 튀어나온 배, 터실터실한 피부, 오십을 바라보는 중년아저씨에 대해 그녀의 실망은 나보다 더 컸을지도 모르기 때문입니다.

추한 몰골, 괴팍한 성격의 여인을 아내로 삼고서도 진정 인간을 사랑하며 독배를 마시고 떠난 소크라테스가 살아 돌아와 나 같은 경우를 겪었다면 어땠을까 생각해봅니다. 그리고 창조주께서는 왜 인간들을 선한 사람과 악한 사람이 아닌 모두 선한 사람으로 아름다운 사람, 추한 사람이 아닌 전부 아름다운사람으로 꾸미시지 않으셨는지 원망스럽기도 합니다. 그랬더라면 한때 소크라테스라는 별명을 가

마음이 따뜻한 경찰이 되고싶다

진 저 같은 사람이 위대한 철학자 소크라테스를 욕되게 하지는 않았을 텐데 말입니다.

● 2011. 여름 그 이후에도 지금까지 그녀의 고객으로 살아간다.

# 夜산행

■■

6월의 더운 날씨만큼이나 많은 이슈로 나라 전체가 후끈 달아올라 있습니다. 반값등록금, 저축은행 부실사태, 공직사회의 부패, 경찰수사권조정 등 어느 것 하나 속 시원히 해결되는 일이 없는 것 같아 모두들 답답해하는 것 같습니다.

그럼에도, 오늘 아침 변함없이 여름 햇살이 창틈을 찾아와 바쁜 일상을 재촉합니다. 어김없이 찾아오는 주말엔 많은 사람들이 언제 그랬냐 싶게 무심한 표정으로 형형색색 차려입고 작은 배낭을 둘러멘 채 근교로 산으로 일상을 탈출하고 있습니다. 그런 광경을 보노라면 세상이 그렇게 갑자기 무너지지는 않을 것 같습니다.

주 5일제를 맞아 여가시간이 늘어나면서 좀 더 생활이 여유로워질 것 같았지만, 도로의 차량은 곳곳에서 정체되고 근교 산 주변은 밀려드는 등산객으로 발 디딜 틈조차 없습니다. 주말 산길 정체는 도로 차량정체보다 심해진 것 같습니다. 주말산행에서도 여유와 낭만보다는 건강을 골인지점으로 하는 치열한 질주가 이어지는 듯해서 쓸쓸하기까지 합니다. 요즈음은 베이비붐 세대의 퇴직으로 평일 낮 산행도 만만찮은 것 같습니다. 산뿐 아닙니다. 놀이동산, 극장가, 유흥가, 학교

마음이 따뜻한 경찰이 되고싶다

도서관, 아파트 추첨현장 등 어느 한 곳도 편안하게 제자리 차지하기란 쉬운 일이 아닌 것 같습니다. 혹자는 국토는 좁은데 인구는 많아서 그렇다고 합니다. 빈약한 자원이 치열한 경쟁을 불러일으킨 현상이라고 합니다. 어쨌든 조용한 산사조차 북새통이고 보면 차라리 새장 같은 아파트 좁은 거실에 앉아 리모컨을 이리저리 돌리며 바보상자에 빠져 바보보다 더한 바보로 시간을 보내는 것이 나은 일일지 모릅니다.

　그래도 팍팍한 도시의 일상을 탈출하고 싶은 것은 태고부터 자연과 더불어 살아온 인간본성을 떨쳐버릴 수 없기에 근교로의 탈출이나 산행의 미련을 버릴 수 없습니다. 하여 나는 주말과 낮시간을 피해 가끔 夜산행을 하곤 합니다. 직장이 평일과 주말 구분없이 상시 비상상황에 대비해야 되기 때문에 여유로운 기분으로 주말 산행을 쉽게 허락하지 않는 탓도 있지만, 무엇보다 비좁은 산길에서 밀리고 밀려 산행의 묘미를 잃어버리기 때문이기도 합니다. 때때로 야간에 입산이 금지된 몇몇 국립공원을 제외하고 집주변 야산이나 직장 근처의 관악산 어귀에서 출발하는 野산행은 나만의 조용한 숲 속 무료 카페를 이용하는 것 같아 기분 좋은 일이 아닐 수 없습니다. 희미하지만 가지고 간 작은 전등 빛의 너비가 나만의 공간이 됩니다. 좁은 산길에 놓여 있는 크고 작은 제각각 모양의 돌 위에 한 걸음 한 걸음 내딛으며 경사진 길을 오르는 일은 어릴 적 돼지 저금통에 동전을 밀어 넣는 것만큼 남모르는 충만감을 느끼게 합니다. 전등불빛 앞에서 걸어가는 돌 위에 산 둘레를 타고 지나가는 달에서 흘러내리는 달빛을 읽는 일은 또 다른 묘미를 더해 줍니다. 인공의 불빛에서 느끼는 무미건조함에 스며드는 따뜻한 향기 같다고나 할까요? 특히 비 갠 날에는 산길에 놓인 돌이 머금은 빗물 위에 내리비친 달빛 채색은 어떤 수채화로도 표현할 수 없을 정도로 매혹적이기까지 한 것 같습니다.

숲은 그때까지는 잠자리에 들지 않을 때가 많습니다. 작은 바람들이 몰려와 보채며 그들과 속삭이고 있음을 알게 됩니다. 밤 공기를 감싸고 숲이 내뱉는 숨소리는 한낮에 태양과 사람에 시달린 그것과 비교할 수 없을 정도로 살갗에 그 상큼함을 전해주기도 합니다. 초입의 골짜기에 담긴 산 어둠은 내 삶의 주변을 어슬렁이는 魔처럼 무섭게 느껴지다가도 산 정상을 다가갈수록 친근감이 커지게 됩니다. 별과 달이 그 시린 어둠을 감싸 안은 탓인 것 같습니다. 가쁜 숨을 산의 밤 공기와 숲의 입김으로 식히노라면 어느새 나는 정상 주변 돌 바위에 지친 몸을 내려놓습니다. 시간이 꽤 지난 것 같습니다. 산에 사는 많은 수많은 산새와 짐승들은 예고 없는 밤손님을 귀찮게 여기지 않고 이제 깊은 제잠에 빠져 있습니다. 나는 고요 속에 혼자 놓여 집니다.

멀리 섬광을 내뿜으며 전장에 휩싸인 도시에 빼곡히 들어선 잿빛 건물 덩어리들을 내려다봅니다. 내가 뒤섞여 살아가는 공간이지만 잠시 떨어져 볼 수 있다는 사실에 흐뭇해하며 밀려오는 포근함과 여유로움으로 지친 몸을 어루만져 봅니다. 그리고 돈으로도 살 수 없는 나만의 행복에 사로잡혀 봅니다. 치열하게 살아가는 경쟁과 정글 같은 잿빛도시에서 나를 떠나오게 했다는 사실 하나로도 너무 행복하기 때문입니다. 사람으로 산다는 것이 부대끼며 서로가 뿜어내는 체취를 맡고 살아가는 것을 부정하지는 않습니다. 하지만, 잠시라도 내가 나일 수 있는 것은 그들로부터 잠시 뛰쳐나온 때가 아닌가 싶습니다. 산 아래의 밤길은 두렵고 무서운 길일지 모릅니다. 그러나 자연이 품어주는 산속의 밤길은 결코 두렵거나 무섭지 않습니다. 고요함 속에서 이름 없는 돌과 바위가 전해주는 이야기와 숲 속의 작은 생물들이 휘파람을 불며 손길 하는 *夜산행*길, 인간 군상들이 펼치는 끊임없는 욕망과 상념으로부터 잠시 떨어져 관조적인 삶을 맛보는 일일 것입니다.

　더위가 기승을 부리면 밤하늘은 더 높은 곳에서 수많은 별들을 떨어뜨릴 것입니다. 그 많은 별들은 우리 모두 모두에게 하나씩 하나씩 날아올 것입니다. 언제나 그랬던 것처럼 희망이라는 보석을 안고서! 그리고 나는 아름다운 보석을 받기 위해 머지않은 시간에 또다시 *夜산행*을 나설 것입니다.


● 대학시절 산악반을 하며 함께 했던 산우들이 그립다….

# 인생총량제

요즈음 '총량제'란 말을 많이 사용하고 있습니다. 주로 정책의 여러 분야에서 많이 사용되고 있는 것 같습니다. '오염물질총량제' '습지총량제' '공장건설총량제' '대출총량제' 등 총량제란 말은 그 분야에 특별한 관심이 없다 하더라도 어떤 것의 전체적인 양을 따져서 제한하거나 규제하거나 조장하는 의미인 것 같습니다. 결국, 부분적인 것, 일시적인 것보다는 전체적인 트렌드를 보아 판단하고 결정한다는 것으로 받아들여도 될 것 같습니다.

지난해 연말 친하게 지내는 정부기관에 근무하는 후배로부터 인생도 총량제라는 말을 들은 적이 있습니다. 같은 아파트 단지에 사는 후배는 밤늦은 시간 인근 호프집이라며 할 얘기가 있으니 나오라는 것이었습니다. 동생 같은 후배가 늦은 시간에 술에 취한 듯한 목소리로 만나자고 하는 것을 보니 평소 반듯한 생활을 하던 친구가 뭔 일이 있구나 하고 생각을 하며 반 잠옷에 파카하나 걸치고 추운 밤 공기를 가로질러 예의 호프집에 들어섰습니다. 연말연시라는 말과 크리스마스 캐롤송은 늘 함께 따라다니듯이 호프집 내에도 캐롤송이 심야 취객들의 객담과 뒤섞여 들뜬 분위기를 연출하고 있었지만 희미한 조명 빛만큼이나 알코올에 절은 후배의 얼굴과 눈빛에서 적잖은 마음고생의 흔적을 엿볼 수 있었습니다. 자리를 앉으며 갑작스런 호출 연유를 물으니 후배는 도무지 알 수 없는 이유로 벌써 3년째 승진에서 누락되었다며 그간의 힘들었던 사정을 털어놓는 것입니다. 직장에서 후배들의 앞서기, 합당한 이유를 알 수 없는 승진누락사유, 동료들의 눈총은 물론 가장으로서 무능력을 보여준 것 같아 그 괴로운 심정을 혼자 삭이기에 너무 힘들었다고 합니다. 승진발표가 한 달 전이었으니 벌써 후배는 한 달간 혼자 속앓이를 하며 시름시름 술로 달랬다가 저에게 전화를 한 것 같았습니다. 힘들어하는 후배를 위해 위로의 말을 던지려는데 후배는 한 달간 고심했는데 결론을 얻었다며 마음이 한결 가벼워졌고 그래서 전화를 했다며 '형, 내가 좀 힘들었지만 한 달간 퇴근해서 인근 야산을 미친 사람처럼 올라다니거나 주말이면 근교 산으로 도피성 등산을 하면서 내린 결론은 여기서 주저앉을 수 없고 오기가 생겼어. 그리고 밤샘 고스톱 쳐도 결국 일어설 때 누가 마지막으로 돈을 땄는지가 중요하듯이 끝까지 해봐야겠다. 그리고 결국 인생도 좋은 일 나쁜 일, 내리막길 오르막길 합쳐서 마지막에 총량으로 따져봐야 알 수 있는 총량제 아닐까? 지금의 내리막길에 좌절치 않을 거야.'라며 결기를 다지는 말을 하는 것이었습니다.

해마다 연말이면 인사로 골머리를 앓는 보통의 직장인들처럼 나 역시 다가올 내리막길에 대해 전전긍긍하던 시기라 후배의 결기어린 '인생총량제'란 말에 듣게 되니 위로하여야 할 사람이 오히려 위로를 받은 적이 있었습니다. 이후 반년을 훌쩍 넘긴 어느 날 후배는 똑같은 시간대에 똑같은 장소에서 나를 호출했습니다. 특진을 했으며 이후 가족과 자신이 바라던 해외근무를 하게 되었으니 축하주 한 잔 사겠다며 큰 호프 잔을 내게 건넸습니다. 승진 누락 이후 후배는 한 달간의 방황이 있었지만 이후 묵묵히 자신의 일을 해낸 결과 몇 해의 누락을 보상받기라도 한 듯 특진을 했고 희망근무지로 발령받게 된 듯합니다. 후배는 '인생총량제'라며 스스로를 삭이며 어려운 시기를 잘 극복했습니다. 아끼는 후배가 잘되었다는 데 기분이 좋았을 뿐 아니라 인생살이가 나쁜 일 좋은 일 다 더해서 마지막에 총량으로 따져 잘살았는지 못살았는지 판단해봐야 한다는 후배의 지혜가 저에게 더 큰 의미로 다가왔습니다. 직장생활, 가정생활, 사회생활 모든 일에 굴절은 있을 것입니다. 좌절과 절망의 시기가 있는가 하면 푸른 하늘에 구름 떠가듯 둥실둥실 장밋빛 앞날만이 보일 듯한 날도 있을 것입니다.

후배의 일을 보며 자칫 단말마처럼 일희일비하는 삶을 살아서는 안 되겠다는 생각을 다지게 되었습니다. 생애를 통틀어 하늘의 부름을 받는 그날 내 인생의 총량을 생각하면서 힘들고 어려운 일들이 닥쳐오더라도 극복할 수 있는 마음을 새겨야 할 것으로 봅니다. 가을바람이 불면 슬슬 직장 내에서도 인사문제로 고심들을 하게 됩니다. 승진, 보직 등 늘 어깨를 짓누르는 짐입니다. 하지만, 잘되든 못되든 인생을 총량제라고 생각하면서 어느 시인이 세상에 소풍을 잘하고 하늘로 돌아간다고 노래했듯이 길게 생각하고 살아가면서 즐거운 소풍을 하는 지혜를 가져야 할 것 같습니다.

마음이 따뜻한 경찰이 되고싶다

# 나도 몸짱이 되고 싶다

■■

볼록 튀어나온 아랫배, 처진 가슴, 늘어난 옆구리 살, 대중목욕탕
에서 흔히 볼 수 있는 중년의 모습입니다. 여기에 지붕에 민둥산까
지 있으면 100퍼센트 지천명(知天命)입니다. 한때 성형수술은 연예인
등 특정 직업군이나 여성의 전유물 여겨졌지만, 요즈음에는 '사회생
활을 잘하기 위해서 취업면접을 위해서' 등 남성들도 성형수술 하는
것을 별로 거부감 없이 받아들여지고 있습니다. 사회가 외모지상주
의에 빠졌다고 일부에서 힐난을 합니다. 따지고 보면 '신언서판(身言書
判)'이라는 말이나 공자의 '수신제가치국평천하(修身齊家治國平天下)'라
는 유념언도 몸을 첫 번째 덕목으로 놓았으니 몸단장 문제가 최근의
트렌드만이 아닌 것 같습니다. 이제는 얼굴에 치중하는 성형수술에
서 종아리, 가슴, 엉덩이 등 다양한 부위별(?)로 확대되고 있고 성형
수술은 아니지만, 각종 피트니스 운동을 통해 몸 가꾸기에 남녀노소
가 없는 것 같습니다.

이런 현상은 우리 같은 필부 중년들에게는 거리의 늘씬한 각선미와
빼어난 얼굴모습을 한 젊은 여성을 공짜로 볼 수 있어 나쁠 것이 없습
니다. 반면 복근에 임금왕자(王), 무쇠 같은 팔뚝, 그리고 우람한 가슴

을 뽐내며 샤워기 앞에서 비누거품을 날리는 젊은 몸짱 오빠들을 보노라면 부럽기도 하고 담배 좀 덜 피우고 술 좀 줄이고 틈틈이 운동할 걸 후회 아닌 후회를 하면서 씁쓸한 기분을 떨칠 수 없습니다. 중년에 밀려오는 서글픔 뿐 아니라 그나마 같이 살아주는 아내에게 용도폐기 되지 않나 하는 위기감마저 엄습해옵니다. 몇 계단만 오르면 숨이 차오르고 불어나는 아랫배 살은 날로 허리끈 여분을 줄여나가는 슬픈 현실, '처자식 먹여 살리랴. 밤낮없이 뛰어다녀야 하는데…. 언제 헬스클럽 나가고….' '주말이면 부족한 잠 보충해야 하는데….' '거래처 골프사역 나가야 하는데….' 등등 짊어진 삶의 고역들을 거론하며 '조기축구, 등산? 언제 가냐? 한가한 소리 하지 마라.'라고 세상을 향해 원망 섞인 하소연을 해보기도 합니다. 메아리 없는 공허한 외침임일 뿐입니다. 그러나 하루하루 그렇게 살 수 없지 않은가? 직장에서 사회에서 후배들이 톡톡 튀는 아이디어와 헬스로 다진 강인한 신체조건, 유비쿼터스적인 지적능력을 무장하고 세차게 밀고 오는 이때, 정글 같은 세상 속에서 살아남기 위해서는 몸부림을 칠 수밖에 없는 것 같습니다. 남이 달리면 빨리 걷기라도 해야 되지 않겠습니까?

이런 시류를 제법 빨리 간파하기라도 하듯 나는 특별히 잘하는 운동은 없지만, 찔끔찔끔 그리고 여러 가지 운동에 대한 관심이 많고 건강에 대한 염려 탓(집안에 병으로 단명하신 분들이 많다)에 평소 운동을 게을리하지 않는 편입니다. 몇 년 전 열대지방 해외근무를 할 당시에는 높은 기온으로 야외 운동이 곤란하여 아파트 단지 내 헬스클럽에 정기적으로 다닌 적이 있습니다. 40대 중반을 넘긴 나이에 아놀드 슈왈제네거 같은 몸짱을 기대한다는 것이 망상이지만 그래도 최소한 체중관리와 불어난 뱃살이라도 정리가 필요할 것 같아 코치로부터 몇 주간

마음이 따뜻한 경찰이 되고싶다

각종 기구사용 요령, 근육강화, 호흡법 등을 배우고 이른 아침 시간을 이용하여 꾸준히 했습니다. 3개월 정도가 지나자 뱃살도 줄어들고 적은 부피지만 가슴도 약간 균형을 유지하는 것 같고 무엇보다 유연성이 좀 나아졌습니다. 두 팔을 땅바닥에 닿을 정도가 되니 말입니다. 아내는 유연성보다는 나의 짧은 다리 탓에 손바닥이 쉽게 땅에 닿는 것이라고 폄하하지만 별로 기분이 나쁘지 않습니다. 가끔씩 동료들과 어울려 운동을 하기 전 준비운동을 할 때 내가 손바닥 땅 닿기 동작을 하면 동일 연배는 물론 나보다 나이 어린 후배들의 감탄을 들으면 저절로 어깨가 으쓱해지기 때문입니다.

그런데 운동이란 것이 자꾸 하다가 보면 욕심이 생겨 강도가 더 해집니다. 이런 식으로 계속하면 1년 뒤에는 아놀드 슈왈제네거는 아니더라도 그의 짝퉁은 될 것 같다는 생각이 들어 무리하게 됩니다. 평소 코치의 주문을 넘어서서 과도한 무게의 기구를 횟수를 늘려가며 하게 됩니다. 그런데 나이가 나이이고 보니 젊은 2~30대도 아닌 주제에 당연히 근육 파열이나 근막염이 생겨 파스를 붙이고 며칠 또는 몇 주를 끙끙거리며 다닙니다. 사서 고생한 꼴입니다. '나이를 생각해야지 원, 쯧쯧' 하는 아내의 타박을 듣습니다. 물론 고통을 외부로 표출하지 않고 참아야 하는데 아내에게 '파스 붙여달라, 물 찜질 해달라, 주물러라.' 등 갖은 무료 치료를 요청하니 타박이 따른 것은 당연합니다. 그러나 그러한 고통과 시련 속에서 쇠는 더 달구어지는 것입니다. 내가 보기에도 균형 잡힌 상체와 하반신 그리고 부수적으로 따르는 자신감은 생활의 활력이 되었습니다. '덤벼라! 2~30대여, 뭐든지 이길 자신이 있다.'라는 충만감이 나를 따라다닙니다.

그런데 사회생활 및 주변여건이 늘 규칙적으로 돌아가면 얼마나 좋을까만 그렇지 않습니다. 특히 경찰공무원인 내 직업은 불규칙한 생활패턴이 따라다닙니다. 해변에서 선글라스에 수영팬티차림으로 폼 잡고 사진을 찍어도 될 정도가 되었는데(전적으로 나의 판단이다) 본국 복귀명령을 받았고 처음부터 꽤나 바쁜 부서를 맡게 되면서 불규칙한 식사와 잦은 음주 그리고 스트레스 등이 밀려오면서 3년간의 몸관리는 거품처럼 사라졌습니다. 과거 눈에 익숙한 체형을 거울 앞에서 다시 보게 된 것입니다. 체중계는 야속하게도 씩씩하게 80킬로에 육박해가면서(정확히 6개월 만에 8킬로가 불었다) 허망함만 남았습니다. 반 자포자기 상태에서 1년이 지나고 다시 부서를 옮겼습니다. 새 근무지 건물 지하에는 직원복지 시설로 작지만 몇 가지 헬스기구와 샤워시설을 갖춘 체력단련장이 있었습니다. 게다가 무료이니 신체 재건사업의 인프라가 잘 구축된 셈이었습니다. 새로운 부서에서 적응기간이 지나고 나는 신체 재건사업에 본격 돌입했습니다. 먼저 식사량 반으로 줄이기, 아침 일과 전 또는 퇴근시간 이후 스트레칭과 근력 운동, 걷기 등 1시간짜리 운동 프로그램을 마련하여 틈틈이 했습니다. 주중에는 헬스장 이용자도 별로 없어 거의 개인 시설처럼 자유롭게 사용할 수 있어 좋았습니다.

나는 나의 몸 상태를 관찰하고 스스로 다짐을 무너뜨리지 않기 위해 운동할 때 반드시 상체를 벗은 상태로 하의 체육복만 입고 운동했습니다.

3개월 정도 지나자 몸 상태는 체중이 줄고 풍선 바람 빠지듯 군살이 빠져나갔으며 뱃살은 복근이라는 표현이 틀리지 않을 정도로 바뀌어지고 있었습니다. 가끔씩 체중 줄이기와 몸만들기를 시작하는 동료들에게 경험을 살짝 전수하는 여유까지 부려보았습니다.

그런데 언제부턴가 이런 나의 어설픈 몸짱 만들기에 강력한 도전자가 생겼습니다. 어느 날 상의를 탈의하고 하의 운동복 팬티 차림의 Y선배가 등장한 것입니다(당시 나는 약간 우스꽝스러운 선배의 몸매에 웃음을 참으며 태연한 표정을 지은 적이 있다. 마치 권투선수가 시합 직전 상대 선수의 눈빛을 피하며 애써 긴장과 공포감을 떨쳐버리려는 것처럼). 평소 내가 형처럼 따르는 직장 상사이자 대학 선배인 Y선배가 나에게 도전장을 던진 것입니다. 집념 하나만은 전국경찰관 중에서 두 번째라면 서러워할 정도로 매사 집념과 집중력이 뛰어난 Y선배의 출현은 나를 적잖이 긴장케 했습니다. 물론 Y선배는 치열한 경쟁대열에서 선두를 달리며 온몸으로 전력투구하는 생활자세로 자신의 몸 돌보기에는 다른 중년 남자처럼 다소 소홀했던 것 같습니다. 곁눈질로도 알 수 있을 정도의 약간 나온 아랫배, 처진 가슴, 몸 군데군데 드문드문 붙어 있는 나잇살은 직장에서 경쟁에 필요한 항목이 아닌 것으로 비쳤습니다.

Y선배는 내가 전입하고 구내 목욕탕에서 조우 시, '박 과장, 몸이 생각보다 잘 관리된 것 같군.' 하고 칭찬을 한 적이 있는데 약간의 부러움도 작용했는지 헬스운동을 시작한 것입니다. 특히 운동에는 만능임을 자랑하는 Y선배 형수(내가 알기에는 형수는 경찰관 부인 중 구기종목뿐 아니라 모든 운동 종목에서 전국 1등일 것이다. 물론 미모도 마찬가지지만)가 최근 헬스를 시작했다는 사실에 긴장하는 눈치입니다.

그 이후 Y선배의 헬스장 출현이 잦아졌고 그의 몸 모양도 조금씩 변해가는 것을 목격하면서 나 역시 긴장하기 시작했습니다. 모든 일에 시작하면 끝장을 보는 Y선배의 근성을 잘 알기 때문입니다. 나는 추월당할지 모른다는 위기감과 경쟁심에서 평소와 달리 오버를 하게 되었습니다. 계획대로라면 주 2~3회 운동을 하는데 거의 매일 헬스장을 찾게 되었습니다. "아! 시너지 효과는 이런 것을 두고 하는 말인가?" 나는 몸 상태가 예전처럼 되돌아오는 속도가 빨라짐을 느끼게 되었습니다. 물론 Y선배도 마찬가지인 것 같았습니다.

머지않은 장래에 나도 불혹(不惑)의 나이를 넘어 지천명 (知天命)이 됩니다. 평균 수명이 자꾸 늘어난다는 요즈음 세상에서 '인생 60부터'라는 말이 실감 날 것 같습니다. 공직을 마치더라도 많이 남아 있을 시간에 인생 이모작을 위해 나는 몸짱이 되렵니다. 근육질 몸매의 몸짱이 아닌 언제나 자신감이 충만한 중년 몸짱이 되고 싶습니다.

"세상의 중년남들이여!! 포기하지 말자. 포기하는 순간 우리는 서글픈 중년이 된다."

● Y선배는 경찰에서 존경받으며 고위직을 마치고 지금은 선량으로 국리 민복을 위해 애쓰고 있다.

마음이 따뜻한 경찰이 되고싶다

# 레드콤플렉스와
# 빨간색 넥타이

■:

70년대 초·중·고 학창시절을 보냈습니다. 이데올로기가 전쟁으로 폐허가 된 한반도 전역에 패인 상처를 더욱 할퀴고 있던 시절이었습니다. 간첩 식별요령과 신고교육이 학교교육의 중요한 부분을 차지했습니다. 골목길 전신주, 담벼락 곳곳엔 '반공', '방첩'이라는 빨간색 게시물이 깊은 밤에도 희미한 가로등 빛을 머금은 채 동네 어귀를 지키고 있었습니다. 제 이념의 색깔은 자유진영 파란색, 공산당 빨간색이었습니다. 적화통일을 노리는 북한괴뢰 집단이 붉은 피로 반도를 물들일지 모르다고 걱정하며 성장했습니다. 그래서 반백 년을 넘긴 지금도 공산주의에 대한 이념적 혐오감은 빨간색에 대한 혐오감과 동격으로 알고 살아가고 있습니다.

세상이 급격하게 바뀌었습니다. 특히 2002년 월드컵 거리응원전에서 붉은 악마라고 적힌 빨간색 티셔츠를 입은 응원 인파로 거리는 온통 붉은 물결로 장식되었습니다. 남녀노소 누구에게도 빨간색에 대한 혐오감은 찾아볼 수 없고 붉은 악마 티셔츠는 동날 정도로 인기를 끌었습니다. 전문가들은 대한민국이 드디어 레드콤플렉스에서 벗어났다며 성급한 진단까지 했습니다. 색깔로 인한 이념의 경계가 다소 완화된 것 같습니다. 그럼에도, 김일성 광장에서 총칼을 차고 붉은 깃발을 휘날리며 군사퍼레이드를 하는 영상물을 볼 때면 섬뜩함을 느낍니다. 아직도 빨간색에 대한 거부감이 완전히 가셔진 것은 아닙니다. 온통 빨간색으로 물들여진 그 모습에 어린 시절부터 뇌리에 각인된 빨갱이를 보기 때문입니다.

젊은 세대들이 점점 이념문제를 심각하게 받아들이지 않는 것이 걱정스럽습니다. 그들의 자유분방함과 탈 이념적인 사고와 자신감 있는 행동을 보면 그들은 레드콤플렉스가 없는 것 같습니다. 이념에 주눅이 들어 체질적인 알레르기 반응을 보여 온 기성세대의 시각에서는 당연한 걱정거리입니다. 전쟁과 가난, 분단 현실에서도 치열하게 살며 오늘을 이룬 세대의 걱정을 보수골통적인 생각이라고 너무 쉽게 폄하하지 않았으면 하는 마음 간절합니다.

빨간색은 동양적인 사고에서는 좋은 것을 의미하는 것이 더욱 많은 것 같습니다. 중국은 국경일 같은 기쁜 날에 온통 빨간색으로 도배하다시피 합니다. 중국이 공산주의 국가라는 점과 빨간색이 연결고리가 되는 듯합니다만 근래의 중국은 차라리 시장경제에 가까운 수정된 자본주의라고 볼 정도로 빨갱이라는 인식이 희미해졌습니다. 그들이 열광하는 빨간색은 과거와 달리 인식되기 시작했습니다. 빨간색에 대한 인식은 우리도 중국과 크게 다르지 않은 것 같습니다. 동짓날 팥죽을 끓인 뒤 집안 구석구석에 붉은빛이 감도는 팥죽을 뿌려 집안의 악귀를 몰아내는 민간 신앙이 있었습니다. 빨간색이 좋은 일은 하는 것이지요. 부모님께 첫 월급으로 마련하는 선물도 빨간색 내의가 많았습니다. 고마움과 무병장수를 바라는 자식의 마음을 전달하는 것이라고

마음이 따뜻한 경찰이 되고싶다

보면 될 듯합니다. 특정 이념이나 사상을 의미하던 빨간색과는 다른 모습들입니다. 결론적으로 빨간색 그 자체는 혐오의 대상이 아니라는 것입니다.

빨간색과 맺은 사연이 있습니다. 경찰서장은 수백 명의 부하직원을 지휘하는 큰 권한 못지않게 부하직원들의 업무상 과오에 대해 무한 책임을 져야 하는 자리이기도 합니다. 보통 1년의 근무기간 동안 직원들의 크고 작은 사고로 경찰서장이 경질되는 사례가 있습니다. 국민들의 입장에서 보면 치안을 책임진 사람으로서 제대로 하지 못한 소임에 대해 당연한 조치일 것임에도 관리감독의 한계를 실감합니다. 그래서 동료 서장들끼리 우스갯소리로 '손금보며 지낸다.'는 말로 서로를 위로하기도 합니다.

1여 년의 임기를 끝낼 즈음 내가 근무하는 경찰서에서도 직원들의 사고가 간헐적으로 발생했습니다. 약간 우려할 수준까지 이어지는 듯해 여간 신경이 쓰이는 문제가 아니다 보니 서장의 표정이 그리 밝지 못하게 되었습니다. 직원들도 예민해졌습니다. 연대책임 방식의 평가가 자신들의 신상관리와 연결되기에 서장의 지휘스타일이나 의지가 그들의 술안주가 되기도 합니다. 현장 단위 책임자의 표정이 밝지 못하니 직장분위기가 무거울 수밖에 없습니다. 여러 가지 관리감독 방책들을 써보지만 뾰족한 대책이 될 수 없었습니다.

그러던 어느 날 직원 한 사람이 제 사무실로 살짝 찾아왔습니다. 같은 부서 동료 중에 사주팔자를 꽤 잘 보는 사람이 말하기를 '서장이 화기(火氣)가 약하여 직원들의 사고가 잦은 것 같은데 이것을 누르려면 붉은색 계통의 옷을 입어야 한다고 합니다.'라면서 붉은색이 많이 들어간 넥타이를 내놓았습니다. 꼭 착용하시고 다니라는 말도 곁들였습니다. 부임 초부터 작은 선물이라도 직원들로부터 받지 않겠다는 다짐을 하면서 지냈는데, 나는 자체사고가 발생치 않을 것이라는 비방에 그만 흔쾌히 넥타이를 받았습니다. 물론 비싼 명품 넥타이가 아니었고 소속 직원들이 업무상 과오가 발생해 신상에 불이익이 생겨서는 안 된다는 충정어린 마음을 매몰차게 내칠 수 없었습니다.

비방 탓인지 그 이후 자체사고가 줄어들기 시작했습니다. 차츰 경찰서 분위기도 안정되어 갔습니다. 임기 마지막까지 나는 주말을 제외하면 거의 그 직원이 비방으로 준 붉은색 넥타이를 착용했습니다. 그뿐만 아닙니다. 한겨울에 받쳐 입는 가디건을 포함하여 심지어 빨간색 속옷도 마다하지 않았습니다. 다니던 교회 목사님께서 이 사실을 알면 기절초풍할 노릇이지만 직원들이 다치지 않게 하려는 저의 벼랑 끝 마음을 하나님께서도 이해해주실 것으로 믿으며 쭉 빨간색 차림을 이어갔습니다. 그리고 내 임기를 더 큰 과오 없이 마무리했습니다.

잡귀나 나쁜 일을 알아내는 색은 빨간색이 확실(?)한 것 같다는 과학적인 근거를 도출해냈습니다. 공무원 특유의 어두운 색상에 길들여져 처음에는 어색했습니다. 붉은 계통으로 차림을 밝게 하고 보니 만나는 사람들마다 보기 좋다고 칭찬을 아끼지 않았습니다. 칭찬으로 표정이 밝아졌습니다. 마음의 평안으로 이어졌습니다. 걱정이 줄어들었습니다. 걱정이 줄어드니 일을 해결하는 데 에너지를 더 많이 쏟을 수 있게 되었습니다. 그래서 힘든 일도 잘 해결되게 되었습니다.

아! 이런 현상이 미신적인 것 같은 비방효과의 과학적 근거가 아닌가 생각됩니다. 좋은 기운으로 작용한 빨간색 넥타이 착용은 이제 일상사가 되었습니다. 이념의 고정 틀이 바뀐 것은 아니지만 적어도 색상 레드콤플렉스는 극복된 것 같습니다.

마음이 따뜻한 경찰이 되고싶다

그러고 보니 트레이드마크처럼 빨간색 넥타이, 빨간색 셔츠를 고집하는 H 국회의원의 스타일도 혹시 비방이 아닐까 하고 생각하게 됩니다.

● 2012년 우리나라 보수 정당이 빨간색을 택하게 되었다.

# '웃기고 자빠졌네'
# '웃기려고 자빠졌네'

∷

    소통이 화두입니다. 가정, 직장, 사회, 국가 모든 부문에서 소통 얘기를 합니다. 국가 지도자를 뽑는 기준으로도 국민과의 소통능력이 중요한 기준으로 되고 있습니다. 압축성장 과정에서 효율성을 위해 사회 전반적으로 일방통행적 의사결정 구조가 만연된 우리사회가 한계에 봉착하고 대안으로 떠오른 것이 소통이 아닌가 생각되어 집니다. 부모는 자녀와, 사장은 사원과, 정치 지도자는 국민과 온통 소통을 해야 한다는 데는 이설이 있을 수 없는 상황이 되었습니다. 소통하면 만사형통, 운수대통이라고 할 정도까지 되었습니다. 그런데 여기서 딜레마에 빠지게 됩니다. 정작 소통의 중요성을 역설하면서도 어떻게 하면 소통이 잘 될 수 있는지 그 방법을 잘 모르겠습니다. 직장에서는 워크숍을 하거나 회식을 하거나 단합대회를 하거나 여러 가지 프로그램을 개발하여 사용합니다. 최근에는 인터넷의 발달로 SNS을 통한 소통도 중요한 수단이 되었습니다. 무릇 소통은 결국 어떤 방법을 통해서 하느냐가 소통의 성공여부를 결정짓는다고 봅니다. 소통은 서로의 눈높이를 맞추고 서로의 생각을 가슴을 열고 받아들이면서 주파수를 맞

마음이 따뜻한 경찰이 되고싶다

추는 행위입니다.

직장과 같은 조직속에서는 소통은 더욱 중요한 것입니다. 물이 위에서 아래로 흐르는 것과 같이 소통의 물꼬는 관리자의 몫이 아닐까 생각이 듭니다. 장유유서의 유교적 가치가 생활화된 우리의 문화에서 자유로운 소통이란 참 쉽지 않은 일입니다. 사장님의 말씀에 귀 기울여 듣기에 급급하지 감히 자신 있게 자신의 생각을 말할 수 있는 회사가 몇 곳이나 될까요? 이러니 주로 지시일변도의 일방통행식 의사결정 구조가 됩니다. 소통은 한낱 공염불에 불과하게 됩니다. 수용해야하는 쪽에서는 무의식적 맹종이나 냉소주의에 빠지게 됩니다. '웃기고 자빠졌네.'라는 말이 있습니다. 타인의 말이나 행동에 대한 조롱의 표현입니다. 겉으로 말은 하지 않아도 많은 경우에 상대방의 말에 이런 반응을 가진 조직이라면 그 조직의 앞날은 명명백백합니다. 그래서 경찰서장으로 근무하면서 이것을 혁파하기 위해 많은 고민을 했습니다. 회의를 하면 정말 딱딱한 분위기를 깨기 힘듭니다. 제복을 입고 계급장과 총기를 사용하는 조직으로서 당연한 분위기일지 모릅니다. 회의는 언제나 관리자의 지시와 하급자의 일방적 메모하기에 급급합니다. 도무지 소통이 힘듭니다. 그래서 사기업체에서 유행하는 펀(fun) 경영에 대해서 관심을 가지게 되었습니다. 관리자의 유머와 위트가 회의분위기를 바꾸거나 구성원의 창의성을 진작시킨다는것이 핵심이었던 것 같습니다. 그때부터 '아! 내가 망가져 보자 그리고 직원들을 웃겨보자.'고 작심했습니다. 그래서 시중의 개그프로의 유행어를 구사하거나 유머집을 섭렵하며 직원들에게 다가가기를 노력했습니다. 결과는 상상이상이었습니다. 직원들이 저를 편하게 대해주면서 때로는 속에 있는 생각들을 쉽게 털어 놓기도 하였습니다. 결론은 확실했습니다. 소통은 눈높이를 맞추는 것이었습니다. 어린 시절 주변의 어른이 눈높이를 맞추기 위해 귀를 잡고 버쩍 들어 올렸을 때 귀가 빠지는 듯한 아픔과 괴로움을 경험한 적이 있을 겁니다. 안한 것만 못한 것이었을 겁니다. 외국영화나 드라마에서 서양사람들이 아이와 눈높이를 맞출 때(지금은 우리주변에서도 흔히 볼 수 있는 모습이지만) 어른이 쪼그리고 앉아 불편한 자세를 하는 장면을 봤을 것입니다. 소통은 이렇듯 아래쪽으로 눈과 마음을 맞추는 것 같습니다. 어느날 직원 전체 조회시간에 단상을 올라가면서 다리를 헛디디며 넘어졌습니다. 평소 같으면 직원들의 장탄식과 함께 분위기가 어색했을 겁니다. 그러나 나는 '여러분의 즐거운 아침 조회시간이 되도록 웃기기 위해 자빠졌습니다.' 하고 말했습니다. 직원들의 웃음소리가 터져 나왔습니다. 결국 그날의 조회시간은 상사의 지시사항에 '웃기고 자빠졌네.' 라는 냉소적인 눈빛이 아니라 웃기려고 자빠져준 서장님, 우리를 즐겁게 해줘서 고맙다는 직원들의 마음과 직원들의 활기찬 하루를 소망하는 저의 작은 바람이 오고간 훈훈한 하루였습니다.

● 그날 이후 저는 가끔 다른 기관에 특강을 가서 동일 수법(?)을 종종 써먹는 상습범이 되었습니다. 원활한 강의를 위해….

마음이 따뜻한 경찰이 되고싶다

# 친구야!

"친구야! 우리 사돈 할까?" "우리 며느리 잘 있나?" "우리 사위는 우에 지내노?"

우리가 20대에 결혼하고 낳은 아이들의 유아시절, 가끔씩 만나면 첫 아들을 둔 자네와 첫 딸을 둔, 내가 TV 드라마에서 본 대사를 흉내 내며 서로의 인연을 이어가고 싶었던 적이 있었지. 그런데 벌써 그 아이들이 훌쩍 장성하여 얼마 있지 않으면 결혼적령기가 다 되었다네. 아득히 먼 훗날의 일이라서 큰 의미 없이 농담처럼 나누었던 대화들이 현실로 다가왔으니 시간이 참 빨리 흐르고 있네.

까까머리에 교복 같은 경찰유니폼을 겨우 몸에 맞춰 걸치고 부평 예지산 기슭에서 시작한 자네와 나의 경찰생활도 벌써 4반세기가 훌쩍 지나 머리카락은 어디론가 다 날아가 버리고 눈가엔 잔주름마저 간간이 보이는 중년으로 접어들었구면. 경찰생활을 해온 날이 할 날보다 훨씬 많아진 요즈음 친구도 그렇겠지만, 몸도 지치고 마음도 많이 쫓기게 되네.

어젯밤 친구의 고민 어린 문자메시지를 보고 친구만의 문제가 아니라 나 자신의 문제이기도 해서 잠을 뒤척이다시피 했네. 곰곰이 생각해보면 친구와 나는 닮은 점도 참 많은데 나는 나와 다른 자네의 모습을 정말 더 좋아한다네.

우리 둘의 생일이 그리 흔하지 않은 설날 다음날로 똑같지. 설날 다음날이면 "미역국 무웃나?"라고 잊지 않고 전화해주는 친구가 여간 고마운 게 아니었다네. 우리 직업이 명절 때 제대로 고향도 가지 못하고 가족만 보낸 채 혼자 대충 때우던 그때, 자네의 전화는 큰 위안이자 즐거움이었네.

군복무 대체근무를 마치고 경찰대학에서 학생 지도관으로 근무하는 것을 시작으로 몇 년 뒤 승진하여 경남지역 기동대장을 마치고 서울에 올라와 자네는 일선에서 나는 본청 등 기획부서에서 근무하다가 외풍 탓인지 능력 탓인지 보직관리가 힘든 시절에는 당시 똑같이 한직으로 분류되던 경비부서에서 근무하지 않았나. 도로 하나를 사이에 두고 대기시간 무전기로 틈틈이 교신하며 시간을 보내던 일을 즐겼고 그 이후 앞서거니 뒤서거니 승진하여 해외주재관 생활을 마쳤지. 요즈음 자네는 중요 보직에서 다음을 기약하며 고군분투하고 나 역시 필드에서 열심히 뛰고 있지.

우리 둘은 아내들이 교사로 같은 직종에 근무하고 있어 맞벌이의 애환에 대해 말을 나누지 않아도 너무 잘 알고 있는 점도 닮은 점이라면 닮은 점일 걸세. 세월이 흘러 머리숱이 하나둘씩 빠지면서 서로 머리를 맞대며 벗겨진 머리로 주변을 밝히면서 서로가 더 대머리라고 우기고 있지만 그런 외모도 닮은 점은 아닌가 싶네(제수씨가 이 부분은 인정하지 않을 거겠지만 어쨌든 나는 유사품이라고 생각하네).

그리고 집안에 막내로서 부모님과 형제·자매들로부터 사랑을 한껏 받으며 유년시절을 보내고 지금도 인정 많은 형님과 우애를 돈독히 하

마음이 따뜻한 경찰이 되고싶다

는 것도 닮은꼴이 아닐까 싶네.

둘 다 가족의 건강문제로 가슴앓이를 많이 했지 않은가. 자네는 아들, 나는 아내의 예기치 않은 질병으로 정신적으로 많은 고통을 겪었지만, 종교를 기둥 삼아 잠시나마 의지하며 견뎌낸 기억도 있다네.

하지만, 그런 닮은 점만큼이나 나와 많이 다른 자네의 모습이 늘 부럽다네. 대학시절 자네는 학생대표로서 언제나 타의 모범이 됐던 반면 나는 제도의 틀을 크게 벗어나지도 못하면서 약간의 일탈의 늪을 기웃거렸지. 그리고 작은 악마가 되어 자네를 늪으로 잠시 유혹한 적도 있다네. 기억이 아물거릴지 모르지만, 대학 4년 시절 인천의 홍등가에서 어설픈 어른 흉내를 낸 적이 있지. 주머니에 있는 푼돈으로는 더 큰 거사(?)를 치를 수 없었기에 슬그머니 빠져나온 적이 있지 않은가?

그리고 어떤 일이든 한번 시작하면 전문가 수준에 이르게 하는 자네의 다재다능함에 대해 늘 부럽기도 하면서 매사 찔끔찔끔 기웃거리는 나와는 다른 점이라고 생각하네. 문학에 깊은 조예를 보이고 프로선수와 다름없는 탁구, 사격실력을 보이는가 하면 언제부턴지 자네가 하는 국궁을 통한 정신수련 활동을 하는 것을 보고 참 집중력이 대단한 사람이라는 생각을 하게 되었다네. 또 언제 내가 깜짝 놀랄 기예들을 보여줄까 궁금할 뿐이라네. 무슨 일이든지 시작하면 끝을 보는 자네의 집중력과 끈기가 나는 늘 부럽네.

은근히 우러난 곰탕 국물처럼 농도 있는 웃음을 자아내게 하는 자네의 탁월한 유머감각이야말로 내가 가장 부러워하는 대목이라네. 물론 그것보다는 허접한 나의 유머에 크게 웃어주는 자네야말로 진정한 유머의 고수지. 왜냐하면, 그 웃음이야말로 바로 바이러스가 되어 나를 더욱 자극하게 하니 말일세.

만나면 우리는 마음은 아직도 철부지 10대 아이들처럼 킥킥거리며 잘 웃지 않는가. 그 시간이 우리에게 어쩌면 가장 행복한 시간일지 모름에도 우리는 그것보다는 지금의 힘든 시간들과 내 앞에 다가올 불확실한 미래를 더 고민하는 현실에 놓여 있지. 안타까울 따름이네. 세상의 모든 권세와 명예가 한낮 스쳐 지나가는 찰나에 불과한 것이 진리임에도 아직 내려놓지 못하고 집착하고 있는 것은 아닌지 모르겠네. 친구나 나나.

친구야! 주말이면 시내 한복판에서 이뤄지는 철야시위 때문에 평소 그렇게도 다정스럽게 지내는 제수씨, 훈이, 민이와의 시간을 갉아먹고 있으니 개인적으로 얼마나 많은 번민에 사로잡히겠는가? 밤을 새워 무전기 앞에서 특유의 성실성과 진지함으로 상황대처를 하고 있는 친구가 자랑스러우면서도 그런 개인적인 행복들을 뒤로 제쳐 둬야 하는 현실을 누구보다 잘 알기에 멀리서나마 자네의 건강과 건승을 기원할 뿐이라네.

며칠 전 내가 친지 경조사 참석차 잠시 고향에 간 사이에 자네에게 힘든 일이 생긴 것을 그제 문자를 받고 몇 군데 알아봤네. 벼슬 값이라고 치부하기에 지나치다는 점이 있다고 생각되더구먼. 비슷한 시간대에 나 역시 경찰서에서 어처구니없는 사고가 발생한 걸 자네도 알지. 남들보다 잘해봐야겠다는 생각, 인정받아야겠다는 생각, 그런 것들이 손상을 입었다는 생각들이 뒤엉켜 사건이 해결되었다고 보고를 받고도 별로 안정감을 찾을 수 없었다네. 그러면서 내성을 키운다고 했던가? 잘 풀릴 것이라고 애써 자위한 탓인지, '나라고 매번 잘할 수 있나.'라는 '배 째라.'라는 심정으로 보내니 지금은 좀 풀리는 것 같네.

며칠 사이에 참 힘들었을 걸세. 자네 역시 내가 보기에 완벽주의와 모든 일에 모범적인 업무처리가 트레이드마크이고 게다가 온화한 인품으로 경찰조직에서 상당히 신망을 받고 있는 사람인데 뜻하지 않은 일들이 닥쳐와 마음고생이 심할 걸세. 도종환 시인이 '바람이 오면 오는 대로 두었다가 가게 하라.'고 노래했는데 지금의 상황을 지나가는 바람이 잠시 머물다 가는 것으로 생각하세나.

이제 자네나 나는 앞으로 짧게는 5년 길게 봐도 10년 안팎의 시간 안에 어쩌면 천직처럼 여겨온 경찰조직을 떠나게 될 걸세. 경찰인으로서 이보다 더 긴 시간을 생활하게 되는 것은 운명이려니 생각하고 그동안 축적되어 있고 국가와 주변으로부터 많이 받은 것들을 되돌려준다고 생각하며 지내세.

그래서 나는 요즈음 경찰서에서 직원들을 위해 뭘 할까 고민하고 여러 가지 시도를 해 본다네. 물론 전시행정이니 기본업무에 도외시하고 엉뚱한 일을 한다고 폄하당할 수 있다네. 특히 자체사고라도 날치라면 더욱 혹평을 받을 거네. 조용히 있다가 가면 될 일이지만 그래도 내게 주어진 시간이 많지 않다는 생각으로 소신껏 하기로 했다네(시간이 지나면 이마저도 부질없는 일이 아닐까 생각 들지만 그래도 의미를 두려고 하네).

내가 진짜 좋아하고 나와 다른 점을 꼭 닮고 싶은 친구야! 우리는 지금 긴 터널의 끝 지점에 와 있는 것 같다네. 이제 희미하게나마 보이는 우리의 다음 시간들을 준비하세나. 현재의 상황이 항시 머물지 않음을 다시 인식하고 가슴 졸였던 시간들에 대한 보상을 받기 위해서라도 나머지 시간들을 잘 마무리하세나. 그리고 그런 시간들이 지나간 후에 뜨겁게 사랑하는 연인들이 만나지 못해 애태우는 것처럼 우리 애간장을 태우는 우리들만의 재미있는 운동시합(?)을 자주 했으면 싶네.

빨리 시간이 흘러 인간 군상들로 들볶는 그리고 대립과 반목이 이글

거리는 정글 같은 도시를 미련 없이 떠나고 싶네. 도시 외곽의 한적한 동네에 마당 있는 조금만 집에서 아내와 마음껏 웃고 마음껏 나누면서 서로의 건강을 돌보고 찾아오는 친구나 후배들과 어울려 경찰 생활의 추억을 안주 삼아 못 마시는 쓴 소주 한잔 기울이고 텃밭 가꾸며 마음 넉넉하게 살고 싶다네. 친구도 내 생각과 크게 다르지 않을 것을 같구먼.

가을이 성큼 다가서고 있는데 별로 감흥이 없지 않은가? 그래도 친구의 뜨거운 가슴 속에 잠시 잠자고 있는 단심을 발동해서 이번 가을엔 한 수 읊어보게. 듣고 싶네그려.

언제나 그랬듯이 혈투를 한판 하자고 해 놓고 늘 피를 보기는 커녕 자책과 회환의 발길을 돌렸던 지난날 우리들의 작은 만남과 치기어린 놀이(?)를 퇴직 후에도 떠나간 애인이 돌아올 때 다시 만나러 가는 흥분과 설레임으로 자주 하세나.

이제 50줄, 지천명의 나이에 들었다고 하는데 건강을 챙겨야 할 나이인 것 같네. 건강관리 잘하시게나.


- 친구와는 아직도 머리털을 가지고 장난을 치며 나이 먹는 줄 모르고 지낸다. 환갑을 넘겨도 친구와는 철부지 장난을 치게 될 것이다.

- 친구와 나는 같은 해 초겨울 또 다시 나란히 경찰의 별이라는 경무관으로 나란히 승진했다.

마음이 따뜻한 경찰이 되고싶다

두 번째 세상

02

# 경찰살이

# 독거노인 겨울이야기

∷

　며칠 사이에 언제 가을이었나 할 정도로 급작스럽게 기온이 급강하하더니 다시 포근한 날씨로 돌아섰습니다. 과천청사 앞 대규모 집회, 연말 방범비상 근무 등으로 바쁜 일상을 보냈습니다. 모처럼 관내가 조용하여 경찰서 구내식당에서 동료들과 점심 식사 후 짬을 내어 경찰서 마당 모퉁이에 있는 정자에 앉았습니다. 포근한 날씨라고 하지만 가을 기운과 다른 찬 공기를 느끼는 순간 자판기 커피의 온기가 그리워 한 잔씩 나눠 들었습니다. 손바닥을 감도는 온기와 코끝에 와 닿는 커피 향을 맡으며 모두들 어렵다는 경제 한파에도 직장이 있다는 것과 점심을 먹고 잠시나마 커피 한잔으로 동료들과 방담의 시간을 가질 수 있다는 사실에 감사할 따름입니다.

　하지만, 마음 한구석 가시지 않은 무거움이 함께 했습니다. 오전에 관내에 거주하는 독거노인 방문 행사가 있었습니다. 해마다 이맘때면 연례적인 불우이웃돕기 행사의 일환으로 이루어지는 것 같아 썩 마음 내키는 행사가 아니었지만 그래도 이렇게라도 하는 것이 평소의 무관심보다는 나을 것이라고 생각했습니다.

　라면, 김장김치, 쌀 등 기초적인 생필품을 준비해서 몇몇 동료들과 독

마음이 따뜻한 경찰이 되고싶다

거노인을 방문하기로 하였습니다. 약간 비탈진 중턱에 위치한 다가구 주택 지하방에 거주하는 Y 노인은 85세의 고령이었습니다. 젊어서 남편을 잃고 딸과 아들이 있지만, 그네들도 살기 어려워 혼자 사노라고 했습니다. Y 노인은 관절염 같은 노인성 질환으로 거동이 불편해 나들이도 쉽지 않고 날씨가 추워지면서 더욱 방에서만 지내고 있다며 우리 일행의 방문 자체를 너무 좋아했습니다. 동사무소의 기초생활보조금으로 생활하면서도 틈틈이 외손자 학비에 보태라고 딸에게 조금의 돈을 송금한다고 하니 부모의 마음은 자신의 헐벗음에 아랑곳하지 않는 것이라는 생각이 들었습니다.

그래도 제법 온기가 있는 방바닥에 안도해하며 의례적인 안부인사와 건강문제들을 이야기하면서 불편한 일이 있으면 지구대나 경찰서로 연락할 것을 알려주고 다음 방문지를 위해 일어서려는데 Y 노인은 잠깐 앉아있으라며 부엌으로 나가려고 하였습니다. 부엌이라고 해야 취사도구 몇 개가 있는 방 바로 밖의 작은 공간에 불과하였습니다. 사연인즉 손님이 왔으니 마실 차라도 가져오겠다는 것이었습니다. 나는 할머니의 불편한 거동과 다음 방문지를 위해 시간을 더 이상 지체할 수 없다는 생각에 사양 아닌 사양을 하며 할머니의 부엌행을 만류하였습니다. Y 노인의 손님대접(?) 고집은 계속 되었으나 우리의 거듭된 사양을 받아들이면서도 못내 아쉬워했습니다.

창문틀로 들어올 외풍 걱정과 보일러 시설의 정상작동과 같은 겨울나기를 위한 초보적인 거주환경들을 더 살펴보고 방을 나서려 하자 Y 노인은 급하게 우리 일행의 소매를 잡더니 잠시 있으라며 부엌으로 나와 낡고 녹슨 김치냉장고 뚜껑을 열고 그 안에 있는 것을 보여주며 꼭 마시고 가라고 하였습니다. 그것은 다름 아닌 할머니가 우리 일행을 위해 크기가 다른 머그컵 3개에 담아둔 식혜였습니다. 우리의 방문약속을 연락받고 Y 노인은 며칠 전부터 우리를 위해 그것을 준비했던 것이었습니다. 나는 잠시 멍한 상태에 있다가 급히 그 머그컵을 잡고 식혜를 단번에 마셔버렸습니다.

초겨울 날씨에 김치냉장고에 보관된 식혜가 식도를 넘어가며 차가운 느낌이 들었지만, 세상 어느 사람의 손님 접대보다 따뜻한 차를 대접받는다는 생각이 들었습니다. Y노인은 동사무소 생계보조금으로 혼자 살기엔 넉넉지는 않지만 끼니 걱정 없이 살 수 있을 것입니다. 그러나 자식들이 있음에도 함께 살지 못하는 외로움이 Y노인을 더 힘들게 할 것입니다. 아무도 잘 찾아오지 않아 사람이 그리운 Y노인에게 우리의 방문소식은 그 어떤 소식보다 반가운 소식이었을 것입니다.

전국에 기초수급생활대상자로 관리 중인 독거노인은 100만여 명 추산하고 있습니다. 시, 군, 구청, 소방서뿐 아니라 경찰에서도 오래전부터 지구대, 파출소별로 담당자를 지정해두고 독거노인에 대한 보호활동을 하고 있습니다. 해마다 연말이면 사회단체, 관공서, 기업에서 이들을 방문하여 생필품을 전달하고 사진도 찍고 관심을 가져봅니다. 그러나 이들에게 이런 물질은 잠시 위안이 될지언정 사람이 그리운 그들의 외로움을 해소할 수는 없을 것입니다.

세계적인 경제 한파로 마음마저 얼어붙은 08년 겨울, 우리 모두 마음으로 우리 주변을 둘러보며 독거노인과 같은 소외계층에 대해 따뜻한 마음이 전달되었으면 합니다. 오바마 미국대통령 당선자가 어느 연설에서 '내가 아무리 돈이 많아도 이 세상 어딘가에 돈이 없어 약을 사지 못하는 할아버지 한 분이 있다면 나는 아직 부자가 아니다….'라고 했다고 합니다. 우리나라가 아무리 경제대국이 되어도 소외된 사람과

마음이 따뜻한 경찰이 되고싶다

따뜻한 마음을 나누지 못한다면 우리는 경제대국과는 거리가 먼 나라일 것입니다. 낡은 김치냉장고에 넣어두었다가 내게 건네준 Y 노인의 식혜 한잔이 '엄정, 원칙'으로 무장된 내 경찰정신을 따뜻하게 녹여 체온 37도까지 올려준 하루였습니다.

● 2008. 겨울 독거노인을 방문하고···.

# 어떤 인연

■■

누구나 하나 이상 아픔은 가지고 살아갑니다. 하지만, 망각이라는 마술에 걸려 문득문득 잊고 살아갑니다. 그럼에도, 한시라도 잊을 수 없는 것이 있습니다. 바로 사랑하는 가족의 예기치 않은 죽음으로 이별을 하는 것입니다. 가족이라는 인연은 인위적으로 맺어지는 것이 아니라 하늘이 맡겨준 운명입니다. 그래서 가족과의 사별은 다른 어떤 사별보다 아픈 마음이 크고 오래갑니다.

현대 기계문명의 발달은 편리한 만큼이나 사람의 목숨도 쉽게 앗아가는 대가를 치르게 합니다. 자동차사고, 건물붕괴, 고속열차사고, 심지어 컴퓨터 오락기에 깊이 빠져 죽음에 이르는 일은 조상들이 되살아온다면 죽음의 원인을 설명하기조차 쉽지 않을 것입니다. 이런 급작스런 죽음을 통해 맞이하는 이별은 슬픔을 더욱 크게 합니다.

그렇지만, 시간이 지나면 그 슬픔도 어느 듯 망자와 함께했던 시간이 살아남은 자의 삶 속에 스며들면서 아름다운 추억으로 하나둘씩 포장되어 갑니다. 사람은 추억으로 산다는 말이 그런 것을 의미하겠지요.

얼마 전 6월이 지났습니다. 6월은 보훈의 달입니다. 6·25전쟁을 겪은 우리는 세계 어느 민족보다 많은 아픔을 간직하고 살아갑니다. 이제는 반세기를 훌쩍 넘겨 그 아픔의 기억은 빛바랜 사진처럼 지난 시간들을 되돌아보는 아름다운 추억의 한 장면으로 변해가고 있습니다.

경찰관으로서 맞이하는 보훈의 달은 군인 못지않게 일반인과 다른 감회에 젖어들게 합니다. 전쟁의 막바지에 많은 선배 경찰관들이 크고 작은 전투에서 희생되었고 특히 지리산 주변 공비토벌은 많은 경찰관이 희생되었습니다.

전쟁의 혼란한 가운데 미쳐 가족을 돌볼 수 없었던 이들은 단신으로 전투에 참가하여 가족에게는 전사라는 내용이 담긴 누런색 봉투 하나만을 남기고 홀연히 산화했습니다. 신혼의 단꿈을 잃은 새댁의 절규도 전쟁의 포성에 묻혀 버렸습니다. 일상처럼 벌어지는 죽음의 행렬에 익숙한 나머지 누구도 오래도록 눈길을 주지 않았던 시간들이었습니다. 이제는 가물거리는 기억 넘어 남편의 얼굴은 유복자의 나이 먹은 모습에서 되새겨볼 뿐입니다.

90세를 훌쩍 넘긴 할머니와 지극히 짧은 만남의 인연을 얘기하고 싶습니다. 할머니는 올해 6월에도 어김없이 동작동 국립묘지를 며느리와 딸이 해준, 고운 실 모시 적삼에 구부러진 허리를 단장에 의지하고 남편의 묘지를 찾았습니다. 한일합방을 하고 10여 년 뒤 태어났으니 한글보다는 일본어가 더 쉬운 어린 시절을 보냈을 겁니다. 그리고 과년한 처녀는 학업보단 남자를 만나 결혼하는 것을 사회적 의무로 여기던 시절이었기에 20대 초반의 나이에 얼굴도 한번 보지 못한 남자를 반려자로 맞아 딸을 낳고 행복한 일상을 보냈습니다. 농도가 짙은 행복일수록 그 기간은 더욱 짧아지나 봅니다.

동족 간 전쟁이 일어났습니다. 새댁은 전쟁이 자신에게 어떤 일이 벌어질지 생각조차 하지 않았습니다. 그저 평온하게 시골 면사무소 공무원인 남편은 그런 전쟁과는 무관하게 오늘도 논에 물을 잘대고 있는지 농가를 지원하기 위해 도시락을 옆에 끼고 사립문을 나서는 것을 배웅했습니다. 저녁에 어떤 것을 밥상에 올려 남편에게 칭찬과 사랑을 받을까? 정도의 생각에 머물렀기 때문입니다. 학교를 갓 입학한 딸아이도 아비의 출근길을 보지 못하고 늦잠 후 허겁지겁 꼬불거리는 흙먼지 길을 서둘러 잡아먹으며 등굣길을 재촉하고 있었지만 그렇게 긴 이별이 기다릴 줄 새댁보다 더 몰랐습니다.

전쟁 막바지가 되면서 남편은 군 복무연령이 되었고 가족과 가까이 있을 수 있다는 생각에 군입대 대신 치안을 담당하는 경찰관을 지원했습니다. 그러나 그의 그런 소박한 꿈은 경찰 부대가 후방에서 잔당 소탕이라는 임무에 투입되면서 사라져버렸습니다. 아내는 잔뜩 걱정을 했지만 그래도 총기를 가진 경찰관이니 더욱 안전하다는 남편의 말을 믿었습니다. 그러나 채 한 달을 넘기지 못하고 남편의 순직 통보를 받은 걸로 걱정은 현실이 되었습니다. 내 아픔을 남이 알아주지 못하는 것을 아파하지 않으며 새댁은 묵묵히 뱃속의 유복자를 낳고 모진 풍파를 겪으며 딸과 아들을 반듯한 사회인으로 성장시켰습니다.

이별의 아픔을 60여 년 넘게 간직하고서 살면서도 길거리의 경찰관 복장을 한 사람을 보면 훌쩍 떠나간 남편의 멋진 모습을 그리며 덩달아 가슴 뿌듯함을 느끼며 삶의 고비 고비마다 위안 삼아 살았습니다. 그리고 해마다 6월이면 음료수 한 박스 달랑 들고 의례적으로 찾아오는 주거지 관할파출소 경찰관이지만 남편과 끊어지려는 인연을 다시 잡을 수 있어 마냥 6월을 기다리며 살았습니다. 그리고 동작동 현충원을 찾는 것을 잊지 않았습니다. 숨 멎은 듯 서 있는 묘지석에 노인의 가쁜 숨결을 불어 넣었습니다. 돌아오는 발걸음은 구부러진 허리보다

마음이 따뜻한 경찰이 되고싶다

앞서 내디딜 정도로 힘이 살아나는 듯했습니다.

　같이 살아온 시간보다 이별한 시간이 더 많았지만, 노인은 먼저 떠난 남편의 나이가 멈춰 있어 여전히 젊은이라는 점이 좋기도 했습니다. 사별이 낳은 아픔이 시간이 지나며 점점 아름다운 추억으로 되살아난 것입니다. 그리고 말했습니다. "당신 후배들이 꼭 1년에 한 번씩 집에 찾아와서 인사를 하고 간답니다. 당신이 제복을 입은 모습보다 못하지만 언제나 경찰관 복장을 한 사람을 보면 당신이 찾아온 것 같아 기분이 좋답니다. 그래서 나는 아직 경찰관의 아내로 살아가고 있습니다. 너무 좋습니다." 노인을 찾아오는 경찰관을 맞이하는 햇수만큼이나 노인의 작은 행복은 쌓여갔지만, 시간은 노인을 남편 옆으로 가기를 재촉했습니다. 이제 90이란 나이를 2년 넘게 넘긴 노인은 금년에는 그런 행복조차 없다는 생각에 실망했나 봅니다. 며칠 사이 잠자는 시간이 많아지고 식사량도 현격히 줄어들었습니다. 수발을 들던 딸과 가족들도 마음의 준비를 하고 있었습니다.

　노인이 사는 아파트는 국가유공자 가족으로 살아온 노인에 대해 국가가 지원하는 혜택크기처럼 넉넉하지 않은 공간이었습니다. 그래도 노인은 만족해하며 살아왔습니다. 하지만, 몸져누운 침대가 거실을 차지하고 있어 더욱 좁게 보였고 한여름 바깥 기온보다 더 높은 실내 온도는 노인의 몸속에 남은 모든 온기가 빠져나와 앉아 있었습니다. 적어도 내가 미처 바쁘다는 이유로 6월을 넘기고 7월의 문턱에 들어선 어느 날 허겁지겁 음료수 박스를 들고 연례행사처럼 노인의 아파트를 방문했던 그날은 그랬습니다.

　고무호스에 의지하여 호흡하고 몇 가지 의료기구들이 침대주변에 가지런히 놓여 있어 평소 노인의 성품과 이를 이어받은 딸(딸이라는 단어를 사용하기에 단어선택이 잘못되었다. 노인의 딸은 또 다른 초로의 나이에 들어서 있었기 때문이다)을 보며 적지 않은 시간 동안 노인은 몸져누워 있었다는 사실을 짐작하게 했습니다. 늦게 와서 죄송하다는 말을 노인의 귀 가까이에 대고 평균 데시벨 이상 외치면서 나의 연례행사를 무심결에 마치려는 순간 깊은 잠에 빠져 있던 노인은 알아듣기 힘든 말들을 입 안 가득 채운 채 눈꺼풀을 올릴 힘조차 없는 듯 눈을 깜박거리며 짧은 음성들을 가늘게 내뱉었습니다. 나는 무슨 말인지 알아듣지 못했습니다. 병석을 지키던 딸에게 제때 오지 못해서 죄송하다는 말과 경찰서에서 관심을 갖고 있다며 긴급연락 전화번호를 적어주고 그날의 행사를 마치고 왔습니다.

다음날 노인이 젊은 경찰관 남편 곁으로 떠났다는 말을 전해 들었습니다. 아! 그때 나는 노인의 힘든 입술 움직임의 의미를 되새기게 되었습니다. 해마다 찾아오던 경찰관이 오지 않자 마냥 기다렸던 것 같습니다. 그리고 내가 찾아가던 그날 이제 남편을 만나러 가기에 앞서 마지막으로 경찰관을 만나게 되어 기쁘고 더욱이 경찰서장을 마지막으로 만나고 왔다는 사실을 남편에게 자랑스럽게 얘기할 수 있게 되었다며 인사를 한 것 같습니다. 나는 노인의 빈소를 찾았습니다. 짧은 조문을 하며 노인의 영정 앞에서 선배경찰관의 가족에 대한 소홀함을 반성한다고, 이승에서 마지막으로 만난 남편의 후배 경찰관으로서 맺은 특별한 인연을 잊지 않겠다고. 그리고 일생을 경찰가족으로 살아온 것이 자랑스러웠을 노인이 영면하시길 기도했습니다.

나는 마치 어떤 보이지 않는 절대자의 의지에 의해 이끌린 듯, 노인과의 짧은 인연으로 젊은 날 산화한 선배 경찰관과 또 다른 인연을 맺게 되었습니다. 그리고 돌아오는 길에 노인과의 맺어진 짧은 만남도 불가

마음이 따뜻한 경찰이 되고싶다

에서 말하는 전생의 몇 겁 인연이 있었기에 가능했던 것이 아닐까 생각해봤습니다.


● 2011.여름 보훈의 달 경찰유가족 방문하고….


● 제12회 경찰문예대전 수필부문 은상 수상작

# 여기서부터 넘어가면 안 되지요?

■■
■■

　지난 4월부터 시작되어 6월의 뙤약볕에 달궈진 아스팔트만큼이나 후끈 달아오르던 '광우병 위험 쇠고기 수입 반대 촛불집회'도 추가협상 등 정부의 노력으로 다소 진정 국면으로 들어선 것 같습니다. 그동안 철야시위 현장에서 온몸이 파김치가 되도록 제 몸 돌보지 않으며 집회 관리를 해온 전·의경 및 동료 경찰관들의 노고에 아낌없는 칭찬의 박수를 보내주고 싶습니다.

　일부 주도 세력의 무분별한 선동으로 정당한 공권력을 집행하기 위해 현장에 출동한 경찰관 및 전·의경들에게 폭언과 조롱을 보내던 초중고생의 치기어린 행동에도 묵묵히 감내하며 극복했던 그들의 인내심에 경외감마저 들기도 합니다. 대다수의 동료들이 인권과 안전의 기조 위에 대처하여 제한된 경찰력으로 대규모 집회상황을 무사히 관리한 것은 한국 경찰이었기에 가능했다고 감히 자평해봅니다. 그럼에도, 일부 인터넷 매체에서 시위군중 도로점거와 경찰버스 손괴행위에 대해서 저항권이라는 괴기한 헌법논리를 내세우곤 실정법인 집시법을 위반하는 사태를 침묵하고 있어 심히 유감스러웠습니다. 경찰이 시민과 충돌을 최대한 피하고 합법적인 평화집회시위를 보장하기위해 설치된 여러 형태의 경찰통제선(폴리스라인 또는 기동대 차 벽, 경찰관 인간띠 등)을 훼손하거나 허물려는 행위를 정당화 하고 있는 현실이 안타깝습니다.

일반 시민들은 Police line을 넘으면 경찰이 사정없이 경찰봉을 휘두르거나 엄격하게 대응한다는 외국의 사례를 상식으로 받아들이고 있는 현실에서 경찰 통제선에 대한 엄연한 집시법상 근거규정과 처벌규정이 있음에도 일부 단체나 집회 주최 측이 이를 무시하고 훼손하는 형태의 집회를 개최하여 그들의 주의 주장이 관철되거나 투쟁의 선명성을 높이는 것으로 착각하는 경향이 있는 것 같습니다.

내가 근무하는 과천정부종합 청사를 관할하는 과천경찰서도 농림해양수산부가 위치하고 있어 미국산 쇠고기 수입관련 사태에서 자유로울 수가 없었습니다. 협상발표 초기, 1만여 명의 전국 한우협회 농민회원들의 항의성 집회는 물론 정부 경제부처가 밀집하여 평소에도 대소규모의 각종 민원성 집회가 끊이지 않고 있습니다. 정부청사라는 상징성으로 집회주최측 및 참가자들은 때때로 청사를 집단으로 진입하려고 하고 이를 막으려는 경비 경찰과의 마찰이 종종 일어나게 됩니다.

몇 년 전 일부 단체회원들이 청사울타리를 넘어 관계부처 장관의 면담을 요구하며 농성으로 이어지는 사태가 발생하여 관련자들이 사법처리되고 경비책임자들이 문책된 사실이 있은 후 집회관리가 엄격하게 이루어지고 있습니다. 경찰은 상시 집회장소인 과천청사 운동장 울타리 주변에 시인성이 좋은 폴리스라인을 설치하고 그 안에서 집회를 개최해줄 것을 요구하고 주최 측도 질서유지인을 두고 집회 장소 내에서 집회가 마무리되도록 하고 있습니다. 아직도 몇몇 단체 및 참가자들이 이를 무시하고 청사내로 진입을 시도하여 경비경찰의 긴장감을 불러일으키고 있습니다.

과천청사를 관할 책임진 경찰서장으로서는 여간 신경이 쓰이는 대목이 아닐 수 없습니다. 하지만, 서울에서 끊임없이 과열되던 릴레이 촛불집회의 와중에도 과천정부 청사 앞의 대소규모 집회는 집회 주최 측이 MOU를 체결하고 질서유지인을 운영하는 등 자율 준법집회 노력과 경찰에서 대표자를 관계부처와 적극적으로 면담을 주선하는 등 평화적 집회를 보호키 위한 노력으로 큰 문제 없이 집회가 관리되고 있는 상황입니다. 그러나 대부분의 집회 단체와 달리 늘 우리를 긴장으로 몰아넣는 일부 단체 및 회원들은 집회규모의 대소를 불문하고 의도적으로 경비경찰과 마찰을 일으키거나 울타리를 넘으려는 돌출적 행동을 종종하고 있습니다. 이들 단체와 회원들의 집회양상은 어쩌면 집회전략과 전술의 일환일 수 있습니다.

집회를 개최하는 대다수는 사회제도에서 법의 의미가 무엇인지를 알 정도의 교육과 훈련이 되어 상대적으로 노블레스(noblesse)의 부류일 수 있습니다. 그럼에도, 법을 준수하겠다는 의식의 외면은 우리를 씁쓸하게 할 뿐입니다. 최근 교통법규를 제일 잘 준수하는 집단이 초등학생이며 가장 위반이 많은 장소가 대학교 앞이라는 통계를 접하면서 더욱 이런 생각이 굳어집니다.

토지보상 문제로 200여 명의 시골 노인 분들이 과천 정부청사 앞 운동장에서 집회를 개최하였습니다. 꽤 긴 시간 동안 끌어온 집단 민원이어서 나름대로 주최 측은 우리가 늘 일상에서 익숙해져 있는 통일된 조끼와 머리띠, 비닐 막대 등 시위용품을 갖추었고 사회자의 선창으로 투쟁가를 부르거나 대중가요를 부르고 박수와 함성을 지르는 등 일반적인 시위의 모양은 갖추었지만 잘 조직화된 단체의 시위와는 비교할 바가 못 될 정도로 다소 어설퍼 보였습니다. 할아버지, 할머니들의 구호와 함성도 왠지 느슨한 긴장감을 갖게 할 정도였습니다.

마음이 따뜻한 경찰이 되고싶다

그러나 이러한 감상에 젖은 틈을 간파하기라도 한 듯 집회가 무르익어가자 사회자는 "정부청사로 쳐들어가 우리의 뜻을 관철시킵시다."라며 할아버지 할머니들을 선동하고 대열을 정비하고 있었습니다. 순간 무전기 기계음이 날아들고 기동대원들의 움직임이 빨라지면서 청사방호를 위한 만반의 준비에 들어갔습니다. 설득과 위반 시 처벌을 알리는 조치가 취해지자 대열을 이루어 집회장소를 이탈하려던 촌로들의 행진대열은 평소 쳐둔 폴리스라인 앞에 갑자기 멈추고 구호를 외치기 시작했습니다.

20여 분간 폴리스라인 앞에서 멈춰서 대치상태가 되자 잠시 여유가 생긴 나는 폴리스라인 앞으로 나가 그들과 대면했습니다. 맨 앞에 허리를 구부정히 한 채 사회자의 선창을 따라 구호를 외치던 할머니에게 "할머니 연세가 어떻게 되십니까?" 하고 물으며 폴리스라인을 넘어서면 안 된다는 취지의 말을 하려는 순간 "경찰관 아저씨, 여기를 넘어서면 안 되지요?" 그것은 몰라서 묻는 것이 아니라 넘지 않겠다는 다짐의 말이었고 긴장감이 얼굴에 가득한 나를 안심시키려는 말이었습니다. 나는 다른 대꾸를 하지 못하고 다만 "무더운 날씨에 할머니 몸조심하십시오." 하고 폴리스라인 뒤쪽으로 물러섰습니다. 물론 할머니들은 그곳에서 10분간 더 지체하다가 조용히 집회를 마무리하고 귀가하였습니다.

그날의 집회과정에서 그래도 법을 지키겠다는 촌로들의 마음을 읽으면서 폴리스라인을 설치하여 시위군중과의 충돌을 최소화하고 보호하려는 경찰의 노력을 강경진압 운운하며 비난을 하는 일부 집회 주체 단체의 법 무시 행태가 떠올라 씁쓸한 기분을 떨칠 수 없었습니다.

● 2008. 가을 과천청사 경비상황을 처리하며…

# 서장님,
## 저는 안 찌를 것 같았습니다

■:

　국민의 생명과 재산보호라는 소중한 사명을 완수하기 위해 경찰관서의 24시간 긴급 상황근무 태세는 늘 긴장의 연속입니다. 경찰서 상황실뿐 아니라 일선 지구대, 파출소 현장 경찰관, 형사, 교통경찰 등 외근 경찰관의 눈은 밤낮없이 분주히 돌아갑니다. 이런 상황 대비는 최일선 경찰지휘관인 경찰서장도 예외일 순 없습니다.

　공휴일 오후 관내가 평온한 상태라 모처럼 가족들과 저녁식사를 하겠다는 야무진 생각으로 식사약속 장소로 이동하던 중 경찰서 상황실로부터 날아온 한통의 문자가 가족과 함께 하려던 일상의 행복을 포기해야 했습니다.

　"20대 불상의 남자가 여자를 인질로 잡고 칼로 위협하고 있다."는 내용의 문자는 모든 신경을 곤두서게 하며 현장으로 달려가게 만들었습니다. 이동 중 현장에 출동한 파출소 경찰관의 상황을 보고받으며 타격대 출동, 상황실장 현지지휘, 특공대 출동 준비 및 협상 전문가 확보, 시간을 끌 것 등 몇 가지 지시를 하며 주말 낮시간 차로를 가득 메운 차량을 원망하며 이동을 재촉했습니다. 현장에 제일 먼저 출동한 관할파출소 순찰팀장이 인질범을 지속적으로 설득하고 있다는 전화보고를 접한 직후 출동경찰관의 설득으로 인질범이 칼을 버리고 투항하여 파출소로 연행 중이라며 상황이 안전하게 종결되었다는 보고를 받게 되었습니다.

그럼에도, 현장 확인과 추가조치 여부를 판단키 위해 파출소로 내달렸습니다. 파출소에 도착하자 난동을 부린 20대 청년은 잔뜩 긴장하고 있었고 사용한 흉기는 주방용 식칼로 보기에도 섬뜩한 것이었습니다. 사태를 안전하게 처리한 N 순찰팀장의 보고로는 방탄조끼를 착용한 채로 청년을 안심시켜 흉기를 버리게 되어 자진 연행에 응하였답니다. 동거녀로부터 생활고에 대한 불평을 듣고 순간 격한 마음에 칼로 죽이겠다고 위협했고 출동한 경찰관에게도 접근하지 말 것을 칼로 위협했지만, 지속적인 인간적 설득에 난동을 포기하게 되었다는 것입니다.

그런데 이 과정에서 그는 인질 난동범을 설득키 위해 방검조끼만 착용한 채 '무장해제 상태니 너도 칼을 버리고 나와 대화를 하자.'라며 설득했다고 합니다. 그러면서 "서장님, 저 친구가 저는 칼로 찌르지 않을 것 같았습니다."라고 보고하였습니다. 물론 N순찰팀장은 노련한 경험을 가진 베테랑 경찰관이었고 현장상황을 잘 판단해서 조치하였겠지만 저는 상황을 정리해주고 귀서하는 길에 많은 상념에 사로잡혔습니다.

칼을 무서워하지 않는 경찰, 흉기가 두렵지 않은 경찰, '과연 직업인이 아니라면 가능할까? 경찰관이라는 직업인으로서의 사명감이 몸을 던져 범죄꾼의 공격과 위협에 대처하게 된 것이다.'고 생각했습니다. N팀장도 사랑하는 아내와 아들, 딸을 둔 가장입니다. 범죄현장에 맞닥뜨려 그 순간 가족을 생각하면 자신의 안전을 챙기지 않을 수 없었을 것입니다. 그럼에도, 그는 맨몸으로 흉기에 맞선 것입니다. 경찰관이라는 사명감 때문입니다.

지금 이 순간도 N 경위와 같은 많은 현장 외근경찰관들이 자신의 안전을 뒤로 미룬 채 범죄와 위험에 맞서고 있습니다. 범죄현장에서 부상당하는 경찰관이 일 년에 수백 명에 이르고 있습니다. 이들은 사망자를 포함해서 중상해로 다시 치안현장에 뛰지 못함을 안타까워하고 있고 충분한 보상도 받지 못하는 현실입니다. 서울에서만 하루 평균 1만여 건의 112 신고 현장에 그리고 수백 건의 교통사고와 차량소통 관리를 위해 도로에 질주하는 차량 위험에 노출된 경찰관들이 온몸을 던져 국민의 생명과 재산을 보호하는데 대해 국가적인 지원과 보상이 시급한 실정입니다.

치안력도 사회간접자본이라는 인식으로 투자하고 있는 것이 대부분 선진국의 현실을 감안할 때 OECD 가입국으로서 위상에 걸맞게 우리도 치안 인프라 구축에 투자를 아끼지 말아야 할 것입니다. 그래서 "서장님, 저 친구가 저는 안 찌를 것 같았습니다."라고 하는 수많은 전국의 또 다른 N 순찰팀장들이 더욱 자신감을 갖고 현장을 누비기를 기대해봅니다.

더불어 국민적 영웅 삼호 쥬얼리 석해균 선장의 살신성인 정신을 범죄현장을 누비는 현장 경찰관들도 언제든지 발휘할 준비가 되어 있음을 국민들도 조금은 알아주었으면 합니다.

● 2011. 봄 관내 인질난동 현장을 겪으며…

마음이 따뜻한 경찰이 되고싶다

# 작은 탱크,
# 여경지구대장

내가 그녀를 만난 것은 80년대 후반 나 역시 경찰 초년병 시절이었습니다. 당시만 해도 여경이 지금처럼 많지 않고 여경의 근무부서가 현장보다는 주로 내근부서거나 남자 경찰관의 보조 정도로 근무하던 시기라 외근부서에 배치된 그녀가 좀 더 활동적일 것이라는 선입견을 가졌습니다. 하지만, 그녀는 말수가 적고 같은 부서지만 사무실과 하는 업무가 달라 업무적으로 접촉할 기회도 없었으며 복도를 오가며 눈인사정도를 하며 지냈습니다. 조용하며 다소 수줍음을 타는 여직원이라는 기억만이 있었습니다. 그녀도 초년병이기에 업무에 대한 부담감과선배, 상사들에 둘러싸인 직장의 중압감에 자신을 쉽게 드러낼 수 없었을 것입니다. 그 당시에는 사회에서 여성의 지위와 역할이 지금만큼되지 않았기에 더욱 존재감을 느끼지 못했습니다.

그렇게 무심결에 시간은 흘러 20여 년이 지난 어느 날 적도의 땅 인도네시아의 수도 자카르타 공항에서 그녀를 만나게 되었습니다. 해외주재관으로 근무하고 있을 때 본국의 감독부서에서 근무하던 그녀가출장차 직속상사와 함께 온 것입니다. 공항입국장에서 상사와 같이 입국하는 그녀는 그동안 업무를 위해 국제전화를 통해 통화를 한 적은 있지만, 그녀가 내 초년병시절 같은 부서에 근무한 그녀였다는 사실을 서로 어디서 많이 본 듯하다면서 이력을 더듬는 과정에서 알게 되었습니다.

지난 시간들을 되살려줬다는 놀라움도 있었지만, 그보다 더 놀라운 사실은 과거 기억 속의 그녀와 달리 정말 환한 미소를 보이며 활기차게 반기는 그녀의 행동이 저를 더욱 놀라게 했습니다. 세월 탓인지 아니면 중년의 나이 탓인지 그녀는 정말 출장기간 내내 모든 상황을 주도적으로 하면서 적극적인 업무처리는 물론 몇 번의 미팅에서 보여준 좌중을 압도하는 분위기 메이커로 변신해 있었습니다. 남성중심의 직장에서 여성으로서 입지를 굳히기가 쉽지 않은 현실을 감안하면 그녀의 외면적인 활약상은 가히 성대결이 의미가 없는 듯했습니다.

이후 나는 그녀의 승진소식과 함께 발전가능성에 대해 나름대로 전망해보기도 했습니다. 그리고 내가 서울시내 경찰서장으로 근무하면서 그녀가 소속 경찰서 지구대장으로 발령나게 되어 같이 근무하게 되었습니다. 상사와 부하로서 처음 같이 근무하게 된 셈입니다. 지구대 업무라는 것이 경찰업무 중에서도 최일선으로 자칫 육체적인 어려움이 수반되는 업무이고 그것을 감독하는 일을 여성이 맡게 된 것만으로도 쉽지 않은 일입니다. 물론 많은 현장부서에서 과거와 달리 여경들이 배치되어 맹활약하고 있지만 내가 직접 같이 근무해보지 않았기에 실감을 하지 못했습니다.

기대와 같이 아니 기대를 넘게 그녀는 지구대장으로서 역량을 마음껏 발휘했습니다. 부임과 동시에 열악한 지구대 사무환경을 싹 바꿔났습니다. 배정된 예산의 두 배 이상 효과를 보인 지구대는 마치 카페처

마음이 따뜻한 경찰이 되고싶다

럼 변모했습니다. 어느 작업 현장의 남자 감독자보다 더 당차게 공사 감독을 했습니다. 그리고 만연된 유흥가 주변 호객행위에 대해 전쟁을 선포하고 호객행위 꾼들에 대해 앞장서서 단속을 했습니다. 주변이 깨 끗해졌다고 합니다. 자체사고를 친 남자부하직원을 호되게 현장에서 꾸짖으며 사건을 수습하는 현장 관리능력은 혀를 내두를 정도입니다. 지역민들은 이구동성으로 그녀에 대해 칭찬 일색입니다. 5척 단신의 가냘픈 그녀의 체구를 생각하면 어떻게 저렇게 열정이 폭발할까 하고 의아한 생각이 듭니다. 모든 업무를 지시 이전에 찾아서 했습니다.

정말 탱크처럼 밀어붙이는 그녀는 과거 국가대표 여자 배구선수인 조 혜정 선수에게 붙여진 날아다니는 작은 새가 아닌 날아다니는 작은 탱크 같다는 생각이 듭니다. 대하는 사람에게 늘 환한 미소를 보이고 업무에 대해 고민하고 부하직원 다루기에 누나처럼 섬세하고 부과된 임무에 탱크처럼 밀어붙이고 몸을 살리지 않고 현장을 누비는 희생정 신에서 나는 경영학 책에 나오는 리더십의 모든 완결편이라는 극찬을 아끼지 않고 싶습니다. 더욱이 그녀가 여성이라는 이유로 후한 점수를 준다는 인식이 잘못되었다는 것을 더욱 항변하고 싶습니다. 그녀와 함 께 근무해본 사람이라면 누구든 나의 인식을 깨지 못할 것입니다.

건강도 챙기라는 주변 염려에 '즐길 수 있을 만큼만 한다.'고 오히려 스스로 과소평가하는 그녀가 경찰조직 아니 진정한 국민의 공복으로 대성하기를 기원해봅니다.

● 2011. 여경대장은 관내 최다치안수요지역 지구대장 임무를 완벽하게 수 행했고 이후 같은 부서에서 몇 차례 같이 근무하게 되었다.

# 워크숍,
## 소통 그리고 스킨십

■■

"서장님 4시간 같이 등산한 것이 8개월 동안 근무하면서 있었던 일보다 더 많은 이야깃거리가 생긴 것 같습니다."

주말을 이용해 치르진 '경찰서 간부 산상 워크숍'의 뒤풀이로 구내식당에서 점심을 먹으며 모 간부가 저에게 한 말입니다. 순간 물 묻은 손으로 헤어진 전기코드를 잘못 건드린 것처럼 찌릿했습니다.

경찰서에서 불과 500미터 가까운 거리에 많은 서울시민들이 평일, 주말할 것 없이 찾아드는 관악산이 있어 등산하기 좋은 환경임에도 평일은 물론 주말에 시내 중심에서 매주 이어지는 대소규모 집회시위에 외곽지 경찰서로서 나름대로 대비해야 한다는 생각으로 반년이 넘도록 직원들과 같이 산에 한번 오르지 못했습니다. 함께 땀 흘리며 업무 외적인 대화를 통해 서로의 마음을 조금씩 열 수 있다는 쉬운 이치를 실행에 옮기는데 주저한 것은 혹시 사고나 불미스런 일이 발생하면 어쩌나 하는 소심한 제 성격 탓도 큰 것 같습니다. 하지만, 그날의 길지 않은 시간 산상 워크숍은 많은 것들을 안겨주었습니다.

온종일 근무복과 절제된 사복차림으로 대하던 동료들이 형형색색

마음이 따뜻한 경찰이 되고싶다

등산복 차림으로 잔뜩 멋을 부린 모습을 보는 일은 또 다른 볼거리를 제공했습니다. 시간을 단축코자 택한 등산코스가 정상까지 끊이지 않고 이어져 정말 힘들었습니다. 평소 자신하던 체력이 고갈되며 목까지 차오르는 숨을 들이쉬면서 오르다 지쳐 주춤거릴 때 초콜릿 한 조각을 건네주던 동료의 손길은 사무실에서 느껴보지 못한 따뜻함을 느꼈습니다.

헤진 등산화 밑창을 끌고 정상을 한걸음에 오른 모 간부의 당찬 체력은 평소 업무에서 보여준 야무진 모습을 재확인했지만, 덜렁거리는 신발 밑창을 보며 터져 나오는 웃음이 즐거움을 보탰습니다. 힘겹게 산등성이에 올라 아이들처럼 해맑은 모습으로 모든 체면과 격식을 떨쳐버리고 바위를 배경으로 단체사진을 촬영했습니다. 산행의 묘미는 정상에서 마시는 막걸리라며 준비해온 오이, 과일, 김밥, 마른 멸치 등 안줏감을 내 놓고 한 잔씩 주고받는 재미도 쏠쏠한 것 같았습니다. 살짝 오른 술기운에 흘러간 뽕짝이라도 한 곡조 뽑고 싶었습니다. 지나가는 등산객들이 아니었으면 내리 뽑았을 겁니다.

답답한 일상으로부터 탈출이었습니다. 업무로 얽힌 인간관계가 아닌 사람 대 사람의 모임 시간이었습니다. 땀 젖은 등줄기에 골바람이 휘감았습니다. 바람 끝에 묻어온 동료의 시큼한 땀 냄새에서 사람냄새를 맡는 것 같아서 싫지 않았습니다.

여름날의 그토록 따가웠던 태양빛은 옅은 광선으로 변해 등줄기를 따스하게 데웠습니다. 하산할 시간이었습니다. 하산 길에는 불규칙하지만 자리 자리에 놓인 돌층계를 밟으며 여러 가지 상념들과 함께 했습니다. 소통의 중요성을 강조하면서도 진정 소통을 위해 어떤 노력을 했는지 되돌아 봤습니다.

답답한 공간에서 틀에 박힌 워크숍, 회의를 하면서 일방적 지시에 급급했고 동료들의 의견을 드문드문 들은 것으로 단위 조직의 장으로서 행했던 소통을 생각하니 부끄러움마저 일었습니다. 시간과 여건이 핑곗거리밖에 아니라는 것도 알게 되었습니다. 등산을 하면서 도란도란 나눈 얘기 속에서 환하게 핀 동료들의 얼굴을 생각하니 소통은 거창한 것이 아니라는 생각을 하게 되었습니다.

성장지상주의를 살아온 지난 시간들을 되돌아보면 오늘날 소통문화는 결코 쉬운 일이 아닙니다. 그런 시각에서는 소통은 어쩌면 절차의 번거로움이 있습니다. 하지만, 주말 '산상 워크숍'이란 이름으로 행해진 우리들의 작은 스킨십은 지난 8개월 동안 있었던 일보다 더 많은 얘깃거리를 가지게 되었다고 받아들일 만큼 즐겁고 소중한 시간이었던 것 같습니다.

그래서 소통은 다소 둘러가고 번거로운 일이라 하더라고 더 큰 효과를 얻을 것으로 체득하게 되었습니다. 한해가 가기 전에 눈이 오는 날, 우리의 소통 훈련을 전 직원이 자발적으로 참여토록 하여, 한 번 더 해야겠다고 생각했습니다. 여건만 허락한다면 우리도 모 방송국의 예능프로그램처럼 1박2일 동안 할 수 있으면 더 좋으련만 가능할지 모르겠습니다. 그때는 4시간 주말 산상워크숍이 더 아름답게 포장되어 우리의 뒤풀이 화젯거리가 될 것입니다. 그리고 헤진 등산화 밑창을 새로 멋있게 장만하여 다시 도전하는 모 지구대장님의 패션도 기대하려고 합니다. 소통하면 만사형통하고 운수대통한다는 상식을 갖게 되는 멋진 산상 워크숍이었습니다.

● 2011. 가을 관악산 산상 워크숍을 마치고….

마음이 따뜻한 경찰이 되고싶다

# 선배님 감사합니다

　　총경(총경은 경찰서장 계급) 승진을 앞둔 지방경찰청 또는 본청에서 근무하는 경정급(총경 차하위 계급으로 경찰서 과장급) 보직 몇몇을 제외하고는 경정급 이상 간부가 되면 1년 농사짓고 다음 해를 걱정하는 농부처럼 1년 근무가 끝날 즈음이면 내년에는 승진을 위해 어느 부서, 어느 경찰서로 옮겨야 하나하고 고민을 하게 됩니다. 인사라는 것이 혜택을 받는 사람이 있으면 원하지 않는 보직에 배치되기 마련이라 아무리 공정한 인사를 한다고 해도 불만과 인사과정에 대한 의혹을 제기하고 이러쿵저러쿵 구성원들 사이에서 말이 많게 됩니다.

　　따라서 자연히 소위 '빽'이니 뭐니 하면서 인사 때가 되면 외부유력인사와 선을 대려는 사람이 있는가 하면 이러지도 저러지도 못하는 사람들은 발령 결과에 따라 조직을 욕하거나 체념 또는 좌절하게 되어 한때 어느 대통령은 '인사가 만사'라고 하면서 인사의 어려움과 중요성을 토로한 바 있습니다.

　　나 역시 똑같은 처지에 있었지만, 총경 승진 후 해외근무를 마치고 정작 보직 관리를 해야 할 시점에서 첫 경찰서장을 발령받게 되었습니다. 보통의 경우 총경 승진 후 지방청에서 과장 1년 근무하면 2~3급시 서상으로 발령받아 서장 경험을 하게 되지만 나는 해외주재관 근무를 3년 하였기 때문에 동일 연도에 진급한 사람보다 경찰서장으로 발령이 늦었습니다.

해외에서 3년 근무 공백으로 인해 국내의 기반이 없는 탓도 있지만, 경찰관으로 입직하고 꿈이었던 경찰서장을 한다는 생각에 부풀어 나는 지방의 2~3급지 경찰서장으로 발령받아 가기를 원했지만, 가족과 멀리 떨어져 생활한다는 부담 탓인지 아내의 간곡한 부탁으로 수도권 서장을 지원하게 되었습니다. 경기, 인천 등 소위 수도권 경찰서장은 정말 유능한 사람들이 가는 곳으로, 나 같은 사람에게 돌아온다는 것은 지극히 불가능할 것이 뻔했습니다. 하지만, 희망지에 보기 좋게 경기, 인천, 그리고 3순위로 고향인 경북을 적었습니다. 당연히 세 곳 모두 불가능할 것을 전제로 하고 카드놀이의 마지막 카드를 받는 심정으로 발령을 기다리고 있었습니다.

해외주재관으로 복귀 후 별다른 보직 없이 1개월가량을 대기상태에 있던 나는 특별히 할 일이 없었지만, 본청 외사국 빈사무실에 매일같이 출근했습니다. 다른 복귀자들이 고향방문 등 사적인 시간을 짬짬이 이용했지만 긴 휴식에 대한 경험이 없던 나로서는 하루하루 출근이 습관처럼 굳어져 외사국 사무실 이곳저곳을 기웃거리며 하루하루를 보내고 있다가 동료들로부터 발령 일자를 대충 수소문 귀동냥하고 앞으로 경찰서장으로 발령되면 무엇을 할 것인가에 대해 선배들의 방을 찾아다니며 조언을 듣는 것으로 소일거리를 삼았습니다.

그러기를 1개월여 새로운 정부 출범에 따른 고급간부들의 인사동결이 풀리면서 경찰도 고위직부터 발령이 나기 시작하여 내일이면 총경급 발령이 있다는 소문을 접하고 좀 일찍 퇴근해서 집으로 향했습니다. 보통 내일 인사가 터지면 전일 저녁쯤 대략 보직을 연락받는다고 했지만, 특별히 중요보직에 발탁되는 것도 아니고 그렇다고 딱히 챙겨주는 사람이 있는 것도 아닌 나로서는 당일 인사발령장을 접하는 수밖에 없어 일찍 잠자리에 들어 멀리 지방으로 발령 날 것을 대비에 마음의 준비와 가져갈 짐들을 머릿속에 떠올리며 잠을 청했습니다.

잠시 잠이 들었는가 싶은데 멀리서 들려오는 전화벨 소리에 정신을 차리고 시계를 보니 밤12시가 가까워지고 있었습니다. 밤늦은 시간의 전화는 늘 유쾌하지 못합니다. 급작스런 연락 아니면 지인들의 청탁성 전화일 가능성을 염두에 두고 약간 긴장된 가운데 받은 전화에서 "박화진이 너 어디 지원했냐?" 앗, 익숙한 목소리의 K선배였습니다. 아니 해외에 가기 전 모처에 같이 파견근무를 한 K선배가 경무관(경찰의 별이다)으로 승진한 것은 아는데 어디 근무하는지 무관심했던 나는 무관심에 대한 죄송스러움과 한밤중에 거두절미하고 어디를 지원했는지를 묻는데, 적잖이 당황하면서 내신서에 적은 대로 별생각 없이 가능성이 없었지만 그렇게 희망했다며 대답했습니다. 그러자 선배는 "알았다." 하고 전화를 끊어버리는 것이었습니다.

나는 잠시 꿈을 꾸고 있나 하는 생각과 함께, 아닌 밤중에 홍두께 같은 선배의 전화에 대해 상황파악을 제대로 못 하고 그냥 잠자리에 다시 들려는 순간 다시 전화벨이 울렸습니다. 앞의 전화와 상관관계를 고려할 겨를도 없이 전화를 받자 다시 K선배의 목소리 "너 C경찰서장이다."라며 간략한 단문의 통지사항이나 다름없는 말을 하는 것이었습니다.

나는 이것저것 생각 없이 평소 아는 선배의 전달사항에 내가 맡게 되는 C경찰서장이란 자리가 어떤 의미가 있는지 모른 채 선배로부터 사전연락을 받았다는 것과 경기도서장으로 발령받았다는 사실에 너무나 감격한 나머지 "선배님 감사합니다. 열심히 하겠습니다." 하고 약간 흥분상태에서 대답을 했습니다. 이후 잠시 정신을 차려 더듬어보니 K선배는 C경찰서의 지방청 중요 부장으로 근무하고 있었습니다. 나중에 안 사실이지만 지방청 주요 과장급 보직과 일선경찰서 중 비중이 다소 있는 곳의 경찰서장을 지방청장에게 추천하면서 나를 C경찰서장으로 추천하신 것이었습니다.

C경찰서는 잦은 대규모 집회와 요인경호 행사로 간부들이 근무하기를 꺼리며 간혹 경비책임으로 징계를 먹는 경우가 있어 웬만해서는 피하는 자리로 알려졌었고 소위 관내라는 것이 너무 작아 서장으로서는 소위 폼 나지 않는 자리로 인식되고 있었지만, 지방청 지휘부 입장에서는 상당히 신경 쓰이는 경찰서였기에 젊은 간부가 필요하였습니다. K선배는 평소 나에 대한 신망을 지방청장에게 건의한 것이었습니다. 그런데 전화를 두 번이나 한 것은 첫 전화는 나의 반응을 알아보고 내가 적극적인 반대의사를 보이면 후배에게 부담되는 일을 시키지 않겠다는 생각이었으나 내가 의외로 흔쾌히 받아들이자 내심 반겼고 이를 지방청장에게 건의하신 것이었습니다.

나는 발탁되었다는 자긍심과 힘든 일을 피하기 싫다는 생각에 C경찰서장으로서 나의 경찰에서 꿈인 경찰서장으로 첫 걸음에 대해 흥분하였고 다음날 경찰청장에게 보직신고 하러 갔습니다. 경찰청 대회의실에서 전국 각지로 가는 경찰서장 및 과장급 참모들이 대기하며 잡담을 나누던 중 나는 모 총경의 무용담을 엿듣게 되었습니다. "내보고 C경찰서장 가라는 것을 사양(?)했다."라는 소리였습니다. "차라리 기동대장을 하는 게 낫지." 하면서 지방의 경찰서장으로 가게된 것을 다행스러워하며 잔뜩 어깨에 힘을 주고 있었습니다. 잡담을 같이하던 모

총경 역시 내가 바로 그 서장으로 발령 난 줄을 모르고 "그렇지 그 경찰서장은 서장이라고 하기엔 좀…." 하고 맞장구를 쳤습니다. '아! 이거 왜들 이러지 내가 뭘 잘못했나?'

그들의 말처럼 나는 부임하던 첫날부터 임기를 마치고 이임 전날까지 대규모 집회 현장과 경호현장 근무를 밥 먹듯이 하며 지방서장으로서는 드물게 주말을 잊은 채 일 년을 보냈습니다. 하지만, 후회도 아쉬움도 없었습니다. '하고 싶은 것만 하고 지낼 수 없는 것이 조직생활 아닌가? 한번 손해 보면 한번 이익으로 돌아가는 것이 인사가 아니겠는가?' 어렵고 힘든 자리일지라도 나를 인정해줘서 발탁해주는 선배, 상사가 있다면 좀 희생을 해서라도 해야 하는 것이 간부의 자세라고 생각됩니다.

나는 남들이 부러워하던 수도권 서장을 그렇게 마쳤지만 그래도 큰 경험을 했다는 생각과 열악한 근무환경이었지만 묵묵히 함께하던 C경찰서동료들에게 내 경찰생활의 한 페이지를 꼭꼭 채워준 데 감사한 마음을 보내봅니다.


● 2009. 3 C경찰서장을 대과 없이 마치고 본청근무를 명받고서….

# 성과급을 잡아라

자본주의는 공정한 경쟁으로 얻어진 결과물을 차지할 수 있는 지극히 쉬운 제도라고 생각됩니다. 지난 몇 년간 우리 사회에는 차이를 차별로 인식하며 경쟁을 거부하는 풍토가 자리 잡으면서 남의 노력에 대한 정당한 평가를 뒷전으로 한 채 과정보다는 결과만 두고 따지는 경우가 많았습니다. 정치논리론 좌파니 우파니 하지만 그런 거창한 정치이념보다는 달리기에서 기록을 수립하는데 혼자 뛰는 것보다는 여러 선수가 함께 뛸 때 기록이 더 잘 나오는 것은 거창한 국제대회가 아니더라도 학창 시절 체력장 시험에서도 검증된 사실입니다.

따라서 경쟁이란 새로운 생산성의 중요한 메카니즘입니다. 이런 경쟁은 여러 방법으로 이루어지고 있습니다. 학교는 시험을 통해서 정치인은 선거를 통해서 교수는 연구 성과를 통해서…. 하지만, 경쟁이란 쉬운 것이 아니고 늘 부담을 주기에 경쟁의 부담을 피해 가고자 일부에서는 기회의 균등논리를 배제하고 결과의 균등을 주장하며 학교에서는 시험거부, 생산현장에는 사용자와 노동자의 동일처우, 타인의 연구 성과에 대한 물 타기, 흠집내기 등 다양한 방법으로 경쟁논리를 부정하고 있습니다. 물론 경쟁논리 앞에는 늘 '공정한'이란 수식어가 필요하고 이를 위한 법, 제도, 사회인식이 뒷받침되어야 하는 것은 또 다른 과제이 긴 합니다.

어쨌든 사기업체의 실적에 의한 경쟁(영업실적, 생산실적, 마케팅실적 등)체제가 공조직에도 과거에는 공적업무의 수치화, 계량화가 불가하다거나 곤란을 이유로 수용을 꺼리던 방어논리가 무너지고 있습니다. 국가든 지방자치단체든 경쟁체제가 주요한 관리시스템이 되어 있습니다.

경찰도 몇 년 사이에 경쟁체제를 도입하면서 성과평가제를 시행하고 이를 토대로 연말이면 보상으로 성과급이 주어집니다. 본봉의 70%에서 230%에 이르는 스펙트럼이 보여주듯 실제적인 면, 특히 가정경제를 책임진 아내에게는 엄청난 차이를 주게 됩니다. 아직 완전한 계량화와 수치화에 과학성이나 합리성이 담보되지 않지만, 연말을 넘기고 성과급을 받게 되는 4월은 '잔인한 달'이라는 시인의 말처럼 정말 아내들의 바가지를 걱정해야 합니다. '누구는 몇%로 받았다는데 당신은 뭐하냐?'는 등 직설화법과 '당신의 능력은 대단한 줄 알았는데 혹시 직장에서 대인관계에 문제가 있는 것은 아닌가요?' 같은 진단형까지 여러 가지를 접하게 되다 보니 구성원들은 두 가지로 나눠집니다. 성과주의를 부정하며 냉소적인 경우가 있는가 하면 성과평가를 잘 받기 위해 갖은 노력을 하는 부류가 그것입니다.

현재는 경찰서는 기관평가로 그 이상의 단위 기관은 개인평가로 대별되어지면서 경찰서 근무자들은 연대평가를 받고 있는 셈이니 구성원들의 단합을 유도하는 긍정적인 측면이 있는가 하면 타인의 실적 저조로 자신과 무관하게 불이익을 받는다는 불만을 사기도 합니다. 하지만, 경찰업무가 혼자서 해서 하는 일보다 팀 단위로 이루어지는 경우가 많은 일선 경찰서 업무의 특성상 기관평가제도는 현실적 대안인 것 같습니다. 장기적으로는 더욱 치밀하게 개인 평가로 가야겠지만….

경찰서 평가는 각종 민생치안 수치(범인 검거, 예방), 주민만족도(친절성, 민원 신속처리 등), 자체사고가 주요 평가요소이고 그 외의 지역 특성에 맞게 지휘관이 가점을 부여하는 형태로 이루어집니다. 내가 서장으로 근무했던 C경찰서는 1급지 경찰서로 분류되지만, 치안수요가 2~3급 지 수준밖에 되지 않는 조용한 도시였습니다. 또한, 지역주민의 민도가 높아 어지간해서는 경찰업무에 대한 만족도를 흡족하게 충족시킬 수 없고 상시 대규모 집회와 시위, 요인경호업무 때문에 평가를 잘 받기에는 매우 열악한 여건이었고 이를 반영하듯 해마다 하위를 벗어나지 못해 직원들도 깊은 패배주의에 빠져 있었습니다. '노력해봐야 성과급은 최하위급이다.'라는 인식이 만연되어 있었습니다.

나는 해외근무를 3년하고 귀국 후 첫 임지이고 국내를 떠나 있던 3년 동안 성과평가에 대한 개념조차 제대로 알지 못해 부임 후 직원들의 성과평가에 대해 별 관심을 갖지 않게 되었습니다. 또한, 경찰서가 집회시위 등 사회 안정 치안이 주류를 이루고 있고 이것을 무난히 대처하는 것이 서장 할 일의 전부라는 생각에 더욱 관심밖에 두고 있었습니다. 그렇다 보니 각종 실적 통계 평가에서 경찰서가 최하위를 면하지 못하고 있었고 나 역시 경찰서의 특성을 들먹이며 참모들은 물론 직원들에게 성과와 관련된 특별한 조치를 취하지 않았습니다.

그렇게 6개월을 보내면서 어느 날 성과평가는 연말에 성과급과 연결되어 직원들에게 많게는 1인당 백여만 원의 상여금이 차이가 난다는 사실을 알았고 상부로부터 데모나 진압하는 일이 경찰의 할 일이 끝났다고 생각하느냐며 각종 실적이 부진함에 질책을 당하고 정신이 번쩍 들었습니다. 질책은 뒷전으로 하고 먼저 직원들에게 실질적 혜택인 성과급과 상여금을 지휘관인 나의 무관심과 무지로 적게 받게 한다면 직원들에게 뭘 해줄 수 있는지? 내가 과연 무엇을 하고 있는지 방향을 못 잡고 있다는데 자각을 하고 그때부터 마음을 고쳐먹고 매일 성과진행 상황에 대한 해당 기능계장들과 아침 회의 후 전략회의를 하면서 하나하나 체크해나가기 시작했습니다. 따지고 보니 내가 제대로 성과평가 제도에 대해서 정확히 알고 있는 것이 거의 없었고 나의 무관심이 어느 정도였는지 부끄럽기 짝이 없었습니다. 아침마다 하는 전략회의로 경찰서 간부들은 힘들어했습니다. 특히 관내 강력사건이라고는 거의 나지 않고 조직폭력, 마약사범 등은 더욱 없는 그야말로 얌전한 치안지역에서 서울의 1개 지구대 치안수요만도 못한 곳에서 민생치안 실적을 상위로 올린다는 것을 정말 힘들어 했습니다. 나는 그래도 직원들을 독려하고 점수를 쉽게 많이 올릴 수 있는 평가항목들에 대해 집중공략하는 방법으로 강하게 몰아붙였습니다. 내심은 성과급보다 그동안 경찰서의 주요 치안 목표인 집회시위 관리에만 신경 쓰면 되고 다른 업무는 나 몰라라 하며 지내던 직원들의 현실 안주와 굳어진 경쟁마인드에 활력을 넣을 수 있는 기회로 삼기로 마음먹었습니다.

우리 경찰서도 다른 것을 잘할 수 있다는 자신감과 조용한 경찰서로 근무하기 편하다는 인식을 씻어내어야겠다는 생각도 했습니다. 고객만족도인 전화친절도 향상을 위해 외부 자원봉사단체에 의뢰해서 수시로 모니터링하고 자체사고 최소화를 위해 취약요소에 대한 진단을 통해 체크하는 등 그야말로 세심하게 접근하였습니다. 노력해서 안 되는 일 없다는 것이 실감이 났습니다. 그렇게 힘들게 했지만, 그 결실이 서서히 나타나고 있는 것을 알았습니다. 우선 전 직원이 성과평가에 대해 중요하게 인식하게 되었다는 것이고 할 수 있다는 자신감도 가지게 되었으며 사회의 대세인 경쟁체제에 대한 흐름을 받아들이게 된 것입니다. 늘 지방청 산하 31개 경찰서 중 25위권 안팎에 머물던 우리의 성과평가 결과는 마지막 12월 최종평가에서 객관평가가 도내 12위를 기록하여 최소한 A등급을 받게 되었습니다. 직원들은 흥분했고 나 역시 뭔가 해냈다는 성취감을 한껏 맛보았습니다. 내년 4월이면 직원들에게 2등급의 성과급을 받게 해주게 되었다는 뿌듯함을 뒤로 한 채 나는 다음 해 3월 다른 임지로 떠났습니다. "서장님 저희들이 가급 받았습니다." 7위까지가 가급으로 알고 있었는데 객관점수가 12인데 그러면 지휘관 가점에서 우리가 5단계 더 올랐다는 것입니다. "우리의 작은 승리입니다. 명품 경찰서가 되기를 바랍니다. 축하합니다."라고 문자를 보냈습니다. 이후 핸드폰 벨이 연방 울리면서 "다 서장님 덕분입니다. 가족들에게 자랑하고 싶습니다."라는 내용과 메일을 통해 많은 직원들의 감사편지를 받았습니다.

살면서 남에게 특히 직장 동료에게 이렇게 많은 기쁨을 동시에 줄 수 있었다는 것이 너무 행복했습니다. 나 역시 그들이 돈을 몇 푼 더 받았다는 즐거움보다는 어렵게 함께하면서 결실을 맺고 패배주의에 빠진 경찰서 직원들의 분위기를 일신시킬 수 있는 좋은 계기가 된 사실에 기뻐함을 잘 알고 있습니다. 경쟁을 한다는 것, 힘들지만 함께할 수 있다는 데 행복을 찾는다면 그렇게 삭막한 것이 아니라는 사실을 다시 한 번 느끼게 됩니다.

C경찰서 직원 사모님 여러분!! 두둑한 성과급 받아오신 우리 동료에게 따뜻한 김치찌개 끓여 놓고 "여보 당신이 자랑스러워요." 라고 한 번 칭찬해 주셨으면 합니다.

● 2009. 봄 최고의 성과급을 받은 직원들의 축하전화를 받고서…

마음이 따뜻한 경찰이 되고싶다

# K.F.C 경찰서장을 아시나요?

■■
■

  이게 무슨 말일까요? 경찰서장이 특정상호의 통닭을 좋아한다는 건가요? 경찰서장은 시군단위 행정구역의 치안을 책임진 현장 경찰지휘관입니다. 행정구역의 규모에 따라 적게는 200여 명 많게는 1,000여 명의 경찰관들을 지휘하게 됩니다.

  어떤 조직이든 단위 지휘자는 그 조직의 활동방향을 결정하게 되고 구성원들이 업무를 함에 있어 도구 또는 목표를 제시합니다. 더 크게는 경찰청장의 지휘방침이 있고 정부에서는 국정지표가 있습니다. 경찰 최고 지휘관인 경찰청장의 지휘방침을 경찰서 현관에 게시하는 관례가 청장이 바뀔 때마다 바꿔 달게 되어 예산낭비라는 지적이 일자 경찰청을 제외한 일선 관서에는 자율적으로 관서실정에 맞게 여러 가지 슬로건, 모토를 달게 되었습니다. 법을 집행하는 현장인 경찰서는 경찰 최고지휘관의 지휘방침을 잘 실천키 위해 현장부서에 맞게 경찰서장이 소속 직원들의 경찰활동을 잘하게 하기 위한 비전이나 슬로건을 내걸기도 합니다.

  일선 경찰서장이 되면 소속 경찰관들에게 경찰활동 방법을 어떤 내용으로 할까 생각해 봤습니다. 비전제시라고나 할까요. 쉽게 인식하고 꼭 필요한 단어들을 선정해봤습니다. 바로 지금 이 시간에도 국민이 경찰에 바라는 것이 무엇인지에 초점을 두고 따져 봤습니다. 바로 친절한 경찰, 공정한 경찰, 청렴한 경찰이 아닌가 생각했습니다. 일제 식민경찰을 거쳐 자유당 독재, 군사정권시절 경찰의 위압적이고 권위적인 모습과 행태는 경찰 60여 년 역사에 뿌리 깊게 국민들에게 인식된 것이기에 양질의 치안서비스를 바라는 국민을 고객으로 생각하는 21세기 대한민국 경찰의 첫 번째 덕목은 친절이라고 생각했습니다.

그리고 두 번째는 공정한 경찰법 집행입니다. 세계 어느 나라보다도 학연, 혈연, 지연을 중시하는 대한민국의 연줄의 문화는 경찰관에 법집행 공정성에 늘 의심을 눈초리를 받게 됩니다. 그런 문화적 환경을 극복하기 위해서는 철저히 법에 근거하여 약자든 강자든, 가진 자든 못 가진 자든, 배운 자든 배우지 않은 자든, 모든 사람에게 동일한 법의 잣대로 공정하게 법을 집행해야 하기 때문입니다.

다음은 청렴한 경찰입니다. 세계 투명성 기구의 부패지표가 OECD 국가 중 아직도 최하위권을 벗어나지 못하는 대한민국, 그중에서도 법집행 기관인 경찰, 검찰이 부패한 것으로 나타나고 있습니다. 국민들에게 각인된 부패한 인식을 좀처럼 바꾸지 못하고 있습니다. 관행처럼 법집행 과정에 금품과 부정한 청탁이 개입되고 있습니다. 많이 자정하려고 노력하고 있지만, 법집행 현장을 체험하는 국민들의 경찰에 대한 체감 청렴도는 아직 기대 수준을 못 미치는 것 같습니다. 그래서 청렴한 경찰관이 필요한 것입니다.

이 세 가지를 영어의 형용사로 압축해 경찰서 경찰관들이 염두에 두도록 활동방법으로 제시했습니다. KIND(친절), FAIR(공정), CLEAN(청렴) 이 세 단어의 첫 글자를 따서 K.F.C라고 했습니다. 조어하고 보니

마음이 따뜻한 경찰이 되고싶다

시중의 튀김 통닭인 켄터키프라이드치킨의 약자와 같게 되었습니다. 직원들은 듣기 익숙한 단어를 큰 거부감 없이 받아들였습니다. K.F.C 운동이라고 칭하고 실천운동을 전개했습니다. 일과 시작 전 구호제창을 하거나 더욱 관심을 유발시키기 위해 부상품으로 자녀들에게 가져다주라며 KFC 상품권을 주었습니다(KFC 상품권 부상은 자녀들에게 인기를 끌었고 아버지와 대화거리를 제공하기도 했습니다). 지역주민들에게 K.F.C 경찰서라고 알려지게 되었습니다.

물론 법집행과정에서 K.F.C가 부족한 사례도 가끔씩 발생했지만, 그때마다 직원들에게 K.F.C 운동을 강조했습니다. 구청, 우체국, 학교 등에 특강을 했습니다. 친절한 공무집행을 바라는 국민의 시선에 맞추기 위해 새로운 아이템을 찾는 관공서 입장에서 K.F.C 운동은 좋은 벤치마킹 사례가 되었습니다. 지역민들은 K.F.C 서장이라는 별명까지 붙여주었습니다. 행정업무 혁신사례로 선정되기도 했습니다. 작은 성과지만 구성원들이 꼭 실천해야 할 덕목을 쉽게 인식시켜주었다는데 의의가 있었습니다.

그러나 따지고 보면 새로운 것이 아닙니다. 국가공무원법상 규정되어 있고(친절의무, 공정의무, 청렴의무) 경찰헌장에도 세 가지 모두 선언되어 있는 것입니다. 이를 재포장하여 딱딱한 법 규정과 헌장의 내용을 쉽게 익히도록 재구성한 것에 불과한 것입니다. 인기다 오르면 여러 가지 말도 듣게 되나 봅니다. 잦은 K.F.C 구호가 혹시 특정 업체와 모종의 거래가 있는 것은 아닌가 하는 의구심을 받을 수 있는 것이지요. 그렇다면 청렴의무 위배에 해당되니 엄중한 처벌을 받아야겠지요? 그렇지 않다면 K.F.C 운동으로 국민들에게 신뢰를 듬뿍 받을 수 있을 뿐 아니라 흰색 정장차림, 불룩 튀어나온 배, 콧수염을 휘날리며 호방하게 웃고 있는 K.F.C 할아버지의 성공 스토리까지 배우는 행운을 얻을 것입니다.

● K.F.C 친절, 공정, 청렴은 경찰헌장에 있는 경찰의 덕목이다.

마음이 따뜻한 경찰이 되고싶다

# 두려움 없는 인사발령

■■
■■

　봄의 꽃향기가 아직은 먼일처럼 아침저녁으로 관악산의 찬 기운이 옷깃으로 스며드는 늦겨울, 인사발령으로 적지 않은 동료들이 다시 정든 곳을 떠나고 있습니다.

　서장으로 부임하여 채 한 달 남짓 사이에 제법 얼굴도 익히기 전, 자의든 타의든 정기인사철을 맞아 홀연히 떠나게 되는 그들을 그냥 떠나보내기에는 섭섭함과 아쉬움이 남습니다.

　상부에서 내려오는 종이 한 장에 짐을 챙겨 훌쩍 떠나고 오는 것이 경찰공무원의 의무이지만 그래도 떠난 뒤 지난 근무지에서 겪은 일들이 추억으로 남고 때로는 퇴근 후 소주잔 기울이며 무용담이 되곤 하는데 이곳에서 근무기억도 그렇게 될 것 같습니다.

　경찰은 종종 국민들의 따가운 시선을 멀리하지 못하고 실망감과 좌절감 속에 지내곤 합니다. 그리고 상하 동료 간 만연된 불신과 불통의 문화 속에 젖어 패배주의에 빠져 있기도 합니다. 젊고 희망적인 조직이 아닌 낡고 미래가 불투명한 조직으로 스스로 치부해버리기가 다반사였던 것 또한 부정 못할 사실이었습니다.

　그러나 이제 우리는 더 이상 거기에 머물지 않고 있습니다. 조직 내에서 싹트고 있는 개혁 과제들은 우리의 장밋빛 미래를 위한 초석이 될 것입니다. 지금 경찰청부터 전 일선관서에서 추진하고 있는 인사의 공정성과 투명성이 시금석이 되어 어느 부서로 발령되더라도 당당하게 자신의 업적과 능력에 따른 평가에 의해 보직을 부여받을 수 있게 되었기 때문입니다. 우리의 청년 경찰관들이 당당하고 힘찬 미래로 나가시기 바랍니다.

● 2011. 초봄 타 경찰서로 전출가는 청년경찰들의 발걸음을 보며….

세 번째 세상

03

적도에서

# 자카르타 파출소 박 순경에서
# 대한민국 경찰청장까지

■■

"여보 나 오늘 해외주재관 선발되었어."

"우와 만세! 축하해요. 고생하셨어요."

휴대폰을 통해 아내의 기쁨에 찬 목소리를 들으며 나 역시 그동안 일을 핑계로 제대로 가장 구실을 못하고 지낸 날들을 해외주재관 생활을 통해 아내와 아이들에게 다소나마 보상할 수 있겠다는 생각에 기분이 좋았습니다. 하지만, 마음 한구석에서는 과연 내가 잘해낼 수 있을까라는 두려움과 이 길이 과연 내가 계획하고 꿈꾸었던 길인가 하는 의구심이 들기도 했습니다.

2004년 초, 총경으로 승진된 후 경찰서장이 되면 멋지게 한번 해보겠던 입직후의 소망 실현을 눈앞에 둔 어느 날. 교사로, 경찰관의 아내로, 아이들 엄마로 삼중고에 시달리며 하루하루 힘들어하던 아내가 "여보! 나도 이제 휴식이 좀 필요한 것 같아요. 너무 힘들어요. 우리 형편에 당장 교직을 그만둘 수도 없고…."

아내의 지나가는 푸념에 나는 마치 학교 운동장 트랙을 돌다가 한 눈파는 사이 날아온 축구공에 안면부를 정면으로 맞은 듯 앞이 캄캄하

마음이 따뜻한 경찰이 되고싶다

고 아찔했습니다.

결혼 후 늘 '당신은 경찰관의 아내이고 나는 국가를 위해 경찰관으로서 최선을 다하고 싶다. 그러기 위해서는 당신의 도움이 필요하다. 아이들 육아, 교육, 가계 같은 일에 소홀하더라도 이해해달라며 아내에게 강요하고 애써 집안일을 외면한 채 사무실을 더 편하게 여기던 나의 생활과는 반대로 아내는 어느새 정신적 상실감과 육체적 고통의 날들을 보내고 있었던 것입니다.

이 땅의 많은 경찰동료들이 그렇게 지내오고 있다고 치부하고 아내의 말을 그냥 지나쳐 버리기엔 먼 훗날 너무나 소중한 것들을 많이 잃어버린 삶이 되어 스스로에게 후회할지도 모른다는 위기감이 엄습해 왔습니다.

그렇게 고심하길 몇 달, '그래! 가족사랑 가족을 위해 할 수 있는 여건이 마련된 경찰의 한 기능에서 최선을 하는 것도 경찰, 나아가 국가를 위해 할 수 있는 일이지 않겠느냐'고 결심하고 해외주재관 신청을 하였고 몇 가지 관문을 거쳐 선발되게 되었습니다.

선발 이후 교육을 통해 멋진 매너, 유창한 외국어 구사, 좌중을 압도하는 화술, 뛰어난 협상력, 와인 파티. 뭐 이런 것들로 상징되던 외교관 생활과 우리 주변에 잘 알려진 외교직명 영사, 그러나 그것이 정확히 뭔지 잘 모르는 '영사' 발령에 대해(사실 형제. 친지들은 내가 영사로 파견되어 간다니까 문중에서 몇 대조 어른 다음으로 큰 감투를 쓰는 가문의 영광이라며 호들갑을 떨었고 나 역시 비엔나 협약상 영사의 책무와 권한 운운하며 그 직책의 무게감과 영광스러움에 스스로 흡족한 것 같다) 마음 설레었고 아내와 아이들은 처음 경험하게 되는 해외생활에 대한 들뜬 마음으로 부임 날을 손꼽아 기다렸습니다.

그러한 설렘과 외국생활에 대한 동경을 품고 주재국 인도네시아 수도 자카르타에 온 지도 벌써 1년의 세월이 흘렀습니다. 기대대로 아내는 휴식을 즐기고 아이들은 한국에서 일고 있는 조기유학 열풍의 값비싼 혜택을 누리면서 기러기 아빠가 아닌 외교관 아빠를 둔 국제 학교생활에 잘 적응하고 있어 당초 목적했던 한 가지는 순탄하게 이루어지는 듯했습니다.

그러나 발령 첫날부터 날아온 교민 변사체 사건은 이후에 일어날 수많은 일들의 전조에 불과하였습니다. 일련의 교민 안전사고 현장출동, 시신확인(한국에서 20년의 경찰관 생활보다 시신수습현장 출동이 더 많았던 것 같다)과 유가족의 본국 귀국을 위한 행정지원 등은 나를 긴장감 속에 몰아넣었고, 하루 종일 끊이지 않고 울리는 교민과 여행객들의 영사조력 요청전화, 교민 간 민사 분쟁에 '경찰 민사관계 불개입의 원칙'에 위배되는 것을 알면서도 교민이 해결사로 요청하면 영사니까 해결해보려고 애쓰던 일.

한국의 10배에 달하는 광활한 국토의 끄트머리, 비행거리 3시간, 자동차운행 2시간 거리, 북부 슬라웨시로 지역출장, 그곳에 1명밖에 살지 않는 한인이 해안가 수산물 가공공장을 건설하였으나 현지인의 데모로 조업하지 못하고 있어 영사조력이 필요하다는 요청에 혈혈단신 프로펠러 비행기를 타고 날아가 현지 경찰당국과 담판을 벌여 해결하던 일. 한국에서라면 범법자이고 엄벌대상임에도 오히려 한밤중 전화를 걸어 경찰서에 출동하여 주재국경찰의 수사에 영향력을 행사하기를 바라는 교민을 위해 밤 공기를 가르며 뛰쳐나가던 일 등.

내 앞에 들이닥치는 많은 일들을 겪으며 내가 경찰관인가 변호사인가 하는 정체성에 의문을 품고 고민하면서 몇 개월을 보내기도 했습니다(지금은 경찰관과 변호사 사이가 영사라고 나름대로 정의하고 있지만).

인터폴 공조대상이 된 중요 도피사범이 있다며 현장 합동잠복을 요구하는 현지경찰과 미행, 검거 후 합동 조사. 한국 사람을 찾아달라는 소재 확인 교민 민원처리, 여행경비를 모두 잃어버렸다며 하룻밤 사무실에 재워 달라는 여행객, 안내 등 교민의 생명과 재산을 보호하고 양국 경찰교류 발전을 위해 경찰외교현장의 첨병이 되겠다는 나의 초심은 언제부턴가 짜증스러운 전화 응대 속에 흐려져 있었고 나는 인구 대비 경찰관 30,000:1의 인도네시아를 관할하는 인도네시아 수도 자카르타 대한민국 파출소 신임 1년 차, 박 순경이 되어 허겁지겁 하루하루를 보내고 있는 자신을 발견하였습니다.

"어째, 한국 있을 때보다 더 힘들어해요?"라는 아내의 핀잔을 머리 뒤로 하고 코를 골며 자다가도 영사를 찾는 전화에 동물적으로 뛰쳐나가는 습성이 굳어버렸지만, 틈틈이 자카르타 시경청장, 경찰청장, 인터폴 국장 등과 유대를 도모해야 합니다. 식사초대, 경조사 챙기기, 골프모임 등 양국 간 경찰교류 협력을 위해 나는 한국경찰 최고지휘부의 지휘방침과 철학을 갖고 움직여야만 합니다. 인도네시아와 우리는 경찰교류약정을 체결했으니 활발한 인적교류와 정보교류를 통한 국제범죄 공조수사를 더욱 공고히 해야만 하는 것이 나의 또 다른 중요한 임무입니다. 이를 위해 나는 이곳에서 늘 대한민국 경찰청장으로서 할 수 있는 일이 뭔가를 골똘히 생각해봐야 합니다.

주재국마다 서로 다른 문화와 법제도로 해외주재관의 생활과 활동은 각양각색일 것입니다. 그러나 파견기간 1/3이 지나가는 이 시점, 이곳 인도네시아에서 나는 교민보호를 최우선 임무로 하는 영사로서 때로는 외롭고 힘들지라도 이곳에서의 경험을 초급간부로 출발한 내 경찰경력으로 인해 많이 경험하지 못한 대민봉사업무와 현장 직원들의 고충을 직접 체험하면서 그들을 이해하고 함께 호흡하는 일선 지휘관이 되는데 밑거름으로 삼을 것을 다짐해 봅니다.

그리고 글로벌 시대, 국경 없는 범죄 대응과 공조를 위한 경찰교류 협력을 다지는 경찰 외교관으로서 모든 역량을 발휘하여 조직발전과 국가에 더 헌신하겠다는 의지를 불태울 것입니다.

그래서 오늘도 나는 즐거운 마음으로 검붉은 저녁노을이 감싸고 있는 적도의 잿빛 도시, 자카르타 회색빛 빌딩숲 속으로 영사 콜을 받고 황급히 뛰쳐나갑니다.

"영사님 좀 와주셔야 하겠습니다. ㅇㅇㅇ경찰서에 제가 와 있는데 도와주십시오."

"조금만 기다리십시오. 박 순경, 지금 출동합니다."

# 세계는 넓어도 숨을 곳이 없다

인도네시아 수도 자카르타에 온 지도 벌써 2년의 세월이 지났습니다.
교민들의 사건·사고를 책임진 경찰영사로서 교민 보호에 최선을 다하겠다는 초심이 매일매일 발생하는 민원 및 사건·사고 속에서 흐려지는 듯해 걱정스럽습니다.

오늘 하루도 전화벨을 타고 날아드는 교민들의 영사조력 요청에 응하기 위해 영사과 한 모퉁이 내 사무실에서 긴장감을 늦추지 못한 채 대기하고 있었습니다. 그러나 오전 한나절이 지나도 민원전화가 없어 잠시 시간을 내서 지나간 파일들을 정리했습니다. '황○○ 05. 4. 송환완료'라는 제목의 파일이 한눈에 들어왔습니다. 경찰영사는 교민보호를 최우선으로 하는 영사업무와 경찰주재관으로서 주재국 경찰과의 교류협력, 국제범죄 공조 등 또 다른 특수임무가 부여되어 있습니다.

그 가운데 한국에서 죄를 범하고 해외로 도피한 범인들에 대해 주재국 경찰과 공조를 통해 한국으로 송환을 하는 임무가 중요한 업무의 축을 이룹니다. 내가 '황○○'의 파일에 집중을 하게 된 것은 나름대로 이유가 있습니다.

황씨는 60세를 넘긴 초로의 노인입니다. 그는 한때 한국에서 잘나가는 대기업 임원으로 근무하다 퇴직을 하였고 노후 대책 일환으로 퇴직금과 주변의 사채를 끌어들여 서울 강남에서 규모가 꽤 있는 음식점을 개업했으나 때마침 불어 닥친 IMF 파동으로 부도가 났고 이후 빚 독촉에 시달리자 처와 자녀 2명을 데리고 인도네시아로 피신해 왔습니다.

한국의 채권자들은 황 노인을 사기혐의로 수사기관에 고소하였고 황 노인은 소재불명으로 지명수배와 함께 기소중지 상태가 되었습니다. 그러나 해외로 피신한 황 노인에 대해 한국의 수사력은 미치지 못했고 황 노인 가족은 인도네시아에서 이런저런 일거리로 10여 년의 세월을 보내게 되었습니다. 이 기간 황 노인의 처는 고국 땅을 밟아보지 못한 채 이역만리 타국에서 쓸쓸히 세상을 등져야 했고 자녀들은 장성하여 인도네시아에서 결혼하고 생활하게 되었습니다. 낯선 외국 땅에서 처를 잃은 외국에서 황 노인은 언젠가는 고국으로 돌아가고 싶었지만, 자신이 수배자 신분임을 알기에 섣불리 고국으로 돌아가지 못하는 신세가 되어 자의 반, 타의 반으로 인도네시아에서 살아야만 했습니다. 그런 황 노인이 지난 몇 개월 전, 자신의 여권유효기간이 만료되자 연장을 하기 위해 대사관을 찾아온 것입니다.

그러나 황 노인의 여권연장은 불가했습니다. 한국경찰의 지명수배로 인해 '행정제재 대상자'였기에 여권연장이 되지 않는 것이었습니다. 황 노인은 과거 한차례 여권을 연장한 사실이 있었기에 가능할 것으로 생각하고 다시 한 번 연장신청했지만, 최근 외교부와 경찰청간의 전산망이 연결되어 종전의 '선 발급, 후 조회'가 아닌 '선 조회, 후 발급'으로 방침이 변경됨에 따라 즉시 조회결과 행정제재 대상자로 전산망에 뜰 경우 여권갱신이나 재발급이 불가능해졌기 때문입니다.

영사과 창구여직원의 연장 불가통지를 받은 황 노인은 실망을 감추지 못하고 그 자리에 주저앉았고 앞으로 불법체류 상태로 이민국 등 관계기관의 눈을 피해 살아가야 할 여건을 생각하니 앞이 캄캄했던 모양입니다.

영사과 창구여직원이 경찰영사와 상의해보심이 어떠냐는 권유에 황 노인은 조심스럽게 나의 방문을 두드렸습니다. 면담과정에 나는 한국 경찰로부터 그가 기소중지된 사실을 확인하였고 이 사건이 해결되지 않으면 여권이 발급되지 않고 여권 기간만료에 따른 불법체류가 될 수밖에 없으므로 귀국하여 빠른 시간에 정리해야 함을 설명하였습니다. 설명은 들은 황 노인은 한국으로 돌아갈 경우 교도소에 가야 하는 중죄인이 되지 않느냐며 근심하는 표정을 역력히 보여주었습니다.

나는 한국에서 수사업무를 하면서 구체적인 사안에 따라 다르지만, 사업상 발생한 금전채무 불이행은 많은 경우 형사사건이 되기 어렵다는 것을 실무적으로 경험한 바 있고 피해자와 적정한 합의가 이루어지면 쉽게 해결될 사안인 것을 알고 있었습니다.

나는 일단 황 노인을 안심시키고 한국 귀국을 위한 경찰청과의 협의에 들어갔습니다. 황 노인은 한국으로 귀국하면 경찰에 인계되고 일정 기간 수사를 받을 것입니다. 그럼에도, 나는 황 노인에게 인생의 황혼을 맞이하면서 이국땅에서 피신자의 신분으로 살아가는 것보다는 나을 것이라고 일러주었습니다. 나는 한국경찰에 황 노인의 자진귀국(자수) 사실을 보고했고 귀국날짜를 잡았습니다. 황 노인은 한국에서 영어의 몸이 될지 모른다는 생각에 이곳에서 10여 년의 생활을 완전히 청산하고 나와 약속한 날 수카르노하타 공항으로 나왔습니다.

친지, 가족들과 기약 없는 이별의 눈물을 머금은 채 출국장으로 떠나는 황 노인을 바라보며 내가 참 모진 일을 한다는 생각이 들었습니다. 그러나 내 판단으로는 황 노인은 멀지 않은 시간에 자카르타 땅을 당당하게 다시 밟을 것이라고 확신했습니다. 이후 황 노인이 인천공항 경찰대에 자수했다는 소식을 접하고 다시 일상으로 돌아갔습니다.

그러던 어느 날 황 노인이 귀국하고 3주 정도 지난 시점인 것 같습니다. 나의 핸드폰에 알지 못하는 전화번호가 찍혔습니다. 교민사건사고 신고인가보다 생각하고 약간의 긴장감을 갖고 전화기에 입을 대는 순간 수화기 저 멀리에서 들려오는 귀에 익은 목소리가 단번에 황 노인의 전화임을 알았습니다.

"영사님 일이 잘 해결되어 내주에는 자카르타로 다시 들어갈 수 있을 것 같습니다. 경찰에서도 다 마무리되었다며 출국해도 좋다고 합니다. 고맙습니다."

나의 예상과 판단은 적중했습니다. 황 노인 사건은 채권자들에게 일부 채무를 변제하였고 경찰에서는 단순 채권채무관계로 불기소 처분하여 사건을 마무리한 것입니다. 이후 황 노인은 예정대로 다시 자카르타로 돌아와 가족들과 재회하는 기쁨을 맛보았고 지금은 합법적인 여권을 재발급 받아 체재하고 있습니다. 얼마 전 건강하게 생활하고 있다는 안부전화를 받았습니다. 만약 황 노인이 법의 테두리를 벗어나 계속 피신해 있었다면 마음 한구석에 늘 불안감을 갖고 살아가야 할 것이며 이를 위한 기회비용도 만만치 않았을 것입니다.

경찰청은 해외 기소중지자가 수백 여명을 넘어서는 것으로 파악하고 있습니다. 특히 필리핀 등 동남아지역은 허술한 출입국 규제, 공무원의 부패 만연에 편승하여 도피하기 쉬운 곳으로 인식되어 많은 한국인 피신해 살아가고 있습니다. 물론 이들 중에는 살인, 강도 등 흉악범들도 있으나 대개가 경제사범으로 일컬어지는 금전관련 범죄로 수배되어 있습니다.

 그러나 지난 IMF 경제위기 때 많은 우리 이웃들이 부도와 도산으로 채무자로 몰리고 이를 피해 해외로 나와서 범죄자 아닌 범죄자로 살아가고 있는 것이 현실입니다. 이들은 한국 사법당국의 수사절차인 수배와 기소중지자로 낙인 찍혀있고 위조 여권 소지, 현지 이민국 직원매수 등 음성적인 방법으로 체류하며 힘겹게 살아가고 있을 것입니다. 가끔 이런 사실들이 약점으로 작용하여 자신이 또 다른 피해를 입었음에도 법의 보호는커녕 하소연도 하지 못한 채 살아가고 있는 것입니다.

 이곳 인도네시아에도 많은 사람들이 기소중지 상태로 살아가고 있는 것으로 파악하고 있습니다. 나는 이들이 정확한 법률지식 부재로 도망자 신세가 지속되는 것을 바라지 않습니다. 이들은 '수배'(사람을 찾는 것), '기소중지'(중요 피의자 또는 참고인의 소재불명 등으로 확인 때까지 재판에 회부하지 않는 것) 등 무시무시한 법률용어에 주눅이 들어 도망자 신세로 살아가는 것은 아닌지 모르겠습니다. 설사 기소중지된 경우라 하더라도 수사를 해봐야 하고 또 수사기관이 유죄로 판단하더라도 재판이라는 절차가 엄연히 있는 현실에서 스스로 범죄자임을 자인하고 계속 피해 다닐 필요는 없습니다.

 전산망이 발달하고 국가 간 범죄대응 공조활동이 더욱 공고화되어 과거와 달리 해외로 일시 도피한다고 하더라도 영원히 법망을 피해 가기 어려운 현실에서 지난 일들에 대한 그릇된 판단으로 고통 속에 살아갈 이유가 없는 것입니다. 나는 이들 대부분이 황 노인과 유사한 처지라고 생각합니다. 따라서 언제라도 이런 문제로 나를 찾아오는 교민에 대해 법이 허용하는 범위 내에서 최대한 선처를 받을 수 있도록 노력할 것임을 다짐해봅니다.

마음이 따뜻한 경찰이 되고싶다

# 고양이에게 맡긴 생선가게

주재관 부임 후 3개월 정도 지날 무렵입니다. 부임 3개월이 지났음에도 해외도피사범 송환실적이 전혀 없는 나로서는 어느새 마음이 많이 쫓기고 있었습니다. 실제 해외로 도피한 수배자를 국내까지 송환하는 업무에 대한 경험이 없는 나로서는 전임자와 부임 전 교육받은 내용의 현장 체험이 절실했습니다. 그럼에도, 좀처럼 기회를 맞이할 수 없었던 어느 날 익명의 제보자로부터 한국에서 사기를 치고 도피한 사람이 교민들을 상대로 또다시 사기행각을 벌이고 있다는 것이었습니다.

대개 범죄제보의 경우 제보자의 제보 동기의 순수성 이전에 제보 내용의 신빙성에 초점을 두고 확인해볼 필요가 있습니다. 일단 한국경찰청과 협의하여 대상자의 한국 내 범죄사실과 수배 여부를 파악하였습니다. 제보내용과 동일하게 P씨는 몇 년 전 한국에서 사기피해를 입히고 가족과 도주하여 수도 자카르타에서 이런저런 일로 생계를 꾸려가고 있었습니다. 한국경찰청으로 하여금 인터폴을 통한 국제공조를 요청하고 인니경찰청 관계자를 접촉, 협조를 당부하였습니다. 아울러 P씨가 가명의 위조 여권을 소지하고 있다는 사실을 토대로 인니 이민국 당국자에게도 건전하고 안정된 교민사회를 위해서는 P씨와 같은 불법체류자가 있어서는 안 된다는 점을 주지시키고 협조를 요청하였습니다.

이후 일주일이 지난 시점에 이민국 담당자로부터 P씨의 신병을 확보했다며 불법체류 여부에 대한 심사가 끝나면 한국으로 추방하겠다는 의사를 전달받았습니다. 때마침 나는 국제행사 참석차 자카르타를 떠나 지방에 머물고 있었습니다. 2~3일 뒤 자카르타로 귀환사실을 이민국 담당자에게 알려주고 그동안 이민법 심사를 실시한 후 강제 추방절차를 합동으로 실시하고자 제의한 후 국제행사를 치르고 자카르타로 돌아와 이민국 사무실에 들렀습니다. 해외도피사범에 대한 국내 송환 첫 작품을 생각보다 순조롭게 성사시켰다는 사실에 약간의 흥분과 성취감을 만끽하며 교민사회에 은신해있는 많은 도피사범들에게 경종을 울리며 이들의 자수 및 자진귀국 현상이 속출될 것이라는 도취감에 빠진 상태로 이민국 조사실 조사반장 사무실로 들어섰습니다.

몇 번의 업무협의 과정에서 알게 된 이민국 조사반장의 얼굴을 보면서 반갑게 악수의 손을 내미는 순간 왠지 평소 대면했던 표정과 달리 그는 나의 눈길을 피하는 듯하며 급한 걸음으로 사무실 한구석의 자기공간으로 나를 안내하여 자리에 앉혔습니다. 나는 급한 마음에 빨리 P씨와 대면시켜 줄 것을 요청하고 송환날짜를 언제로 할 것이냐고 그에게 물었습니다.

그러나 그는 아무런 이유도 없이 "지금 P씨는 귀가하였으며 더 이상 묻지 말아 달라."고 하며 자리를 뜨고 말았습니다. 나는 갑작스럽게 전달받은 그의 영어구사가 내가 잘못 알아들었는가 싶을 정도로 어안이 벙벙하여 그의 뒤를 따라가며 이유를 따져 물었습니다. 그래도 그는 뒤도 돌아보지 않은 채 황급히 사무실을 빠져나가 버리는 것입니다.

나는 사태의 전말을 전혀 감지하지 못하고 뭔가 행정착오가 일어난

마음이 따뜻한 경찰이 되고싶다

것으로 보고 이민국 고위간부와의 면담을 시도했으나 비서실 단계에서 부재중이라는 말만 되풀이하는 것을 들어야만 했습니다. 그 이후 질의서와 면담 시도를 몇 번 시도하였으나 관련된 이민국관계자들을 다시 만날 기회는 주어지지 않았습니다. '아! 이런 것이구나.' 하고 깨닫기까지는 그리 긴 시간이 걸리지 않았습니다. P씨는 거액의 뇌물을 이민국 고위층에게 제공하고 하루 만에 풀려나 잠적한 것입니다. 고양이에게 생선을 맡긴 꼴이 되고 말았습니다. 이민국 직원들의 말을 믿은 나의 경험부족에서 발생한 어처구니없는 일이 되고 말았습니다. 이후 P씨의 송환을 추진하기 위해 경찰관계자들을 다시 접촉하여 이민국의 만행을 지적하며 조속히 공조해줄 것을 요청하였으나 별로 진척이 없었습니다. 분개해하며 불면의 날을 보내지만, 경험부족이 야기한 어처구니없는 결과였던 것입니다.

● 일부 공무원의 그릇된 행위는 어느 나라에나 있다.

# 발리 섬,
# 찢어진 신혼여행의 꿈

■■
■■

세계적인 휴양지 발리, 연전에 모 방송국에서 인기리에 방영된 드라마 '발리에서 생긴 일'의 촬영지이기도 한 발리 섬은 인도네시아에 속한 영토라는 것은 잘 몰라도 인기 있는 국제적인 관광지로 잘 알려져 있습니다.

신혼부부의 허니문 여행지뿐 아니라 친구 및 가족단위의 관광지로도 각광을 받는 곳입니다. 연간 10만여 명의 한국인 관광객이 발리 섬을 찾고 이 중 60~70% 이상이 신혼부부이고 보면 우리나라에서 과거 제주도를 찾던 신혼부부의 허니문여행지가 발리로 옮겨진 셈입니다. 또한, 인근 호주뿐 아니라 유럽 등 서양 사람들도 발리를 최고의 휴양지로 택해 많이 찾고 있어 그야말로 세계적인 관광지라고 보면 됩니다.

사랑하는 사람과 해변에 앉아 적도의 붉은 노을에 반사된 인도양의 아름다운 광경을 바라보면서 미래를 꿈꾸고 계획하는 일이란 상상만 해도 얼마나 낭만적이겠습니까?

그러나 세상은 밝은 면이 있으면 반드시 어두운 면도 있는 법인가 봅니다. 이런 발리가 세계인의 이목을 집중시킬 수 있다는 점을 악용 하여 2002년과 2005년, 과격 테러분자에 의한 대형 테러사건이 발생하였습니다. 당시 호주인을 비롯한 많은 외국인 관광객이 무고하게 희생되었고 한국인 관광객도 두 사건을 통해 2명이 사망하고 6명이 부상하는 변을 당하여 안타까움을 더했던 경험이 있습니다.

당시 인도네시아 정부는 발리의 치안이 불안할 경우 관광수입원에 치명적인 타격을 입게 되는 탓인지 발 빠르게 대응하여 테러 배후세력을 검거하는 등 노력을 다하였고 현지의 한국인 여행사 등 관광업 종사자들도 피해를 최소화하기 위해 몸부림친 결과 그 이듬해인 2006년은 전반적으로 다시 활기를 찾았으며 그 해 세모까지 큰 사건·사고 없이 조용히 넘어가는 듯했습니다. 그러나 한 해가 저물어가기 직전 성탄절을 넘긴 다음 날 우리의 이런 희망에 찬물을 끼얹는 끔찍한 사건이 발생하였던 것입니다.

한국인 신혼부부가 숙소에서 현지의 떼강도로부터 공격을 받은 것입니다. 크리스마스 이브 날을 자신들 생의 최고 기념일로 정하고 장밋빛 미래를 꿈꾸며 택했을 허니문여행지에서 변을 당한 것입니다. 부부는 둘 다 학원 강사들로 교제를 통해 적지 않은 나이에 결혼을 하였고 좀 더 호젓한 분위기에서 미래를 설계하며 자신들만의 아름다운 시간들을 보내겠다는 로맨틱한 생각과 많은 관광객이 붐비며 값도 비싼 호텔보다는 외곽지역에 신혼부부들을 위한 방갈로 형태의 저렴한 숙박시설이 있다는 정보를 인터넷을 통해 접하고 직접 예약하여 투숙하게 되었습니다.

단독저택 형태의 방갈로는 전용 수영장이 있고 대형 침실을 갖추고 있는 등 신혼부부들이 그들만의 시간을 만끽하기 좋고 값이 상대적으로 저렴하여 인기를 끌고 있습니다. 하지만, 외딴 지역에다가 동네 어귀에서 사설 경비원들이 출입자를 감시하는 정도 외에 특별한 보안시설이 없어 안전상 다소 허점을 안고 있었던 것입니다.

바로 그런 안전상의 허점에 이들 신혼부부가 희생되었던 것입니다. 경찰관의 야간순찰이 거의 없고 신혼부부들이 고가의 귀중품 등을 소지한 것을 노리고 강도들이 침입한 것입니다. 심야에 갑자기 흉기를 들고 들이닥친 괴한 3명에게 신랑은 신부를 보호해야 한다는 일념으로 강도들에게 저항하였고 이 틈을 이용하여 신부는 방갈로 밖으로 뛰쳐나가 급히 몸을 피했으나 신랑은 머리 등을 흉기로 맞아 상처를 입게 되었으며 괴한들은 신부를 뒤따라가 낫으로 등 부위를 찔러 심하게 다치게 된 것입니다.

한밤중의 낯선 외국 땅에서 범죄자의 공격을 피해 달아나다가 흉기에 찔려 심하게 다친 신부의 놀란 가슴을 상상해보면 실로 끔찍한 사건입니다. 다행스럽게 괴한들은 어설픈 시골 범죄꾼들인지 신혼부부의 고함소리에 놀라 더 이상 공격하지 않았고 카메라 1대만 빼앗아 달아났습니다.

대사관은 신랑으로부터 연락을 받고 비상대책반을 가동하기 시작했습니다. 해외에서 우리 여행객이 강력사건 범죄피해를 입은 사실 하나로 사안의 중대성은 정해진 것입니다. 때마침 연말행사로 공관은 여러 일정이 겹쳐 있었으나 신혼부부 강도사건을 최우선 순위로 처리할 수밖에 없었습니다. 통상의 경우 사건담당 영사가 현지로 출장을 가서 사건내용을 파악하고 피해자 보호 및 귀국지원, 범인 검거를 위한 현지경찰과의 협조 등으로 이루어지나 공관에서는 대사께서 직접 나서시겠다고 결정하셨습니다. 발리가 한국 여행객에게 차지하는 비중과 이미지를 감안한다면 현지 주지사, 지방경찰청장 등에게 사건 해결과

마음이 따뜻한 경찰이 되고싶다

피해보상, 재발방지 등 강력한 대처가 필요하다고 판단한 것입니다.

영사 1명을 대동하고 사건발생 하루 만에 대사 일행이 발리에 직접 갔습니다.

현지 경찰, 주정부는 외국 대사가 직접 자국민 피해사건 현장에 온다는 데 대해 적잖이 당황하였습니다. 평소 외국인 사건·사고에 다소 미온적인 그들은 피해자가 입원한 병실을 특실로 제공하는가 하면 치료비 전액 지원과 피해자가 원하면 여행일정 무상제공을 약속하였고 지방경찰청장은 모든 숙박시설에 대해 안전등급을 정하고 기준에 미달한 업소에 대해서는 행정 제재를 가할 것과 범인들에 대한 조속한 검거를 약속하였습니다(사건 일주일 후 경찰은 용의자를 파악해냈고 그들이 다른 섬에서 원정 온 자들이라는 점을 공관에 알려주었으나 사건이 발생한 6개월이 넘어서야 범인들을 전원 검거하였다).

사건 초기 신혼여행의 달콤함이 송두리째 날아 가버린 데 대한 분함과 범죄자로부터 입은 충격으로 두려움과 불안 증세를 보이던 신혼부부는 대사의 직접방문과 적극적인 지원은 물론 지역 한인회의 정성어린 보살핌으로 급속히 회복하였습니다.

이후 이들은 일주일의 여행일정을 다시 오붓하고 안전한 장소(?)에서 보내고 나의 환송을 받으며 발리공항을 떠났습니다. 공항에서 애써 눈물을 감추던 신부는 자신의 등에 있는 상처가 한인회, 대사관 관계자들의 적극적인 보살핌으로 빨리 회복되었고 놀란 가슴도 쉽게 가라앉아 너무 감사하다며 결국 눈물을 쏟아놓고 말았습니다. 그러나 나는 그 눈물의 의미가 그동안 정든 동포애의 눈물이었던 것으로 받아들였습니다.

이후 그들은 나에게 무사히 귀국하여 발리에서 누구와도 비교할 수 없고 잊지 못할 추억을 간직한 채 건강하고 행복한 신혼생활을 보내고 있다고 연락해 왔습니다. 해외여행이 빈번해지는 요즈음 여행의 즐거움은 늘 자신의 안전이 우선적으로 보장되어야 한다는 점을 상기시키고 싶은 사건이었습니다. 일부 여행업계의 지나친 값싼 상품에 현혹되어 자칫 소중한 인명과 재산피해를 입지 않았으면 하는 바람이 간절합니다.

마음이 따뜻한 경찰이 되고싶다

# 2박3일 사건수첩

■■
■

첫째 날

## 09:30 연휴 첫날 느긋한 아침식사, 그리고 전화 한 통

"영사님! 어제 밤늦은 시간에 한국인 한 사람이 현지인이 휘두른 칼에 찔려 사망하였습니다."

일요일 아침, 가족들과 한가롭게 아침밥을 먹다가 지방 소도시 한인회로부터 날아온 전화 한통. 모처럼 함께한 아침 식사시간을 방해한다는 가족들의 원망스러운 눈빛을 뒤로한 채 나는 스프링처럼 반사적으로 집을 뛰쳐나가 어느새 영사과 사무실 책상에 앉았습니다. 해외에서 우리 국민피살 사건이라는 사안의 중대성은 전신을 긴장감으로 몰아넣었습니다. 외교부 본부 당직실로 긴급전문을 보내고 한국의 유가족 출국 수속을 위한 여권발급 등 편의지원을 건의한 후 지방 한인회 측에 피해자의 인적사항과 사건개요를 1차적으로 파악해줄 것을 요청한 뒤 자카르타 공항으로 향했습니다.

주말을 낀 연휴 탓인지 항공권은 모두 만석이 되어 있어 갈 길 바쁜 사건영사의 가슴만 콩닥거릴 뿐 대안이 없었습니다. 항공사 데스크에 통사정하여 몇 시간을 기다린 끝에 비행기에 몸을 실었습니다.

사건처리 구상을 위해 잠시 눈을 감는 듯했는데 벌써 도착 멘트가 기내를 가득 메웁니다. 비행거리 1시간.

## 18:30 한인회 임원들과 만남

내가 도착한 시간이 외국에서 들어오는 승객이 몰리는 시간대라서 공항 로비는 지방 도시답지 않게 많이 붐볐습니다. 공항 로비를 한 바퀴 돌아 구내 커피숍에서 지역 한인회장님 등 임원들을 만났습니다. 사건 직후부터 지금까지 긴박하게 돌아갔던 상황을 그들의 얼굴을 통해 짐작할 수 있었습니다. 인사를 나눌 겨를도 없이 그들로부터 사건 내용을 개략적으로 들었습니다.

시내에서 약 1시간 떨어진 OOO지역 주택단지 자가에서 농기구 중개업을 하던 40대 후반의 교민 K씨가 흉기를 소지하고 침입한 떼강도들로부터 각목과 과도로 복부 등 여러 군데 상처를 입고 병원으로 후송하던 중 사망하였으며 범인 4명은 모두 검거되었다는 것입니다.

나는 일단 범인들이 검거되었다는 데 대해 경찰관 직업에서 오는 의무감 탓인지 1차적으로 안도는 했지만, 사건영사로서 장례절차, 유족 행정지원 등 사후 수습에 촉각을 곤두세울 수밖에 없었습니다.

## 20: 10 유족 입국, 영원한 이별연습

사망한 K씨의 처, 어린 자녀 등 가족 5명은 이역만리에서 급작스럽게 변을 당한 가장의 사망소식에 슬픔을 표현할 겨를도 없이 힘겨운 장거리 비행을 한 탓인지 많이 지쳐보였습니다. 사건 경위에 대한 궁금증과 낯선 땅에 대한 불안감도 그들을 감싸고 있는 듯했습니다. 영사협력원으로 활동하시는 지역 한인회 A님과 나는 유족들에게 사건 경위를 설명하고 시신이 안치된 시립병원 영안실로 향하였습니다.

그들은 시신을 확인하기 전까지는 지금 벌어지고 있는 현실을 도저히 믿지 못하겠다는 표정이었습니다. 이럴 때 나는 어떤 표정을 지어야 할까요? 늘 그랬던 것처럼 다시 사무적으로 그들을 대하고 있는 나를 발견하는 순간 정말 나 자신이 싫어지고 인간사에 아픔과 슬픔을 남이 대신해줄 수 없게 만든 신이 원망스럽기까지 했습니다. 이국땅의 밤 가로등이 희미하게 비치는 차 안에서 유족들은 IMF로 전 재산을 날리고 재기를 위해 천만리길 외국 땅으로 홀연히 날아간 가장의 갑작스런 죽음을 어떻게 맞이하였을까요?

## 23:00 시립병원 영안실, 쉽지 않은 유족 요구사항

무표정한 영안실 직원의 숙달된 절차를 안내받아 영안실 시신 냉동고 앞에 유족과 나 그리고 한인회 A님이 함께 우두커니 섰습니다.

수 없이 반복된 경험이지만 영안실 안에 짙게 베인 냄새는 아직까지도 익숙하지 않습니다. 영안실 철문이 열리며 시신은 처절했던 상황을 알려주었습니다. 사자는 말이 없어도 신체에 남은 칼자국은 그 무엇보다도 정확한 기록이기 때문입니다. 팔, 머리, 복부에 피멍과 칼자국을 본 유족들의 오열은 텅 빈 영안실을 가득 채우며 건물 전체를 흔드는 것 같았습니다. 유족의 허락하에 몇 컷의 사진을 기록으로 남기고 한인회 A님 그리고 유족들과 향후 수습방안을 협의했습니다.

유족은 철저한 사건 전모를 파악해서 범인들을 단죄시켜야 한다는 점을 강조하면서 한편으로는 고인이 남긴 재산 일체를 정리하여 신속히 한국으로 돌아가도록 한인회와 대사관의 지원을 요청했습니다.

'사람을 두 번 죽이는 부검은 원하지 않는다.'

'고인의 재산을 정리해 달라.'

'현지에서 화장하고 이틀 뒤에는 한국으로 유해를 가지고 출국할 수 있도록 해 달라.'

이런 유족의 요청사항에 한인회 A님을 너무나 절차를 잘 알고 있었습니다. 몇 번의 경험이 전문가를 만든 것 같았습니다.

'부검은 경찰이 수사 절차상 필요하다고 고집하면 하지 않을 수 없다.'

'재산정리는 고인의 경리사원 명의로 모든 것이 되어 있어 본인의 동의가 필요하다.'

'화장 후 유해를 찾고 출국키 위해서는 보건소, 경찰서, 이민국 등 행정기관의 승인을 받아야 하고 최소 24시간 이상 소요된다.'

그럼에도, 유족의 요구사항이 관철되도록 최선을 다하겠다는 한인회 A님의 답변에 영사인 나보다 일 처리를 잘하고 실질적이라는 생각에 너무 고마웠습니다. 저런 일 처리가 바로 내가 할 일인데, 따지고 보면 교민들의 친목과 결속을 위한 지역 한인회의 성격상 그 임원을 맡는 분들은 별도의 보수가 주어지거나 대단한 명예를 얻는 일도 아닐 것입니다. 나는 자신들의 생업에 지장을 받아가면서까지 봉사활동을 하는 그분들이 너무 감사할 따름이었습니다. 무릇 봉사라는 것이 자기희생이 전제됨이 자명한 이치이고 보면 한인회 A님이 '한국에서 못다 한 아쉬웠던 봉사를 여기서 다한다는 생각으로 즐겁게 하고 있다.'는 말에 감탄할 수밖에 없었습니다.

내일 관할경찰서장과 담판지어 유족의 요구대로 부검하지 않고 시신을 인수받아 제날짜에 출국하도록 노력할 것이라고 다짐하는 A님을 뒤로하고 숙소로 돌아왔습니다. 700백 년 고도의 야경을 창 옆에 끼고 깊은 잠에 빠져들었습니다. 핸드폰 액정에 새벽 1시를 알리는 불빛을 희미하게 바라보며…

둘째 날

## 10:00 경찰서장실, 부검문제를 담판지우다.

"서장님, 한국은 시신에 대해 칼을 대는 것은 사람을 두 번 죽인다고 인식되어 이를 꺼려하는 문화가 있습니다. 범인도 잡혔고 사인도 명백하니 가능하면 부검을 생략하고 사체를 인계해주시면 감사하겠습니다."

우리의 A님은 유창한 인니어로 번쩍이는 어깨 계급장을 재는 체하면서 다소 권위적인 모습으로 앉아 있는 경찰서장을 설득하는데 그리 긴 시간이 걸리지 않았습니다. 사람 좋은 인상을 지닌 웃음과 유머를 가미하여 서장을 설득하는 A님의 화술과 대사관에 파견된 한국 경찰이라는 나에 대한 호기심 그리고 슬픔에 젖은 유족들이 자리한 탓인지 서장은 흔쾌히 부검을 하지 않겠다며 간단한 요식행위 후 시신을 가족에게 인계하겠다고 했습니다. 나는 A님의 설득 기술에 혀를 내두르고 말았습니다.

## 12:40 사건 현장, 피해자 집

우리 일행과 경찰서장 및 경찰서 관계자들은 시 외곽 외딴마을의 서민주택가에 위치한 살인사건 현장으로 들어갔습니다. 흐트러진 가재도구와 집안 전체에 비산된 피해자의 피자국은 더운 기온 탓인지 일부는 말랐고 일부는 벌써 부패한 냄새를 풍겼습니다. 낡은 팩시밀리, 가재도구, 그리고 마당 한 곁에 주문받아 포장 중인 농기구 꾸러미 등은 집을 사무실 삼아 사용한 흔적으로 보였고 그의 사업 규모를 짐작하게 했습니다. 이역만리 타국에서 순탄치 않았던 삶의 편린들을 볼 수 있었습니다.

경찰서장은 친절하게 사건 당시 상황을 재현하는 설명을 했고 사건 발생 1시간 만에 범인 전원을 검거하였다는 그의 공치사가 믿지 않게 느껴졌습니다. 다시 한 번 유족의 오열이 터졌으나 서장의 재촉에 병원 영안실로 향했습니다. 서장은 하루 만에 모든 일은 다 처리하게 할 것이라는 의지를 보여주고 있었습니다. 낯선 나라 이방인에 대한 배려를 아끼지 않겠다는 자세였습니다.

## 14:55 다시 시립병원 영안실로, 돈 문제

사체인수에 필요한 모든 행정서류 작성에 서장은 앞장섰습니다. 유족들의 인수서 날인이 이루어지자 유족은 오늘 또는 내일 화장을 하면 자신들의 일정대로 한국으로 출국할 수 있을 것이라는 기대에 젖는 듯했습니다. 나는 마음속으로 걱정했습니다. 이 지역의 행정절차는 화장 후 24시간이 지나야 유해를 받을 수 있다는데 지금 시간이 벌써 오후 3시를 달리고 있으니 곧바로 화장은 곤란할 것이고 내일 아침 일찍 한다고 하더라도 유족들의 출국 일정을 맞출 수 없을 것인데 유족들은 한국의 친지들에게 장례일정을 알렸기 때문에 반드시 모레 아침에는 출국해야 된다는 입장이었습니다. 그리고 나의 얼굴을 쳐다보고 있었습니다. 나는 난감했습니다.

나는 어느새 습관이 돼버린 한인회 A님의 얼굴 보기를 시도했으나 그도 옆에 없었습니다. 아! 그런데 울리는 핸드폰 소리에 직감적으로 A님임을 알았습니다.

"영사님 군부대 화장터를 섭외했는데 내일 아침 일찍 화장하면 저녁에는 유골을 찾을 수 있을 것 같습니다."

우와! 다시 감탄. 나는 앞서가는 그의 일 추진력에 이제는 경외감마저 가지게 되었습니다. 내가 영안실에서 머뭇거리고 있을 동안 A님은 화장터를 찾고 있었던 것입니다. 우리의 이런 통화내용은 아랑곳없이 유족들은 화장경비 등 금전적인 지원까지 요구하며 고인의 집에서 최소한 남은 돈이라도 찾아서 해결해야 한다고 울먹였습니다. 상황은 더욱 난감해졌습니다. 이제 경비지원까지….

## 16:00 다시 경찰서장실에서 따뜻한 동질감을 느끼며

바나나와 차를 내놓으며 점심으로 때우자는 경찰서장의 배려는 같은 경찰관으로서 따뜻한 동료애로 다가와 땀에 젖은 와이셔츠 속으로 스며들었습니다. 서장의 적극적인 지원에 감사의 말을 전하며 빠른 시간 내 고인의 유품이 유족들에게 돌아가게 해달라는 부탁을 남기고 인근 한인식당에서 일행들은 자장면으로 늦은 점심을 먹었습니다.

## 20:00 숙소호텔 로비에서, 어리버리 박 영사

근심 가득한 표정으로 유족들은 장례 경비문제를 숙의하고 있었습니다. 자신들이 가진 돈으로는 화장비 등 경비충당에 턱없이 모자란답니다. 고인의 은행 잔고라도 확인해서 돈을 찾아 경비로 사용하려한다며 도와달랍니다. 이 땅에 살아가는 많은 교민들 가운데는 쉽지 않은 체류조건으로 인해 현지인을 보증인으로 내세우고 이들 명의를 빌려 사업을 합니다. K씨도 그 경우에 해당했습니다.

이런 이유로 경찰은 재산정리에 소극적이었습니다. 명의자의 협조 없이는 재산 정리가 곤란하다는 입장입니다. K씨에게 명의를 빌려준 현지인은 사건충격을 이유로 의식을 못 차리고 있답니다. 진실인지 재산을 빼돌리려는 처사인지 유족들과의 만남도 거부합니다. 나의 도움을 요청하는 유족들의 애절한 부탁에 나는 이리비리 박 영사가 되어버렸습니다. 서장에게 전화를 했지만 불통입니다. 우리의 한인회 A님은 이 순간에도 별말씀이 없으십니다. 몇몇 난관에 봉착했던 그때와 똑같이, 나는 이제 A님이 또 알아서 하시겠지 하는 생각이 들자 영사 본분을 망각한 것 같은 마음에 죄송스러워 그의 얼굴을 직접 볼 수가 없었습

니다. 그러면서도 대사관에는 "일이 잘 처리된 것 같습니다. 내일 저녁
에는 자카르타로 철수할 수 있을 겁니다."하는 보고는 빼놓지 않았습
니다. 이 부끄러움….

셋째 날

## 06:00 시립병원영안실, 모여드는 교민들

K씨의 주검은 한 겹 천으로 둘러싸인 채 관 뚜껑이 열리고 산자의
마지막 손길을 받으며 관 속에 조심스럽게 놓였습니다. 영안실 주변은
하나둘씩 모여드는 교민들로 약간 붐볐습니다. 이 지역에서는 비록 죽
은 사람이 생전에 누구인지 모르는 사람이라도 교민장례식에는 많은
한국인이 동포였던 망자의 마지막 모습을 보기 위해 찾는다고 합니다.
따뜻한 동포애와 교민 길흉사를 교민사회 구성원을 끈끈하게 연결시
켜주는 기회로 삼는 그들의 슬기로움에 흐뭇할 뿐이었습니다.

내가 이런 얕은 감상에 빠져 있을 때 A님은 영안실 밖 귀퉁이에서 연
신 인니어와 한국어를 번갈아 사용하며 핸드폰을 입에 대고 있는 것
을 볼 수 있었습니다. 나는 그 통화내용이 이제 무엇인지 멀리서 보기
만 해도 알 수 있었습니다. 며칠간 그와 동행하며 엿들은 통화내용이
거의 유사했기 때문입니다.

"네. 그것은 호적등본이 필요하고요. 내일 한인회 사무실로 나오시면
됩니다. 네, 안녕히 계십시오."

이것은 교민과의 통화.

"APA KABAR $#%&*@#…."

이것은 내 짧은 인니어 실력으로도 알아듣기에 충분한 현지경찰 등
관계기관과의 통화로서 잘 부탁한다는 내용이 요지였습니다. 이런 통
화내용은 결코 A님의 개인적인 일이나 사업상 통화와는 전혀 별개의

것이라는 것을 나는 알고 있었습니다. 놀라운 것은 자카르타에서 내가 일상적으로 하는 영사업무를 하고 있는 것이었습니다. 나는 물론 사건·사고만 담당하였습니다.

그런데 A님은 여권, 일반행정, 사건·사고 등 영사업무를 망라하고 있는 것이 아닙니까! 이를테면 지방 소도시의 대한민국 영사관 총영사이신 것이었습니다. 나는 영사가 내 생계를 짊어진 직업이었습니다. 그러나 A님은 생계와 관계없었습니다. 직업이 아니었습니다. 나는 이제 그의 얼굴 주변에 환한 빛을 보게 되었습니다. 사랑과 희생으로 둘러싸인 인간애의 빛을….

## 08:40 검은 연기 적도의 하늘을 날다

섭씨 수백 도의 벽돌화로 속에서 K씨의 육신은 한 줌의 재로 변하였고 그의 영혼은 사랑하는 아내와 가족을 이승에 남겨둔 채 검은 연기가 되어 적도의 하늘로 날아가 버렸습니다.

일단 사건수습을 위한 큰 흐름은 끝난 것 같습니다. 그러나 나는 무거운 마음을 떨쳐버릴 수가 없었습니다. '화장비 등 경비를 유족들이 준비하지 못했을 텐데, 어떻게 되나?' 내가 이런 고심에 빠져 있는 사이 유족들은 A님과 나를 화장장에 남겨두고 고인의 유품을 정리한다며 사건 현장으로 다시 가버렸습니다. 물론 그들도 K씨 집에서 최소한의 경비라도 건져보려는 심사였을 것이었습니다. 나는 경비문제를 이제 A님에게 물어보기도 난감했습니다. 어쨌든, 저녁 5시경 유골을 찾을 때 경비를 지불한다고 하니 그때까지 상황을 지켜보기로 하였습니다.

## 10:20 한인회사무실, 나는 아직 초보영사

시간적 여유가 좀 있어 나는 지역한인회의 업무현황이라도 파악할 겸 한인회 사무실에 들렀습니다. 연거푸 울리는 한인회 사무실 전화는 대부분 우리 대사관 영사 창구와 같은 문의사항들이었습니다. 현지인 행정보조요원이 1명 있으나 직접 민원업무를 할 수 없고 대부분 한인회 임원들이 처리했습니다.

1시간 정도 머물던 중 사건 관할경찰서 외사과장 및 사복경찰과 2명이 들렀습니다. 이번 사건을 처리하면서 많은 부분 협조를 한 사실을 나는 압니다. 또한, A님을 통해 그들의 방문목적도 알게 되었습니다. 적당한 사례비를 받으러 온 것입니다. '이런 경비는 누가 충당하나.' 또 다른 나의 고민거리가 생겼습니다. 한국경찰과 비교되는 몇 가지 의례적인 대화를 나누고 나는 그래도 A님 등 우리 한인회 임원진들의 애로를 조금이라도 들어줘야겠다는 충정으로 이들을 인근 한국 식당으로 반강제로 데려갔습니다.

적당한 농도의 알코올을 곁들인 점심식사로 분위기를 돋우고 지역 한국인들의 애로사항 및 사건발생 시 잘 협조한다는 외교적인 수사를 남발했습니다. 그들의 걱정마라는 말을 그대로 믿은 나는 아직 초보 영사입니다. 이들은 얼마 후 다시 한인회를 찾아가 뭔가를 요구할 것이라는 생각이 나중에 났으니까요.

## 16:30 시내 장례식장에서 요술도사 만나다

A님과 나는 시내 장례식장에서 K씨의 유분을 봉인한 채 넘겨받았습니다. 보건소, 이민국, 경찰서 관계자들도 입회했습니다. 이들로부터 행정적인 절차도 마쳤습니다.

그런데 끊임없이 따라다니던 나의 의문, 누가 경비를 지불하지? 그런데도 유분상자를 건네받아 자기 승용차 앞좌석에 놓고는 저녁식사를 가자는 A님은 태연함을 잃지 않았고 얼마 지나지 않아 경비를 A씨의 사비로 먼저 충당됐다는 사실을 알았습니다(나중에 유족들은 출국 전 일부 경비를 갚았다는데 많이 모자랐을 것이다).

나는 이제부터 그를 '요술도사'라고 마음속으로 명명했습니다. 그의 행동은 논리적으로는 전혀 맞지 않습니다. 돈이 생기는 것도 아닙니다. 큰 명예가 주어지는 것도 아닙니다. 잘해야 본전이고 조금 잘못하면 무책임한 비난과 불만이 쏟아집니다. 하루 이틀 하는 일도 아닙니다. 족히 2년 이상을 이런 일에 붙어 다닙니다. 어떤 요술도사는 6년을 했다고 하니 기네스북감입니다.

유족이 없는 유골을 안고 식당으로 이동하며 A님과 나는 사망한 K씨와 전생의 인연에 대해서 이야기했습니다. 큰 인연의 끈이 있을 것입니다. 이역만리 땅에서 피 한방울 섞이지 않은 사람의 유골을 단지 한국인이라는 이유로 유족의 출국시간까지 맡고 있는 현실을 어찌 인연의 끈을 이야기하지 않고 이해할 수 있겠습니까?

## 20:40 GA331 자카르타행 비행기 안에서

저녁 늦은 시간, 내일 아침 일찍 유가족이 출국할 수 있을 것이라는 A님의 예상에 따라 나는 내 임무의 일단락을 결론짓고 자카르타 복귀를 서둘렀습니다. 나는 2박3일의 길지 않은 사건여행을 하며 서로 다른 쪽에서 서로를 바라보고 살아가는 동포들을 만났습니다.

한국에서 사업에 실패하고 재기에 몸부림치며 머나먼 타국 이곳까지 들어왔다가 뜻을 이루기도 전에 죽음을 맞이한 사람. 이런 사람의 마지막 길을 위해 논리적인 타산이 전혀 맞지 않지만 땀을 흘리며 도와주는 사람. 장례식 날 얼굴도 모르면서 이른 새벽 영안실로 화장장으로 발길을 옮기던 사람, 이런저런 모습으로 살아가는 사람들의 한 가지 공통점은 동포라는 사실이었습니다. 한국인이라는 사실 하나로 이들은 서로를 감싸고 살아가고 있는 것을 발견한 것입니다. 특히 이런 과정에 교민을 위해 봉사하는 사람으로 뽑힌 지역 한인회 임원진들의 노력과 희생정신이 보석처럼 반짝이는 것을 보았습니다.

이곳뿐만 아니라 인도네시아의 또 다른 많은 한인공동체에도 내가 만난 A님과 똑같은 요술도사들이 교민들을 위해 요술을 부리고 있을 것으로 생각하니 너무 흐뭇했습니다. 하지만, 이제 이들의 수고를 보고만 있어서는 안 될 것 같다는 생각이 들기도 했습니다.

무한 서비스를 요구하는 교민들의 기대수준에 부응하고 지역 한인회의 수고를 덜어주기 위해서 정부차원의 지원이 지속적으로 이루어져야 한다는 점입니다. 비록 나 같은 어리바리 영사일지라도 영사 인력을 증원하는 등. 이것을 위해 최근 외교통상부에서 추진하는 각 지역 영사협력원제도가 활성화되고 교민 밀집 지역의 영사연락소 설치 등 영사지원제도가 다각도로 시행되기를 소망했습니다.

그리고 내가 가끔 내 가족들에게 반강제로 시키는 구호제창 의식을 우리 한인회 임원들에게도 가끔 해주었으면 어떨까 하는 엉뚱한 발상을 해보았습니다. 힘든 일을 마다하지 않는 그들을 향해 나의 아내와 아들딸이 나를 향해

"아빠 잘 만났다."

"남편 잘 만났다."

만세 삼창을 시키는 의식을 A님과 같이 지역한인회에서 봉사하시는 그들을 향해 우리교민들도

"우리 OO. 정말 잘 뽑았다."라고 만세 삼창이라도 하여 그들의 봉사에 박수와 격려를 보내고 신바람을 불어넣어 주면 어떨까요? 격려와 칭찬은 귀로 먹는 보약이라는데….

# 천국까지 동행

태어날 때 같은 날 태어나는 쌍둥이일지라도 죽을 때는 특별한 이유가 없는 한 죽음의 시간을 맞출 수는 없을 것입니다. 부부의 인연을 맺고 검은 머리 파뿌리가 되도록 함께 살다가 한날한시에 죽는 경우라면 더없이 축복받은 사람들이라고 볼 수 있지만 드문 경우입니다. 동반 죽음으로 그들의 사랑을 확인한 로미오와 줄리엣도 현실세계가 아닌 소설 속의 가상 상황입니다. 죽음을 함께 한다는 것은 분명 특별한 인연의 끈이 있다고 봐야 합니다. 그런데 현대를 살아가는 사람들은 이런 특별한 인연의 끈을 다양한 사건·사고로 인해 많이 갖게 되는 것 같습니다. 건물붕괴, 교통사고, 화재현장, 천재지변 등으로 죽음을 함께 맞이하는 것입니다.

몇 년 전 자카르타에 여행 온 한국인 2명도 하루 사이에 죽음을 같이 맞이한 적이 있습니다. 이들은 한국의 중소도시에서 살면서 만나면 장난기가 발동되던 죽마고우로 지내던 사이로, 함께 하던 사업이 고비를 넘기고 정상궤도에 오르자 짬을 내어 휴가를 즐길 목적으로 거래관계로 알고 지내던 지인의 제의에 따라 자카르타 여행길에 오르게 되었습니다.

삼십 대 중반을 갓 넘긴 나이의 그들이 관광지가 아닌 이곳 자카르타를 여행지로 택한 것은 순전히 지인이 있다는 이유와 가족 동반이 아닌 친구 사이의 여행에 굳이 발리나 족자 등 특별한 관광지를 들러볼 필요를 못 느꼈기 때문입니다. 적당한 호텔시설에 머물며 사업으로 찌든 심신의 피로를 풀고 휴식을 취하면서 평소 좋아하는 술이나 마시면서 즐기겠다는 계획 외에 별다른 여정이 없었기 때문이었습니다.

일주일 일정으로 입국한 그들은 짓누르던 삶의 굴레에서 일시적으로 벗어났다는 홀가분함과 처자식을 남겨둔 채 절친한 친구와의 여행으로 일상을 탈출했다는 들뜬 기분으로 입국 다음날부터 자카르타에 사는 지인과 의기투합하여 형식적으로 들른 근교 관광지에서 이른 시간부터 꽤 많은 양의 술을 마시기 시작했습니다.

그러나 그들이 마신 술은 소주나 맥주 혹은 성분이 검증된 양주가 아닌 현지에서 밀주된 위스키였습니다. 인도네시아에서는 이슬람 종교 계율에 따라 공식적으로는 일정 도수 이상의 술을 제조하거나 판매할 수 없으나 암암리에 거래되고 있는데, 그들이 마신 위스키는 너무나 독하여 물에 희석해서 마셔야 했으나 주량으로 따지면 둘째가라면 서러워할 정도로 주당을 자처하던 일행 3명은 원액에 가까운 독한 위스키를 하룻밤 사이에 10병 넘게 마셨습니다.

열대지방의 고온이 겹쳐 상승한 체온과 뒤섞인 알코올 기운은 긴 비행시간에 지친 그들의 여독을 가중시켰습니다. 그러나 그들은 두주불사 형의 주량으로 잘 버티었고 그날 밤 특별한 일정 없이 숙소로 돌아와 잠들었습니다.

방 하나에 투숙하여 함께 잠을 잔 다음 날 아침 일행 중 1명이 아침식사 시간이 되어도 일어나지 못하고 몸을 뒤척이더니 가슴이 답답하다며 고통을 호소하여 부랴부랴 병원 응급실로 후송하는 사태가 벌어졌습니다. 그러나 병원 도착 후 30분도 채 안 되어 그는 호흡곤란 증세를 보이더니 사망하였습니다. 응급의사는 심장마비사로 진단하였고 나머지 일행 2명은 사망한 친구의 시신을 영안실에 안치시켰다. 이들은 정확한 사인도 모른 채 한국의 가족들에게 연락을 취하고 병원 영안실 입구에 간단한 빈소를 차리고 유족들이 입국하기를 기다렸습니다.

그러나 그날 늦은 저녁 시간, 빈소를 지키던 한국에서 같이 온 또 다른 일행 1명도 몸이 좋지 않은 것 같다며 빈소 옆 바닥에 고통스럽게 쭈그리며 앉자 이들을 초청한 자카르타 지인은 사태가 심상치 않다고 판단했는지 그를 급히 응급실로 데리고 갔습니다. 그러나 먼저 사망한 사람과 똑같이 호흡곤란 증세를 호소하다가 숨을 거두었습니다.

하루 만에 순차적으로 두 사람이 뚜렷한 사인도 모른 채 사망한 것이었습니다. 이들을 초청한 지인은 자신의 눈앞에서 벌어진 황당한 일을 대사관에 알려 왔습니다. 나는 여행 온 한국사람 두 명이 특별한 이유도 없이 하루 사이에 사망하였다는 신고를 받고 순간 '큰일이다.' 싶어 곧바로 현장으로 내달렸습니다.

내가 병원 영안실에 도착했을 때 벌써 소식을 듣고 찾아온 몇몇 교민들이 영안실 주변에 서성이고 있었습니다. 지인이 연락한 사람들인 것 같았습니다. 나는 우선 시신을 확인하였습니다. 외관상 특별한 상처나 흔적이 없었습니다. 이들을 처음 접한 응급의사를 찾았지만 퇴근하고 없었습니다. 사인을 확인할 방법이 없게 되자 당혹감을 느꼈습니다. 한국의 가족에게 연락을 취하여야 하는데 그들이 이 상황을 어떻게 받아들일까 생각하니 빠른 시간 내 사인규명을 위한 조치가 필요했습니다. 상황을 직접 목격하지 않은 가족들은 여행지의 안전문제를 거론하거나 어찌 되었든 책임을 따질 만한 곳을 찾을 터인데 지금 상황으로선 결국 재외공관밖에 없을 것이라고 생각했기 때문입니다.

나는 직감적으로 동행한 지인이 사건의 전모를 알 것으로 판단하고 그를 찾았습니다. 그는 나의 면담 요구에 적잖이 당황하는 기색이 역력하였습니다. 혹시 자신이 누명을 입거나 동행한 친구들 중 유일한 생존에 대한 최소한의 죄책감 탓일까요? 나는 사안의 심각성을 그에게 주지시키고 그들의 행적에 대해서 소상히 알려 줄 것을 힘주어 말했습니다. 그는 앞서와 같이 술을 마신 것 외 다른 일은 한 적이 없다고 나의 눈치를 살피며 말했습니다. 나는 상식이상으로 많이 마신 독한 술이 사고의 원인이 될 수 있다고 생각했으나 그래도 미심쩍어 '한국의 가족이 들어오면 그들이 이 상황을 수긍하겠느냐?'라며 되물으며 '또 다른 이유가 있는 것이 아니냐?' '결국 사인을 명확히 하려면 부검을 하게 되는데 그때 가서 후회해도 소용없다.'라며 그가 혹시 사업상 금전문제로 엉뚱한 일은 한 것이 아닐까 생각하고 거의 추궁에 가까운 질문을 하고 답변을 기다렸습니다.

10여 분 뒤, 그는 머뭇거리며 뭔가를 말하려는 듯 나의 눈치를 계속 살폈습니다. 나는 '아! 뭔가 있구나. 혹시 독살?' 나의 머리는 한 가지만 골몰해 있는 탓인지 극단적인 생각까지 미쳤습니다.

그러나 나의 기대와 달리 그가 절대로 유가족들에게 말하지 말 것을 전제로 조심스럽게 밝힌 사고 전날의 그들 행동은 나를 허탈하게 만들었습니다. 그가 밝힌 바에 의하면 과음한 그들은 객기를 부리며 지인이 이곳에서 구한 몸에 좋다는 약(?)을 1알씩 나누어 가지고 거사(?)를 꾸몄다고 합니다. 작전 개시 30분 전, 약을 나누어 복용하였으나 과도한 음주로 거사를 실행에 옮기지 못하고 잠이 들었는데 물론 자신

마음이 따뜻한 경찰이 되고싶다

은 지병이 있어 그 괴물(?)을 복용하지 않았다는 것입니다. 이런 사실은 먼저 사망한 사람이 병원에 실려와 응급의사가 복용한 약이나 먹은 음식을 물을 때 약을 복용한 사실을 말했다고 합니다.

이후 나는 그의 이야기가 사실인지 응급의사를 통해 확인하였고 응급의사는 약이 과도한 알코올과 섞여 심장에 무리가 되면서 사망한 것 같다는 소견을 내게 말해주었습니다. 나는 그가 밝힌 사인에 안도하기보다는 더 큰 걱정이 밀려왔습니다. '아, 가족들이 입국하면 이 사실을 알려야 하나?' 고민거리가 아닐 수 없었습니다. 물론 부검을 통해 명확히 밝혀질 수 있겠지만 그래도 성급한 가족들은 사인에 대해 빨리 알고 싶어 할 것이기 때문입니다.

유가족의 입국시간은 다가오고 벌써 한국의 언론사에 제보가 들어간 탓인지 일부 기자가 국제전화를 걸어와 사고경위를 나에게 물었습니다. 한국인이 해외여행 중 원인도 모르게 하루 만에 순차적으로 두 명이 죽었으니 기사 가치가 있었을 것입니다. 나는 아직 사인이 밝혀진 것도 아니고 그렇다고 그 지인이 알려준 사실을 직접 이야기할 수도 없어서 사망사실 등 객관적 사실만 알려주고 이후 경찰수사를 통해 밝혀질 것이라는 원론적인 답변만 했습니다.

시간은 흘러 사망한 사람들의 처와 동생 자녀 등 유가족들이 입국하였고 그들은 가장들의 사망에 대해 의문과 공관의 조처가 뭔지 불만 가득한 표정들을 짓고 있었습니다. 나는 기자들에게 답변한 것처럼 그들에게도 사인은 경찰수사를 통해서 확인해야 할 것이라고 설명해주었습니다. 그리고 부검문제를 거론하였습니다. 이를 위해 경찰과 협의를 하며 그날 하루를 보냈습니다.

그런데 그다음 날 가족들은 전일의 격앙된 분위기는 간 곳이 없고 시신을 부검치 않고 조용히 장례를 치른 후 귀국하게 해달라고 요청하는 것이 아닌가요? 알고 보니 사망한 사람들과 동행한 자카르타 지인이 가족들에게 명확한 경위는 아니더라도 대충 짐작이 갈 정도의 표현으로 그들에게 사고 경위를 설명하였다고 합니다. 그러자 유족들은 사망한 사람들의 평소 행동을 통해 어렴풋이 자카르타 체류 중 행적을 짐작하고 조용히 일을 마치고 되돌아가야겠다고 생각한 것 같았습니다. 이후 유족들은 고인들의 유품과 유분을 챙겨 귀국하였습니다.

나는 가끔 한국에서 온 손님들로부터 엉뚱한 주문을 받습니다. 한국에서는 의사 처방전이 필요하여 구입하기에 곤란을 겪는다며 예의괴물(?)을 좀 구입해달라는 것입니다. 물론 21세기 의약혁명이라고 불릴 정도의 쾌거를 이룩한 발명품이고 국내의 쉽지 않은 구입과정을 감안한다면 그들의 장난기 섞인 약 구입 주문이 선물용이든 자신이 사용할 목적이든 이해할만하지만, 그 사건 이후 '이곳을 포함한 동남아 일대에서 유통되는 그 괴물은 정품이 아닌 경우 성분이 들쑥날쑥하여 자칫 화를 입을 수 있다는 점을 간과하면 안 된다.'고 얘기해주면 슬그머니 뜻을 접습니다. 다시는 하루 만에 두 친구가 천국으로 동반여행을 떠난 것과 같은 어처구니없는 일을 겪지 않도록 하기 위해서 문득 떠오르는 표어가 있습니다.

● 약 좋다고 남용 말고 약 모르고 오용 말자.

마음이 따뜻한 경찰이 되고싶다

# 아빠 힘내세요!
# 우리가 있잖아요

■■

이른 아침 출근시간.

"영사님, 남편이 유서를 써 놓고 간밤에 집을 나가서 현재까지 연락이 없습니다."

40대 초반 됨직한 여인의 다급하고 걱정에 찬 목소리가 내 휴대전화 단말기를 가득 메웠습니다. '이런! 실종은 아니고 고의적인 잠적인데 유서라면 세상을 등지겠다. 즉 자살하겠다는 것 아닌가?'

"너무 걱정하지 마십시오. 큰일이야 있겠습니까?"

내심 사건이 확대되기를 바라지 않는 나의 마음을 반영이라도 한 듯 나는 애써 여인의 애타는 마음을 축소시키기에 급급했습니다.

"제가 곧 댁으로 가겠습니다. 만나서 상의해보도록 하시죠."

일단 가족을 만나보고 유서의 내용과 최근의 상황 그리고 잠적한 남편의 소재 확인 등 구체적 협의가 필요했기 때문이었습니다.

자카르타 근교, 우리 교민들이 많이 사는 아파트에 당도하자 벌써 소식을 듣고 찾아온 남편의 친구 및 지인들이 걱정 어린 표정으로 그의 행방에 대해 골몰히 갑론을박하고 있었습니다. 여인은 남편이 최근 부채문제로 다소 고민했지만, 한국에서 이보다 더 큰 어려움도 잘 견뎠는데 이해할 수 없다며 초등학생과 중학생 두 아들을 둔 가장의 갑작스런 잠적에 눈물을 글썽이며 도와달라고 애원했습니다.

그의 가정은 이 땅에 많은 소위 386(지금은 486이다)가장이 꾸리고 있는 전형적인 모습이었습니다. 남편은 조그만 중소 무역업을 하며 생업을 하면서 전업주부로 착실하게 내조하는 아내와 낯선 외국 땅이지만 잘 적응하며 생활하는 아들 둘을 둔 가장이었습니다.

지금의 40대는 다들 '낀 세대'라고 합니다. 위로는 부모의 가난을 대물림하여 배고픔을 알고 이를 탈출하고자 온몸으로 노력하고 아래로는 상대적으로 풍요를 누리며 진취적인 30대와 경쟁에서 살아남기 위해 가족들이 모두 잠든 늦은 밤, 아파트 발코니에 나와 담배연기를 길게 내뿜으며 앞날을 걱정하는 중년의 삶의 굴레가 어깨를 짓누르기 때문일 것입니다.

그의 집안은 검소하지만 단아하게 꾸며져 있었고 거실 한쪽 장식용 테이블에 놓인 가족사진은 그날따라 유독 나의 눈길을 자주 끌게 만들었습니다. 단란한 가정의 행복했던 시간들을 자랑이라도 하듯 액자 속 막내아들의 귀엽고 환한 얼굴모습과 혹시 주검으로 마주칠 남편의 얼굴이 겹쳐져 나는 더 이상 오랜 시간 사진액자를 보고 있을 수 없었습니다. 빨리 소재를 확인하고 귀가시켜 이 사진 속의 행복하고 소중했던 시간을 지속시켜주어야 한다고 다짐했습니다.

"혹시 갈만한 데가 있습니까?"

"빚 독촉을 최근에 받아 고민하시던가요?"

"유서 내용상으로는 자살하겠다는 표현이 들어갔지만, 실제 행동으로 옮길 만한 성격입니까?"

"남편 분의 비망록에 있는 전화번호에 일일이 확인해보시지요. 저는 현지 경찰에 협조를 요청하겠습니다."

그날 저녁 늦은 시간이 되어서야 부인 및 지인들과 남편을 찾기 위한 세부행동계획을 마무리 지었습니다.

자카르타 시내로 되돌아오는 길은 천둥 번개를 동반한 폭우로 시계 제로 상태였습니다.

"어떻게 찾아야 하나?"

남편의 지인이 나에게 "현재까지 유일한 단서는 휴대폰을 소지하고 있는데 신호음이 가는데도 수신을 하지 않으니 위치추적이 가능하다면 시신이라도 찾는데 도움이 되지 않을까요?"라며 경찰의 협조를 제안하였습니다.

단지 개인이 잠적한 사건을 경찰에서 협조해줄지 의문이었습니다. 나는 일단 빨리 소재를 확인하여 남편의 자살기도를 막고 최악의 경우는 시신이라도 찾아야 된다는 생각으로 평소 친하게 지내던 경찰관을 찾아갔습니다. 사건의 개요와 협조취지를 설명들은 로버트 총경은 흔쾌히 도와줄 뜻을 비치면서 휴대폰 위치 추적을 해보겠노라고 하였습니다. 그는 이 방면에 전문가였습니다. 이를 위한 간략한 요식행위를 한 후 그로부터 소식이 오기를 기다렸습니다. 그러는 사이 남편의 지인들은 평소 남편이 바닷가를 즐겨 찾았으며 유서에도 영혼은 바다를 따라 한국으로 갈 것이라고 언급한 점에 착안하여 자카르타 인근 해안가를 수소문하고 다녔습니다.

초조한 아내는 걸려오는 전화만 막연히 기대하며 외출도 하지 않은 채 남편 사후에 일을 수습할 준비를 하고 있었고 아빠의 갑작스런 잠적에 웃음을 잃은 큰아이와 작은아이는 아무런 대안 없이 일상처럼 학교를 오가기를 하였습니다.

잠적한 지 이틀째, 나는 로버트 총경으로부터 소식도 없고 아직 외국인 신원미상의 변사체 사건 통보도 받지 못하여 경찰에 정식 사건 접수절차를 추진하면서 남편이 바다에 투신한 것이라면 찾는 데는 다소 시간이 걸릴 수밖에 없다고 판단하고 사건의 장기화를 위한 준비에 들어갔습니다.

그날 저녁, 로버트 총경이라는 문자가 내 휴대폰 액정화면에 떴습니다. 나는 필시 소재확인이 되었다고 생각되었습니다. 나의 예견대로 로버트 총경은 남편의 휴대폰 위치가 자카르타 외곽의 골프 리조트이고 자신이 리조트의 숙박시설 한 곳에 전화를 했더니 남편이 조금 전까지 투숙하고 있다가 퇴실하였다며 지금쯤 그 주변에 있을 것이라는 것을 나에게 알려주었습니다. 육감 수사의 명수!

일단 그때까지 행적이 드러난 이상 나는 남편이 즉각적인 자살기도는 하지 않을 것이라고 판단하고 부인에게 연락했습니다. 내 전화를 받자마자 부인은 시체를 찾았느냐며 남편의 자살을 기정사실화하다가 자세한 이야기를 듣고는 너무나 반가워하며 위치 확인된 그 지역이라면 지인들과 자주 간 곳이라면서 생각나는 데가 있다는 듯이 급히 전화를 끊어줄 것을 요구하였습니다.

다음날 아침, 부인과 아이들은 남편의 휴대폰 위치추적이 확인된 인근지역 해변 숙박시설에서 가족 상봉을 하게 되었습니다. 부인은 세상에 가장 소중한 것이 남편이라는 점과 아이들을 위해서 어렵더라도 같이 극복하자며 남편을 설득하였고 해맑은 이이들의 웃음을 본 가장은 자신의 순간적인 판단착오로 가족에게 너무 큰 마음의 걱정을 끼친 것을 후회하며 귀가를 하였다고 합니다.

마음이 따뜻한 경찰이 되고싶다

나는 처음 부인을 만났을 때

"나 역시 40대인데 때로는 삶의 무게감에 지쳐 훌쩍 가족을 팽개치고 저 멀리 다른 세상으로 가고 싶다는 생각을 합니다. 분명 남편께서도 이런 생각에 가족들에게 '나 너무 힘들다. 도와달라.'라고 시위하는 것일지도 모르니 너무 극단적인 생각은 하지 마십시오."

라고 마음을 안정시킨 적이 있습니다. 예의 남편도 그런 차원인 것 같았습니다.

가정의 달 5월에 그 사건은 나에게 가족 사랑이 얼마나 소중한 가치인가를 다시 한 번 일깨워주었습니다. 그들이 지난 며칠 사이에 가장의 빈자리가 얼마나 중요한 것 인가를 깨닫고 행복한 웃음을 되찾기를 기대해봅니다.

세상살이는 모두에게 힘듭니다. 그러나 그 힘든 것을 서로 의지하며 살아가라는 의미로 한자로도 사람 인(人)자는 서로 받쳐주고 있는 것이 아니겠습니까!

이 땅의 40대 가장들이여! 우리에게는 토끼 같은 아내(?)와 여우 같은 자식(?)들이 든든한 밑천임을 명심하고 힘을 냅시다.

"아빠 힘내세요. 우리가 있잖아요."


● 그래 여우들아, 너희들이 무섭다. 피할 수도 없으니….

# 영사님,
# 꼭 한번 찾아뵙겠습니다

적도의 나라, 상하의 나라, 인도네시아 대한민국 대사관 영사과!

세절의 변화를 감시하시 못하고 생활한시도 벌써 2년 반의 시간이 흘렀습니다. 그날도 나는 여느 날과 다름 없이 교민 사건·사고에 대한 긴장감을 늦추지 못하고 울려대는 전화벨에 신경을 곤두세우며 대기 상태에 있었습니다. 에어컨이 연신 뿜어내는 인조 냉기가 사무실 안을 가득 메우고 있었으나 별로 상큼함을 느끼지 못한 채 전신을 감싸며 더위에 지친 오후 늦은 시간.

빛바랜 점퍼차림의 중년 남자가 사무실 문을 조심스럽게 열었습니다. 방문객은 첫눈에도 오랜 이국생활이 순탄치 않았음을 알 수 있듯 수심 가득한 표정이었습니다. 직감적으로 그는 사업하다가 돈을 떼이거나 문제가 생긴 사람일 것이라고 짐작했고 또한 우리 교민 사이에 벌어진 문제일 것이라고 예단까지 했습니다. 비록 길지 않은 시간 동안 영사활동을 하면서 터득한 나의 예감은 대충 적중하고 있었습니다. 인도네시아에 거주하는 3만여 명의 우리 교민들은 서로서로 얽혀서 살아가고 있습니다. 그러다 보니 부득이 사업상 또는 여러 가지 이유로

마음이 따뜻한 경찰이 되고싶다

마찰을 빚는 일들이 벌어지고 이를 해결해 달라는 민원이 다반사로 대사관에 쇄도하고 있었기 때문입니다.

강인수(가명)라고 자신을 밝힌 방문객은 내가 한국경찰청에서 파견된 경찰관이라는 사실을 알고 왔다며 가해자를 반드시 처벌해 달라는 전제를 달았습니다. 강 씨가 밝힌 피해내용은 3년 전 사업관계로 알게 된 정현식(가명)이라는 사람이 물품 납품 대금을 차일피일 연기 하여 대금변제를 몇 번 독촉하자 현지인과 공모하여 자신을 승용차로 납치, 폭행하여 심하게 다치게 되었고 돈은 고사하고 머리와 허리 등 신체 여러 부위가 당시 상처로 고통을 받고 있으며 현지 경찰에 고소하였으나 합의만 종용하고 6개월이 흐른 지금까지 사건을 처리치 않고 있어 정현식이 거리를 활보하고 다닌다며 현지경찰을 믿을 수 없으니 한국으로 가서라도 고소를 할 계획인데 절차를 안내해달라고 하였습니다.

강씨가 받지 못한 물품대금은 미화 2,000불 정도라고 했습니다. 그동안 사건담당 경찰관은 수차례 사건처리비를 요구하여 이미 몇 차례 돈을 주었으나 담당자가 전출되어 원점에서 사건이 진행된다며 분개해 했습니다. 강 씨의 신고내용은 나의 예상대로였습니다.

그러나 이런 민원의 경우 강 씨의 일방적인 얘기만으로 사건을 처리할 경우 편파처리 또는 부당한 압력 운운하며 당사자가 상황을 호도시킬 수 있습니다. 따라서 피해자가 지목한 정 씨를 상대로 사안의 객관적 상황을 파악해야 합니다. 강 씨가 제기한 민원내용대로라면 강씨는 상당히 심각한 범죄행위의 피해자가 될 수 있습니다(납치, 감금, 청부 폭행 등). 나는 강 씨의 민원을 기록한 뒤 며칠간 말미를 주기를 요구하고 귀가시켰습니다. 다음날 가해자 정씨의 전화번호를 알아내어 전화를 걸었습니다. 대사관 경찰영사라는 나의 신분확인 절차에 정씨의 육성은 상당히 떨리고 있음을 감지했습니다. 일단 사안의 중대성을 주지시킨 후 대사관에서 면담을 제의하자 정 씨는 기다렸다는 듯이 응했습니다.

다음날 오후 약속대로 정 씨는 내 사무실을 찾아왔습니다. 정 씨 역시 첫눈에 고생한 흔적을 엿볼 수 있는 행색을 하고 있었습니다. 40대 초반, 어깨가 축 처져 있는 힘없는 모습, 사업에 실패한 가장의 모습으로 자신이 강 씨에게 한 행위를 전부 인정했습니다. 그러나 모든 범죄자가 변명과 이유가 있듯이 그 또한 자신의 입장을 전달하려 애썼습니다. 피해자 강 씨와는 인도네시아에 와서 사업상 알게 된 호형호제하는 사이인데 사업이 어려워져 소원해졌다가 기계대금 2,000불을 갚지 못하고 있던 차에 조금의 말미를 요청했음에도 빚 독촉이 잦아져 그런 일을 저질렀고 지금은 반성하고 있으며 부품대금은 얼마 후 갚을 생각이지만 강 씨가 치료비 명목의 돈을 추가로 요구하여 일정한 수입원도 없고 아내가 피아노 강습을 하며 근근이 네 가족의 생계를 꾸려나가고 있는데 치료비 요구액 3,000만 루피아는 도저히 불가능하고 감옥에 가게되면 가족들이 전부 죽을 처지라며 선처를 호소하였습니다.

나는 심한 심적 갈등에 빠질 수밖에 없었습니다. 꿈을 안고 고국을 떠나 성공하리라는 다짐을 했을 평범한 가장들이 이역만리 땅에서 사업실패와 좌절 속에서 발생한 사건을 단순 형사범죄 가해사건과 피해사건의 도식으로만 접근할 수 없었습니다. 원칙대로라면 내 임무는 현지 경찰에 공정하고 신속한 수사를 요청하는 협조서한, 기관방문 절차로 끝납니다. 그러나 이 과정에서 가해자와 피해자 모두 경찰관에게 금품을 뜯기게 되고 감옥살이하는 사람, 피해변상을 제대로 받지 못한 채 한풀이하다가 쓸쓸히 이 땅을 등져야 할 사람, 그리고 또 다른

마음이 따뜻한 경찰이 되고싶다

사건을 도식적으로 처리하는데 익숙해질 나 자신을 생각하니 원칙이 원칙이 아니라고 결론 내렸습니다.

일단 정 씨에게 기다려보라는 미지근한 답변을 던져주고 귀가시켰습니다. 며칠을 고민하길, 영사는 재외 우리 국민 보호라는 대명제에 맞게 접근해야 한다는 결론에 다다랐습니다. 설사 그것이 교민분쟁 개입 불가 등 일부 제한적인 지침에도 불구하고…. 그리고 나 자신에게 스스로 이르기를 '그들에게 최적안을 찾아줄 수 있다면 그것이 진정한 교민보호다.' 하는 확신을 심어주고 나는 그날부터 그들에게 각자의 입장에 맞는 생각들을 맞추어 나갔습니다.

일단 가해자 정 씨에게는 자신의 범죄행위에 대한 진정한 반성과 사과가 전제된다면 치료비 문제에 대해 내가 최선의 중재를 할 것임을 알렸습니다. 그는 흔쾌히 받아들였습니다. 피해자 강 씨에게는 실리적인 면을 강조했습니다. 현실적으로 정 씨에 대한 사법처리는 시간이 지연되더라도 가능할 것입니다. 그러면 결과적으로 치료비 등 보상을 받는 것은 불가능할 것입니다. 그리고 지난 인간적인 정리를 따지면 평생 마음의 짐이 되는 상황도 될 수 있다고 설득하자 강 씨 역시 '자신도 정 씨가 감옥에 가는 것을 원치 않는다. 다만, 그동안 폭행으로 인해 일도 제대로 하지 못하였고 몸도 많이 상했으니 그에 대한 금전적인 보상은 기본적으로 전제되어야 한다.'면서 내가 적극적으로 중재해 주기를 희망하였습니다.

나는 양측의 의중을 파악하고 이들을 대화의 자리로 나오게 했습니다.

일주일 후 내 사무실 응접실에 두 사람이 마주앉았습니다. 어색한 분위기가 역력했고 그 사건 이후 제3자를 통한 서로 간의 의사전달과정에서 깊은 불신의 골이 생겼음을 확연하게 알 수 있었습니다. 서로 얼굴조차 마주하려 하지 않았습니다. 나는 그 어색한 분위기를 빨리 깨뜨려야 한다는 생각뿐이었습니다. 자칫 상황을 더욱 악화시킬 수 있을지도 모른다고 생각했기 때문이었습니다.

"두 분 먼저 오랜만인데 악수라도 하시죠."

"여기까지 오시는데 얼마나 힘드셨습니까?"

"옛말에 싸움을 말리고 흥정은 붙이라고 했습니다. 오늘 좋은 결실을 맺고 돌아가시기 바랍니다. 두 분 다 마음에 두신 생각들을 허심탄회하게 풀어놓으시면서 말입니다."

그러나 두 사람의 계속된 침묵을 깨뜨리기 위한 나의 노력은 10여 분 만에 물거품으로 돌아갔습니다. 가자 서로 얼굴도 보지 않은 채 피해자인 강 씨는 "영사님 저 친구가 치료비를 언제까지 주겠다고 말했습니까? 그렇지 않으면 저는 고소취소 못 합니다."

이어 가해자인 정 씨 역시 나를 향해 "영사님 현실적으로 돈이 없는데 어떡합니까? 감옥에 가야 할수 밖에요."

이후 이들은 마치 말을 맞추기라도 한 듯 자리를 박차고 사무실을 나가버렸습니다.

허탈감이 밀려왔습니다. 서로 의사도 직접 확인치 않고 잔뜩 독기를 품다가 서로에게 자기주장만 내뱉고 나가버린 꼴이었습니다. 나는 심한 무력감까지 느꼈습니다.

"뭐 이렇게 진행되지?"

갑자기 오기가 발동했습니다. 몇 날을 고민하여 교민 간 화합을 시키려는 나의 노력이 수포로 돌아가서는 안 된다는 생각이 앞서자 반드시 좋은 결실을 맺고 말겠다고 다짐했습니다. 그날 저녁 나는 두 사람 모

마음이 따뜻한 경찰이 되고싶다

두에게 전화를 했습니다. 먼저 양쪽의 입장부터 들었습니다. 사연인즉 이들은 나를 만나기 전 대기실에서 서로가 최소한의 인사라도 오가기를 바랐으나 외면하다가 영사 사무실에서 갑자기 내가 분위기를 풀려는 데 대해 서로에게 인간적으로 멀어졌다는 생각이 들었다고 하였습니다. 이후 사건을 위한 화해는 생각해볼 수 없었다며 나에게 미안하다는 말을 똑같이 했습니다. 나는 다시 제의했습니다.

"첫술에 배부를 수 없으며 이렇게 만난 것만으로도 큰 진전입니다. 서로 얼굴을 맞대고 다시 얘기하면 좋은 결과를 얻을 것입니다."라며 두 사람의 만나는 날짜를 다시 잡았습니다.

두 번째 약속 날 내 사무실에서 마주앉은 두 사람은 벌써 형님 동생 하면서 그동안 못 나눈 일상을 하고 있었습니다. 많이 진전된 분위기에 나는 그들에게 다시 한 번 사건해결책을 각자가 제시해보도록 했습니다. 가해자는 진정으로 사과하고 반성한다는 말을 하면서 다만 금전적인 보상은 형편이 어려워 유보해줄 것을 요청했고 피해자는 사과는 받아들이지만, 전혀 금전적인 보상이 불가능하다면 자신이 너무 양보하는 것이라며 금전적인 보상을 계속 요구하여 대화의 진척은 없었습니다. 단지 두 사람이 서로 지난날의 사건에 대한 서로의 입장을 다시 이야기하는 것을 제외하고는…. 나는 이제 요령이 생겼습니다. '이들에게는 더 시간이 더 필요하다. 서로의 입장을 되새겨 볼 시간.' 나는 그들에게 해결책을 더 이상 강요치 않았습니다. 나는 다시 한 번 더 대화의 시간을 마련할 것을 권고하고 그들을 귀가시켰습니다.

그날 밤 두 사람 모두 이번에는 자발적으로 전화를 걸어왔습니다. 먼저 가해자의 말입니다.

"영사님 감사합니다. 하지만, 지금 형편으로는 도저히 강 사장이 요구하는 합의금을 줄 수 없으니 말미를 좀 주고 돈의 액수도 좀 줄였으면 합니다. 부탁드립니다." 다음 피해자의 말입니다.

"영사님 제가 돈을 다 받을 수 없는 입장인 것 같은데 얼마 정도 양보하면 될 것 같습니까? 영사님께서 조정해주십시오."

나는 어느새 중재인 또는 해결사 입장에 놓여버렸습니다. 나의 말 한 마디와 제안이 그들의 의사결정에 중요한 역할을 할 것으로 생각되어졌고 한편으로는 차후 일이 잘못될 경우 모든 원망과 책임을 나에게 돌릴지 모른다는 생각도 들었습니다. 그렇지만, 나는 설거지 열심히 하다가 접시 깨뜨려 책망 듣는 심정으로 열심히 내 임무를 해야 한다는 생각이 들자 적극적으로 나서게 되었습니다. 두 사람의 입장을 가감 없이 전달하고 상호 간 조금씩 양보할 것을 주문했습니다. 돌아오는 답변은 미지근했지만, 그들은 서로 대화를 통해 결과가 나오면 나에게 알려주기로 했습니다. 이후 2주일쯤 지나서 나는 이들 중 가해자 정 씨로부터 전화를 받았습니다.

"영사님, 정말 감사합니다. 피해자에게 1,500만 루피아를 합의금으로 주고 기간도 1개월 후라고 하여 합의가 되었습니다. 무엇보다도 사회에서 만난 좋은 형님을 제 잘못된 순간적 판단으로 잃어버릴 뻔했는데 다시 찾게 되어 너무나 고맙습니다. 가족들도 좋아하고요. 이제 사업도 재개할 겁니다. 그리고 일간 꼭 찾아뵙겠습니다."

다음날 피해자 강 씨의 전화

"영사님 정말 잘 된 것 같습니다. 덕분에 저의 피해보상금도 좀 받고 체면도 세웠으며 정 사장과 다시 잘 지내기로 했습니다. 고맙습니다. 꼭 한번 찾아뵙겠습니다."

나는 이 두 전화를 끊고 너무나 감격스러워 사무실에서 환호를 질렀

마음이 따뜻한 경찰이 되고싶다

습니다. '뭔가 해냈다!'

　물론 한국에서라면 나는 경찰관으로서 납치, 감금, 폭행사건을 묵살한 직무유기를 했습니다. 그러나 나는 이들을 화해시켜 이역만리에서 동포 간 벌어질 반목과 갈등을 해결한 영사활동에 최선을 다했다고 자부합니다. '꼭 한번 찾아뵙겠다.'라는 그들은 현재까지 소식이 없지만 나는 그들이 자카르타 근교 소도시에서 다시 생업에 활기를 찾고 꿈을 실현시키기 위해 오늘 하루도 열심히 살아가고 있을 것으로 확신합니다.

# 어! 이 사람이 아니네

■■
■■

　공관 동료들과 오랜만에 자카르타 시내 중심가에서 제법 근사하다는 현지식당에 들러 점심식사를 하고 있었습니다. 오늘 우리가 찾은 식당의 별미는 소시지 요리입니다. 1미터 됨직한 깃 쪄낸 길쭉한 소시지를 길이 그대로 나무용기에다 담아놓은 것이 보기에도 신기하지만, 맛도 좋습니다. 게다가 값까지 저렴하니 점심식사로 한 끼 때우기는 그저 그만입니다. 동료들과 소시지에 얽힌 상식들을 서로 나누며 그 맛을 만끽하고 있는데 귀에 익숙한 핸드폰 벨 소리가 식당손님들의 웅성거림 속에 묻어나오며 오물거리던 나의 입을 잠시 정지시켰습니다. 동료들의 식도락을 방해하지 않아야겠다는 일념으로 잠시 자리를 피해 옆 빈 좌석에 앉았습니다.

　"영사님, 제 친구가 오늘 우리 회사에 놀러 왔다가 현지 괴한들에게 승용차로 납치되었는데 현재까지 연락이 없습니다."

　순간 입안에 씹다가 남아 있던 소시지를 마저 꿀꺽 넘어 삼키며 "예. 뭐라고요?"

　나는 신고내용을 못 알아들은 것도 아니면서 귀를 의심한 듯 재차 확인하고자 신고자에게 되물었습니다. 해외에서 우리 동포가 괴한들에게 납치된 사건! 두말할 나위 없이 최우선적으로 최고 중대한 사건으로 분류되는 사건이었습니다. 급히 메모지를 꺼내 상세한 사건경위를 묻고서 나는 하던 식사를 멈추고 현장으로 내달았습니다. 현장은 사건 해결의 결정적인 단서입니다. 동료들의 안타까워하는 시선들을 등 뒤로하고 신고자가 알려준 사건현장으로 차를 달렸습니다.

이동하는 차 안에서 나는 '자카르타 인근 동포기업이 밀집한 공단' '오전 시간' '공장 앞 노상' '괴한 4명' '밴형 승용차' '30대 중반의 한국인 1명 피랍' 이런 사건요소들에 대해 전체의 윤곽을 가늠하는 브레인 스톰을 실시했습니다. 사건발생 4시간 경과, 지금쯤이면 범인들은 상당한 거리를 이동했을 것이고 몸값요구 등 범행 동기가 표면적으로 부상할 시점이었습니다. '범행 동기가 뭘까? 돈을 노린 단순강도? 치정? 원한? 채권채무관계에 의한 청부납치?' 등등 다각도의 생각들로 머리가 무거워지기 시작할 무렵, 사건 현장에 도착했습니다. 동포 제조업체가 밀집한 공단지역에 위치한 사건 현장은 동포기업인이 종업원 50여 명을 두고 전자부품을 생산하는 중소기업체 바로 정문이었습니다. 회사 정문 앞 공단전용도로가 있고 좌측으로 200여 미터 이동하면 큰 도로가 있어 범인들이 차량으로 도주하기에는 용이한 지점이었습니다. 신고자는 그 공장의 생산매니저로 그가 알려준 바에 의하면 피랍된 한국인 O씨와는 친구사이이며 O씨가 같은 공장에서 경리매니저로 3개월 정도 근무한 적이 있고 친하게 지내다가 연초에 그만두었으며 최근에 개인사업을 준비하면서 사업과 관련하여 상의할 일이 있다고 오전에 공장을 방문하였지만, 자신이 외근 중이라서 못 만나고 돌아가던 길에 공장 정문 앞에서 기다리던 괴한들이 그를 납치하여 달아났다고 하였습니다.

현장을 디지털 카메라로 몇 컷을 찍고 도로주변의 노점상들을 상대로 탐문한 결과 그들의 진술이 신고자의 신고내용과 대충 일치했습니다. 그러는 사이 관할경찰서 형사반이 도착하였습니다. 간단한 인사말과 합동조사의 필요성을 서로 공유하고 피해자의 집과 주변인물에 대한 탐문을 하기로 하였습니다. 먼저 피해자의 집 방문, 서민들의 조그만 단독주택단지에 있는 피해자의 집에 도착하자 O씨의 현지처는 어린 아들을 안고 나를 보자 눈물부터 보였습니다. 빨리 남편을 찾아 달라는 말로 자신의 심경을 전달하며 최근 남편이 퇴근 후 말수가 적어지고 담배만 피워대는 모습을 보였다며 필시 그것과 관련이 있지 않겠느냐고 먼저 사건해결의 방향이 될 만한 것들을 알려줬습니다. 그렇다면 사업상 금전관련 문제일 가능성에 무게를 둘 수 있었습니다. 나는 좀 더 수사에 필요한 단서가 될 만한 것들이 있는가 피해자의 컴퓨터와 비망록 등을 살펴보았지만 특별한 것들을 찾을 수가 없었습니다. 심지어 서울의 가족들 연락처조차 찾을 수가 없었습니다. 그렇다면 자신의 주변을 정리하고 혹시 잠적하는 자작극이 아닐까? 또 다른 경우의 수가 생겨 혼란이 초래되기 시작했습니다. 사업상 금전적인 문제에 시달리다가 강도 피랍을 위장하여 잠적해버린 것이 아닌지. 이런 나의 가정은 납치사건 발생 이후 많은 시간이 지났음에도 괴한들로부터 몸값요구나 연락이 없다는 점에서 가정을 사실화시키는 쪽으로 생각이 몰려갔습니다.

일단은 현지처가 있으나 이런 사건의 경우 반드시 한국의 가족들에게 통보해야 함이 기본적이 절차였습니다. 사후에 가족들이 늦게 소식을 통보받은 사실 자체로 쏟아지는 비난을 차단하기 위해서입니다. 그러나 나는 난감했습니다. 집안 어디에도 한국의 가족에게 연락처를 알

수가 없었기 때문이었습니다. 뒤늦게 소식을 듣고 찾아온 O씨의 지인들조차 O씨의 한국 가족연락처는 알지 못했고 다만 사건의 발단이 될 만한 점 몇 가지를 일러주었습니다. O씨가 전전 공장에서 경리담당자로 경리사고를 일으켜 회사 측으로부터 책임과 금전적인 변제를 독촉 받은 사실이 있다는 것이었습니다. 그렇다면 전전 공장 측에서 채무변제를 강제하기 위해 O씨를 납치하였다는 것인가? 그러나 그러한 가정 역시 논리적으로 맞지 않았습니다. 굳이 납치라는 극단적인 방법을 사용하더라도 각서 등을 받아내는 과정과 돈을 누군가 다시 그들에게 전달하는 절차가 있어야 하는데 그런 표면적인 징후들이 없었기 때문이었습니다.

속절없이 앉아 있다가 O씨의 전화요금청구서를 찾게 되었고 그것을 통해 한국으로 귀국한 시점 여러 번 통화한 같은 번호의 전화번호를 적어 혹시라도 사건과 관련 있을 것으로 판단되어 전화를 걸어보았습니다. 역시나 그 번호는 O씨의 한국에 있는 노부모들이었습니다. 잘 된 일이었습니다. 가족들에게 통보할 수 있게 된 것이기 때문입니다. 사건개요를 설명하자 처음에는 최근 기승을 부리는 전화사기범으로 생각한 것인지 잘 믿으려 하지 않다가 나의 연락처를 정확히 알려주고 확인 후 전화를 하라는 말을 믿고 아들의 피랍이라는 심각한 소식에 제법 차분한 어조로 공관의 적절한 조치로 조속히 행방을 찾기를 희망한다는 말을 남긴 채 통화가 일단락되었습니다. 더 이상의 진척은 없이 현지 수사경찰관들의 형식적인 주변탐문 활동에 씁쓸해하며 새벽녘 귀가했습니다.

다음날 아침, O씨가 근무했다는 전전 공장을 방문했습니다. 공장주는 한국인으로 O씨의 경리 사고에 대해 소상히 일러준 뒤 본인이 몇 주 전 변제하겠다고 하여 구두 약속 후 현재까지 미루어지고 있다고 하였으나 자신들은 피랍사건과 관련이 전혀 없음을 애써 강조하였습니다. 공장주의 진술에 다소 의심스러워 할 때 나와 동행한 O씨의 지인이 O씨가 발견되었다고 하였습니다. 지금 현지처의 어머니 즉 장모 집에 있다는 것이었습니다. 급히 차를 몰아 O씨의 장모 집에 갔습니다. O씨는 초췌한 모습으로 나를 보자마자 감정에 복받쳤는지 눈물부터 쏟아냈습니다. O씨가 전하는 사건 당시의 상황. 친구를 만나기 위해 전에 근무한 회사에 들렀으나 부재중으로 만나지 못하고 다른 곳으로 이동하려고 회사 정문 앞에서 타고 온 차를 기다리던 중 벤형승용차에서 건장한 현지인 3명이 자신을 강제로 차에 태운 뒤 두건을 머리에 씌우고 어딘지 모를 곳으로 끌고 갔다고 하였습니다. 주택에 감금되어 지갑을 탈취당하고 하룻밤을 보냈는데 지갑 속에 든 자신의 결혼사진을 가지고 나가더니 현지 말로 "어, 이 사람이 아니네!"라는 소리를 들을 수 있었고 이후 다음날 자카르타 외곽지역으로 데리고 가 차에서 강제로 내리게 한 뒤 달아났다고 하였습니다. 어쨌든 그의 안전한 귀가에 한숨을 돌린 나는 그를 안심시킨 후 사건정황을 추론해 보았습니다.

그의 진술과 나의 추론을 종합하면 그는 자신이 들렀던 회사의 직원으로 오인되어 납치되었고 이들이 사진을 통해 확인한 결과 자신 들이 노렸던 대상이 아니라는 사실을 알고 풀어준 것으로 판단되었습니다. 이후 그 회사의 한국인 사장과 종업원들 통해 회사가 채무관계로 여러 번에 걸쳐 독촉과 현지인 채권추심 의뢰자들이 회사와 사장의 집으로 몰려온 사실이 있다는 것은 나의 추론을 뒷받침했습니다.

정신적 쇼크 상태에 피해자 O씨는 이 사건을 계기로 해외생활을 접고 한국으로 현지처와 아이를 데리고 귀국하기 위해 한국대사관의 도움을 요청하였고 공관은 비자발급 등 필요한 지원을 해주었습니다. 나는 피해자 가족들이 한국으로 무사히 출국한 것으로 생각하고 일상으로 돌아갔으나 몇 주 후 그가 현지경찰에 구속되었다는 통보를 받게 되었다. O씨가 한국으로 귀국하려다가 공항에서 체포되었는데, 이유인즉 전전 공장주에게 갚지 않은 채무로 인해 고소를 당하여 횡령 혐의로 구속된 것이었습니다. 공장주는 O씨가 납치 사건 후 어수선한 분위기를 틈타 빚을 갚지 않은 채 한국으로 도망가려 했다며 격분해하고 그를 고소한 것이었습니다. 하지만, 그의 납치사건에 대한 범인이 현재까지 검거되지 않은 상태에서 사건 전모는 그의 주장 외 확인할 방법이 없습니다. 아쉽게도….

# 실종이냐? 잠적이냐?

■■

"비철금속 수입 업무차 현지의 한국인 중개업자 사무실에 일시적으로 파견한 직원이 계약 성사 일을 하루 앞두고 한국인 중개업자와 같이 나간 지 하루가 지났는데 행선지는 물론 연락이 되지 않고 있습니다."

40대 초반의 남자가 초조한 표정으로 영사과 내 사무실을 찾아왔습니다. 자신을 한국에서 비철금속 등 광산물 무역업을 하는 사람으로 소개한 40대 초반의 K씨는 수개월 전 지인의 소개로 자카르타에서 광물 중개업을 하는 한국인 A씨와 같이 사업을 시작하고 현지에서 일을 추진하기 위해 자신의 회사 직원 Y씨를 자카르타 현지에 보내 A씨 사무실에서 근무토록 하였고 일주일 전 사업 착수금 조로 수만 달러를 송금하였으며 계약이 성사단계에 이르러 최종계약서 서명을 위해 입국하였으나 주말을 기해 A씨와 Y씨가 근교 해변으로 여행을 나간다고 한 뒤 하루가 지났지만, 연락이 되지 않는다며 나를 찾아온 것이었습니다. 짐짓, "여행 중 핸드폰 통화가 잘 이루어지지 않은 지역으로 여행을 간 것 아닐까요?"라며 나는 연락 두절 시간이 그리 길지 않은 점을 감안하여 좀 더 기다려 보기를 권했지만, K씨는 사업의 차질을 우려해선지 몹시 초조해하며 조기에 연락이 끊긴 두 사람의 행방을 찾

마음이 따뜻한 경찰이 되고싶다

아줄 것을 요청하였습니다.

몇 번의 유사한 사건에서 나는 그들의 행적을 현지경찰에 협조하여 핸드폰 위치 추적을 통해 확인할 수 있었지만, K씨의 신고만 일방적으로 믿고 조치를 취할 수는 없었습니다. 그는 다른 목적으로 타인의 위치를 찾으려는 것이 아닌지 그래서 개인의 위치정보가 무단으로 이용되어서는 안 된다는 생각에 그의 신고의 진실성과 의도에 대해 간파할 시간이 필요했기 때문이었습니다. K씨는 A씨의 현지처로부터 들은 주말나들이 정보와 영사과로 오기 전 자신에게 현지처가 연락해 온 바에 의하면 고속도로 상에서 사고가 나서 지금 경찰과 협의 중이라는 말을 들었지만, 그곳이 어디인지, 어떤 사고인지도 알려주지 않은 채 일방적으로 전화를 끊고 현재까지 연락되지 않아 더욱 의심스럽다는 말을 남기고 나들이 여행간 자카르타 근교 해안가를 지인과 함께 둘러보고 호텔, 경찰서 등에 수소문해보겠다며 공관에서도 필요한 조치를 취해 줄 것을 요구하고 떠났습니다.

"아! 어디서부터 출발해야 하나?"

고민거리가 아닐 수 없었습니다. 중간에 연락이 있었다는 사실로 미루어 심각한 신변의 이상은 아닌 것 같고 필시 가족들에게 말 못할 사연이 얽힌 일에 연루된 것 같았습니다. 일단 현지경찰 지인을 통해 그들의 핸드폰 위치추적 결과 최종 발신지 주변 호텔 등 숙박시설에 대한 탐문을 실시하였습니다.

그러나 한국인의 투숙사실은 확인되지 않아 속절없이 하루를 보내고 사무실에 출근하여 다음 방안을 모색하던 중 K씨로부터 연락이 왔습니다. 두 사람 다 무사하며 자세한 사항은 방문하여 말하겠노라 하고 전화를 끊었습니다. 해외에서 많은 사건·사고 접수내용 중 '여행 중

연락이 되지 않는다.' '납치되었다.' '실종되었다.'라는 사실들은 국내보다 더 무게감을 더합니다. 이는 해외라는 지리적 특성에 기인한 것이 많기 때문입니다. 그러나 이중 또한 상당히 많은 부분을 차지하는 것이 사업상 다툼으로 일시 연락이 두절되었거나 여행에 몰두하다가 고국의 가족들에게 연락을 소홀히 한 경우가 많은 것도 부정할 수 없는 사실입니다. 그러나 전 상황을 예리하게 판단하여 대처한다는 것은 현실적으로 불가능하고 '만에 하나'라는 가정하에 일을 처리하다가 보니 허탈한 결과를 당하는 경우가 많습니다.

물론 이런 것에 익숙해져 실제 중요한 사건도 동일하게 처리하다가 많은 낭패를 볼 경우가 있지만…. 결국 이 사건은 일시 연락이 끊긴 두 사람이 객기를 부려 나들이 동반자로 길거리 여성들을 선택하였다가 이들이 마약사건의 추적을 받게 되었고 현지에서 마약공급자로 오인되어 경찰에 체포되었으나 여성들을 만나 동기가 불순하여 가족들에게 알리지 못하고 경찰기관에 구금되어 실종 아닌 실종으로 취급된 것이 사건 이후 공관을 찾은 K씨의 부연설명으로 일단락되었던 것이었습니다.

마음이 따뜻한 경찰이 되고싶다

# 그들에게는 비상구가 없다

"영사님이세요? 저…. 상의드릴 일이 있는데요."

깊은 잠결에 울리는 핸드폰 벨 소리에 나는 마치 대문 옆 양지바른 곳에 쪼그리고 앉아 게으름 피우던 개가, 제 코앞에 있는 뼈다귀를 앞발로 더듬거리며 앞으로 끌고 오듯 팔을 뻗어 핸드폰을 귓가로 가져갔습니다. 핸드폰 수화기 넘어 경상도 말투의 40대 후반쯤으로 짐작되는 남자의 목소리가 들려왔습니다. 습관처럼 고개를 들고 눈꺼풀을 힘겹게 올려 침대 맞은편 둥근 벽시계를 살펴보니 큰 시곗바늘이 자정을 가까이 다가서고 있었습니다. 아내의 뒤척임을 등 뒤로 하고

"뭔 일이신가요?"

나는 방안 공기만큼이나 건조한 목소리로 응대했습니다. 남자는 다소 억센 경상도 사투리를 섞어가며 현재의 자신의 처한 상황을 두서없이 하소연하기 시작했습니다.

"10년 전에 인도네시아로 들어와 조그만 무역중개업을 하며 가족과 단란하게 살아왔는데 몇 개월 전부터 아내가 제 거래처의 현지인 남자와 바람이 났습니다. 어떻게 하면 좋지요?"라며 자기 아내의 외도를 신고하는 것이었습니다. 이런 일도 영사 소관 업무인가 하는 생각이

앞서면서 나는 다시 교과서적인 답변을 준비하고 연이어 바로 응답했습니다.

"한국과 다를 바가 있겠습니까? 인도네시아 경찰에 아내를 간통으로 고소해야 될 것 같습니다."

물론 나의 답변은 남자가 바라는 것이 아니라는 것을 나 역시 간파하고 있었습니다. 대사관에 있는 한국경찰이니까 어떻게 상황이 악화되지 않으면서 아내가 자신의 잘못을 인정하고 다시 정상적인 부부사이가 될 수 있도록 해 달라는 취지일 것이었습니다. 한국이라면 나는 경찰관으로서 경찰서 여성청소년 담당자와 상의토록 안내해줬을 것이었습니다.

그러나 여기서 나는 내가 답변한 것처럼 상담해 주는 것 외에 그가 바라는 바대로 직접적으로 조치해줄 수가 없었습니다. 자신이 바라던 대답을 못들은 탓인지 남자는 실망스럽다는 듯이 힘없는 목소리로 알았다며 다음에 또 전화 드리겠다는 말을 남기고 한밤의 수면을 방해한데 대한 미안하다는 말도 없이 수화기 저 너머로 사라졌습니다.

비슷한 종류의 민원전화 일상에 익숙해진 나로서는 단지 전화시간대가 일과 시간을 벗어난 것일 뿐 남자의 전화도 그 중 하나라는 생각을 한 채 침대 위로 쓰러지듯 몸을 던지며 다시 잠자리에 들었습니다.

그러나 잠깐 잠이 들었는데 채 한 시간을 못 넘겨 다시 휴대폰 전화벨이 울리기 시작했습니다.

인도네시아에 영사로 근무하면서 나는 휴대폰 전화벨 소리가 싫어졌습니다. 도무지 해결될 수 없는 민원전화가 나를 스트레스에 시달리게 했기 때문입니다. 그래서 나는 일과 시간에 늘 휴대폰을 진동으로 해둡니다. 그러나 때와 장소를 가리지 않는 전화벨이라는 괴물이 진동

음일 경우 혹시나 민원전화를 놓치지나 않을까 하는 강박관념 때문에 퇴근 후에는 다시 벨 소리로 바꿔둡니다.

퇴근 이후 집까지 업무를 가져오는 습성으로 가족들의 원성을 사곤 했지만, 긴급상황 대기가 주 임무인 경찰관업무 속성으로 어쩔수 없다는 것을 시위라도 하듯 나는 퇴근 후에는 휴대폰 음을 진동에서 벨 소리로 바꾸는 것을 잊지 않습니다.

직감적으로 그 남자의 전화라고 생각하고 나는 무의식적으로 핸드폰을 입 가까이 가져갔습니다.

"영사님, 아내가 방금 집을 뛰쳐나가 버렸습니다. 어떡하죠?"

남자는 이제 흐느끼며 나에게 어떻게 해달라는 말도 없이 자기 상황만 되풀이할 뿐이었습니다. 나는 짜증 섞인 목소리로 "아니 부부싸움을 하신 건가요? 좀 기다려보시죠. 곧 돌아오겠지요."라며 나 자신이 생각해도 형식적인 대답을 해주고 있었습니다. 남자는 조금 더 기다려보고 다시 연락드리겠으며 내일 아침 대사관에 들러 상의를 해도 되겠느냐는 대안을 제시하여 나는 휴무일이지만 다른 일정으로 사무실에 출근한다며 면담시간을 정해주고 통화를 일단락 지었습니다.

아내는 한밤중에 민원전화에 시달리는 남편에 대한 배려라고 생각했는지 무슨 일이냐며 물어놓고는 내 대답은 듣지 않고 잠에 취한 상태로 지나가는 말을 남긴 채 계속 잠에 빠져들었고 나도 내일 일에 대한 생각을 멀리하고 다시 잠을 청했습니다.

다음날, 약속시간이 되어도 남자는 찾아오지 않았고 전화도 없었습니다. 그의 아내가 귀가했을 것으로 판단하고 한밤중의 신세타령 정도의 일단락된 민원으로 생각하고 주말의 다른 일정을 보냈으나 마음 한구석은 남자가 내일 정도면 다시 연락할 것으로 생각하였습니다.

남자의 전화가 있고 난 그다음 주초 오전 일과를 보내던 중 나는 한 통의 전화를 받았습니다. 휴대폰 액정화면에 알 수 없는 전화번호가 뜬 걸로 보아 민원전화일 거라고 여기면서도 혹시 지난 금요일 한밤중에 전화를 건 남자인가 하는 생각도 하였습니다. 나의 예감과 달리 자카르타 인근에 있는 한국인 회사의 직원이라고 자기를 소개 하면서 자기 거래처 사장이 어제 저녁 자기 집안에서 자살했다며 공관에 신고하는 것이라고 했습니다.

지난 금요일 저녁부터 전화를 받은 그 시점까지 꽤 많은 스케줄로 인해 나는 남자의 신고전화와 아내의 부정을 신고한 남자의 전화와 관련성을 연결시키지 못하고 가끔씩 발생하는 자살사건 중 하나일 거라는 짐작하며 현장으로 달려갔습니다. 벌써 빈소가 차려져 있었고 오랜 사업기반을 말해주듯 거래처로부터 온 꽤 많은 조화가 진열되어 있었습니다. 미루어 짐작컨대 공관에 신고하기 전 많은 시간들이 흘렀으며 일을 빨리 진행시키려는 인상을 받았습니다. 일단 사체를 먼저 확인하는 것이 나에겐 급선무였습니다. 영안실 특유의 깊게 베인 시신 썩은 냄새들이 농도와 관계없이 인상을 찌푸리게 하였고 죽은 자와 처음이자 마지막 만남을 하게 되는 일을 자주 하는 내 직업이 전생의 업보가 아닌가 생각이 잠시 들게 되었습니다.

시신은 얼핏 보아 열대지방의 빛에 그을린 듯 검은 피부의 근육질 몸매를 가진 40대 후반의 남자임을 알 수 있었고 목 주위 짙은 띠 모양의 멍 자국은 생명의 마지막 순간이 어떠했는지를 호소하는 것 같았습니다. 목 주위의 띠 모양 피멍 자욱 외엔 사인을 의심할 만한 외상은 발견할 수 없었습니다. 디지털 카메라로 목 주위 피멍을 담고 영안실을 나와 아내를 찾았습니다. 병원 한곳에서 침착한 행동을 보이는

40대 초반의 여성은 갑작스럽게 들이닥친 남편의 죽음을 믿을 수 없다는 듯 불안한 표정이 역력하였습니다.

일단 유족에 대한 위로의 말과 함께 나의 면담은 영사로서 사망자의 기본적인 인적사항과 사고경위를 파악하는 것일 뿐 수사 활동이 아니라는 사실을 주지시키고 상황을 소상히 설명해 줄 것을 요청했습니다. 아내의 변은 이랬습니다. 남편의 일을 도우며 거래처에 출장을 다녔는데 석 달 전부터 거래처 남자직원과 몇 차례 사적인 만남을 하게 되어 남편과 부부싸움을 자주하게 되었다고 하였습니다. 최근 남편이 사업에 진척도 없자 고민하며 우울증 증세도 약간 있었는데 이런 것이 복합적으로 작용하여 비관하며 자살한 것 같다며 차분하고 낮은 어조로 상황을 설명했습니다. 그 말투에서 내 직업적 직관으로도 타살이라는 의심을 조금도 할 수 없었습니다.

그러나 나는 여기서 경찰영사로서 사실 관계를 좀 더 명확히 할 필요성을 인식하고 사건 경위를 좀 더 알기 위해 습관처럼 되물었습니다.

"시신은 어떻게 발견하셨습니까?"

그는 사건 당일 남편과 같이 TV 드라마를 보고 있었는데 남편이 침실 욕실에 들어가 한참 동안 나오지 않아 이상한 생각이 들어 욕실 문을 열어 보니 욕조 위 보일러 고리에 나체 상태로 긴 목욕 타올에 목이 졸려 엉거주춤 매달려 있는 것을 발견하고 방안에서 같이 TV를 보고 있던 큰아들과 함께 침대로 옮겨 인공호흡을 하였으나 기척이 없어 급히 병원으로 옮겼으나 사망하였다며 종전의 침착한 어조와는 달리 다소 울먹이듯이 시신발견 경위를 설명했습니다. 그 순간 나는 혹시 죽은 남자가 지난 주말 심야에 나에게 전화한 그 남자가 아닌가 하는 생각이 들었습니다. 그리고 아내에게 "혹시 지난 금요일 밤 남편분과 다툰 사실이 없나요?"

"예. 있습니다."

그녀는 머뭇거림 없이 즉시 대답했습니다. "그날 밤 심하게 다투고 화가 나서 한밤중에 집을 뛰쳐나가 버렸다. 그렇지만, 주말에 화해를 하고 같이 외출도 했는데 저렇게 죽을 줄은 몰랐다."라며 자신이 마치 남편을 살해한 의심을 받고 있다고 생각했는지 내가 묻지도 않은 말을 소상히 부연 설명하였습니다.

이를 토대로 대충 상황을 정리하면 그날 죽은 남편과 아내는 심하게 다투었고 이에 격분한 남편은 해결책을 위해 나에게 전화를 한 것이었습니다. 다음날 찾아와 면담하려고 하였으나 아내와 화해도 하였고 가정사를 공관에 직접 찾아기 면담하는 것에 남자로서 체면 때문에 찾아오지도 않았던 것 같았습니다.

그리고 나는 혹시 내가 그날 밤 문제해결책으로 제시한 경찰에 고소하라는 답변이 현실적으로 실행가능성이 희박한 것으로 판단하고 그가 극단적인 행동을 한 것이 아닌가 하는 생각에 가슴이 덜컹 내려앉는 느낌이 들었습니다. 일단 아내의 정황 설명의 객관성을 확보하기 위해 당시 유력한 목격자인 고교생 아들을 따로 면담하였습니다. 아비의 갑작스런 죽음에 사춘기를 갓 지난 청년의 태도는 어떤 형태로 따져보아도 어미와 공모하여 아비를 살해한 것으로 비쳐지지 않았습니다. 나는 남자의 죽음에 대한 현지경찰의 수사를 전제로 자살로 결론짓고 장례절차 등 영사로서 행정지원을 한 후 철수했습니다.

집으로 돌아와 아내에게 내가 그날 밤 전화 통화하며 말하던 내용에 대해 기억을 더듬어 되짚어 달라고 했습니다. 혹시나 내가 너무나 냉정하게 공관에서 처리할 일이 아니라고 답변한 것은 아닌지 그래서 그

마음이 따뜻한 경찰이 되고싶다

가 더 이상 탈출구가 없다고 생각하여 죽음을 택한 것이 아닌지 갖은 생각이 다 들었기 때문이었습니다. 아내는 나의 이런 고민을 덜어주려는 의도인지 아니면 객관적으로 사안을 정리하려는 의도인지 내가 그날 차분한 어조로 '날이 밝으면 공관으로 나오셔서 면담하시죠.'라며 특별히 평소와 다른 말투가 없었다며 괜한 자괴감에 빠지지 말라고 다독거려주었습니다.

아내의 말에 다소 안도는 했지만, 이후에도 한동안 나는 그 사건이 나의 뇌리에서 맴돌아 울적한 나날을 보냈습니다.

내가 영사로 부임한 지 채 몇 개월이 되지 않았을 무렵 오지 해안마을에 옥수수 농장사업을 하려던 한국인 L씨가 현지 주민들의 데모로 인해 정상적인 사업을 하지 못한다며 데모에 미온적으로 대처하는 경찰 및 주정부를 상대로 한 공관의 도움이 필요하다는 민원을 제기한 적이 있습니다. 나는 경비행기 등을 번갈아 타며 8시간 날아가 주지사 및 경찰서장을 상대로 담판을 짓고 그의 사업재개를 지원해준 일이 있었습니다.

그 후로 몇 달이 지나지 않아 그로부터 신바람 나게 사업을 개시하였고 정상적으로 사업이 되고 있다며 고맙다는 안부전화를 받았습니다.

그러나 남자의 자살 사건이 발생하기 석 달 전 어느 날 L씨는 나에게 전화를 걸어 거두절미하고 "처와 딸이 가출하였습니다. 어떡하죠?" 하고 물어왔습니다. 나는 당연히 한국의 가족들로 생각하고 "그러면 한국 경찰에 신고하셔야 하는데 한국에 사시는 곳이 어딥니까?"라며 경찰 관할을 확인하려 하자 그런 것이 아니고 현지인 처와 그사이에 태어난 딸이라고 하였습니다. 나는 "그러면 빨리 현지 경찰에 먼저 신고하시고 기다려 보시지요."라고 답변하자 그는 힘없는 목소리로 "예. 알겠습니다. 영사님. 그동안 고마웠습니다."라며 전화를 끊었습니다. 나는 지난번 나의 출장으로 사업이 번창하고 있는데 대한 답례인사로 생각하고 별 의미 없이 그의 인사말을 받아들였습니다. 그런데 그로부터 일주일 후 영사과에 현지 경찰로부터 날아온 통보문에 의하면 L씨가 자살하였다는 것이었습니다. 나는 그의 전화를 받은 것을 기억하면서 그가 왜 자살했는지 이유를 알지 못했습니다. 그러나 주변의 교민들이 알려온 바에 의하면 내가 출장 간 이후 한동안 사업이 정상적으로 되는 듯했으나 외골수의 성격으로 현지인과 다시 충돌을 하였고 이로 인해 사업이 지지부진해지자 독한 현지 술로 세월을 보내며 현지처와 딸에게 잦은 술주정을 하였고 이에 견디지 못한 그들이 잠적을 하지 L씨장은 심한 우울증 증세를 보였다고 하였습니다. 결국, 마지막으로 처와 딸이 집을 나간 뒤 장기간 돌아오지 않자 자살한 것이라고 알려주었습니다.

그랬습니다. 그는 자살하기 일주일 전 나를 포함한 주변 지인들에게 신변정리를 한 것 같습니다. 내가 부임하기 전 1여 년 전부터 민원을 제기했지만, 반응이 신통치 않다가 내가 직접 오지마을까지 방문하여 자신의 민원을 해결해주려고 노력하던 내가 내심 고마웠고 오래도록 기억에 남았던 모양이었습니다. 그래서 죽음을 결심하고 난 후 생각난 사람이 나였던 것 같습니다.

나는 위의 두 사건을 통해 '아! 영사는 한낱 외교직명중 하나에 불과하지만 재외국민들은 영사를 그들의 마지막 탈출구로 여긴다.'라는 점을 뼈저리게 인식하게 되었습니다. 그들은 1차적으로 법제도적으로 해결되지 않는 일이라도 영사는 해결할 수 있는 것으로 생각하는 것이었습니다. 나는 자살한 남자와 L씨의 사건에 대해 지금까지 심한 인간적

고뇌에 빠져 있습니다. 아직도 귓전을 아른거리는 그들의 전화 목소리에 어떻게 대처했어야 했는지 내 소임이 끝마쳐가는 지금까지도 답이 나오지 않을 뿐입니다.

그러나 영사, 영어 단어인 'CONSUL'의 사전적 의미인 "호민관(護民官)" 즉 국민을 보호하는 사람이라는 뜻처럼 내가 경험을 통해 터득한 한 가지 분명한 결론은 영사는 어떠한 경우에도 상담을 통해 문제 해결책을 마련하는데 최선을 다해야 한다는 점입니다. 왜냐하면, 비록 직접 해결할 수 없는 법적, 제도적 제약이 있더라도 재외동포들에게 영사는 법제도 이전에 그들의 마지막 비상 탈출구이기 때문입니다.

# 가출소년 M군의 귀가

■■
■

   그해 나이 만 17세, 갓 사춘기를 벗어난 더벅머리 M군이 공관을 찾은 것은 내가 여름휴가를 간 사이였습니다. 이슬람국가에서 드물게 현지인 기독교 목회사가 그를 데리고 공관을 찾은 것이었습니다. 업무대행을 하던 인정 많은 P영사는 내가 휴가에서 돌아온 뒤 부재중에 있었던 M군의 사연을 가슴 아프게 전했습니다.

   목회자의 말에 의하면 한국 아이의 풍모를 띄었으나 인니어를 유창하게 구사하는 떠돌이 소년이 자신의 아들이 운영하는 서점 주위를 서성이고 있어 가출소년이나 걸인으로 알고 불쌍히 여겨 서점으로 데리고 와서 먹을 것을 주면서 사연을 들은 즉, '부모님이 모두 한국인인데 몇 년 전 병으로 죽었고 이후 한국으로 가지도 못하고 떠돌이 생활을 하게 되었다.'라고 하여 차림새도 남루하기 그지없고 며칠을 굶주린 탓인지 주는 음식을 게걸스럽게 먹어 치우기에 그냥 두면 부랑아가 되거나 범죄꾼으로 될 것이 걱정되어 그동안 교회에서 해본 경험을 살려 임시로 아들의 서점에서 일을 하며 기거토록 하였는데 계속 둘 수는 없고 한국으로 돌려보내는 것이 옳다는 판단으로 한국대사관을 찾아왔다는 것이었습니다.

마음이 따뜻한 경찰이 되고싶다

M군은 어렴풋이 알아듣는 수준 정도밖에 한국말을 제대로 할 수 없을 정도로 교육과 문화적 단절 속에 많은 시간을 보냈기에 P영사는 통역을 통해 B군과 면담을 하였으며, 면담에서 자신이 초등학교 1학년쯤 되던 시기에 아버지가 인도네시아로 돈을 벌기 위해 먼저 들어왔고 어머니와 자신은 그 후 2년 정도 지나 인도네시아로 와서 처음 2년여를 함께 행복하게 살았으나 이후 어머니가 병이 나서 죽었고 아버지도 다음 해에 죽었다며 한국의 외가댁이 부산에 있는 걸로 안다며 한국으로 보내줄 것을 요구한다는 것이었습니다.

나는 M군의 가출사건 업무를 인계받은 후 지난 몇 년 사이 M군이 알려준 부모의 이름을 토대로 사망자 확인을 확인하였습니다. 그러나 M군이 알려준 부모의 이름대로 사망자가 공관에 등재된 것은 없었습니다. 나는 M군이 '부모가 모두 없다.'는 말에 대한 회의감이 들었습니다. 필시 사연이 있을 것이었습니다. M군의 그동안 행적에 대한 확인 작업이 필요했습니다. 나는 M군을 임시보호하고 있는 목회자를 통해 그간 행적을 소상히 적어 보내 줄 것을 요청했습니다. 며칠 뒤 M군은 인도네시아어로 된 경위서에서 어머니가 죽고 난 뒤 아버지는 현지인 여성과 결혼하였고 아버지는 새어머니와 함께 살면서 자신을 이슬람 기숙학교에 보냈으며 처음에는 학비와 생활비를 보내주었으나 이후 연락이 없어 이슬람학교에서 적응치 못하고 무작정 뛰쳐나와 가출소년 생활을 했고 아버지는 그 이후 죽었다는 연락을 받았을 뿐이라고 했습니다.

나는 직감적으로 M군 생모 사후 힘겹게 꾸려졌을 새 가정에 적응 하지 못한 M군이 자의 반 타의 반으로 기숙학교로 보내졌으나 잘 적응치 못하여 가출 아닌 가출을 했을 것으로 보고 M군 아버지의 이름을 토대로 수소문하였습니다. 나의 예상대로 M군의 아버지는 자카르타 근교에서 조그만 자영업을 하며 살고 있었습니다. 나는 기쁜 마음에 M군의 아버지와 전화연락을 하였습니다. 아들을 찾았다는 소식만큼 반가운 소식이 있을까 싶어 전화했지만, M군의 아버지는 내 기대만 큼 반기기 보다는 골치 아픈 일이 생긴 것 같은 반응을 보였습니다. M군의 아버지가 전하는 M군의 가출 사연은 이랬습니다. 생모가 사망하고 새 가정을 꾸린 후부터 M군은 다니던 학교도 가지 않고 동네 불량 아이들과 어울리며 가끔씩 남의 물건에도 손을 대는 등 골치를 앓던 차에 처가의 먼 친척이 있는 지방도시의 이슬람 기숙학교에 유학을 보내게 되었는데 잘 적응하는 것 같았으나 몇 개월 뒤 학교를 그만두고 사라졌다는 것이었습니다. 그리고 현재까지 소식이 없다는 것이었습니다.

　나는 첫 일성으로 "아이가 없어진 지 6년이 넘어가는데 찾을 생각을 하지 않았습니까?"라고 묻자 처음에는 찾을 노력을 했지만 이후 생업이 어려워 힘겹게 살다 보니 아이 문제를 잊어버리게 되었다고 했습니다. 나는 참 부모가 맞는가 싶을 정도로 한심하다는 생각이 들었지만, 그의 집안 사정을 정확히 알지 못하는 상황에서 일방적인 내 생각을 옮겨놓을 수만은 없었습니다. 먼저 M군이 미성년자인 이상 부모가 있으므로 친권을 행사할 권리와 의무가 있는 M군의 아버지에게 M군을 보내면 될 일로 생각하고 쉽게 일이 마무리 되었다고 안도했으나 일은 그렇게 쉽게 되지 않았습니다.

　일단 M군은 아버지가 세상에 없다고 생각하며 집으로 돌아가기를 거부할 수도 있고 아버지를 찾았다고 했을 경우 다시 종적을 감출 가능성이 있었기 때문이었습니다. 나는 P영사와 함께 M군이 있는 서점으로 내달렸습니다. 일단 조심스럽게 M군의 반응을 보기 위해서였습니다. M군과의 면담에서 역시 M군은 아버지에게로 돌아갈 경우 다시 현지인 기숙학교에 강제로 보내질지 모른다며 아버지와 상봉을 거부하였습니다. 나는 시간이 필요함을 느끼고 M군은 마음이 열리기까지 현지인 목회자에게 M군을 보호해 줄 것을 요청하였습니다. 목회자 역시 그런 일은 시간이 필요하다며 흔쾌히 나의 제의를 받아들였습니다.

이후 P영사와 나는 M군이 호적상 아버지의 친자로 등재된 것이 아니며(M군의 어머니와 아버지가 같은 성씨이며 어머니 혼인의 자녀로 된 점 등의 이유는 이후에도 확인할 수 없었다) 현지인에게 양자로 입양된 사실을 확인하고 M군의 국적문제가 공중에 떠 있다는 사실을 알았습니다. 한국말도 할 수 없고 현지인에게 양자로 되어 있고 아버지도 M군에 대한 친권행사에 적극적이지 않은 점이 앞으로 M군을 어떻게 해야 하나로 고민하게 되었습니다. 오랜 시간 떠돌이 생활로 여권도 없으며 엄밀히 따지면 인도네시아인(양자 입양된 상태)이고 더욱이 한국말도 잊어버린 M군에 대해 모국이 정체성을 찾아준다는 것은 별 의미가 없는 것 같았습니다.

그래도 몇 번에 걸친 그와의 만남에서 한국으로 언젠가는 돌아갈 것을 다짐하고 한국말을 배우고 싶다는 희망사항을 들으며 '아! 지금이라도 늦지 않았으니 한국 사람으로 살아가도록 도와주어야겠다.'는 생각이 들었습니다. 그래서 나와 P영사는 우선 쉽게 볼 수 있는 한국 잡지와 책들을 M군에게 전달해주고, 일전에 선물로 받아둔 기념품 시계까지 주었습니다. 17세의 나이면 꿈도 많고 하고 싶은 일도 많은데 지나간 시간은 되돌아오지 않는다며 시간을 아끼고 소중하게 하여 꿈을 가꾸기를 바란다는 나의 취지를 한국말로 천천히 알려주었습니다. 한국말을 못하는 M군은 나의 말을 제법 알아듣겠다는 표정과 고맙다는 뜻으로 연신 고개를 숙이며 감사의 표시를 했습니다. M군은 시간이 지나면서 잃어버린 6년의 세월을 어렴풋이 찾아가는 듯 했습니다. 이후 M군은 아버지를 만나겠다는 의사를 떠듬거리는 한국말로 나에게 전화를 걸어왔습니다.

M군의 아버지는 그간 M군의 변화된 심경을 나를 통해 듣고 비로소 소홀했던 점을 뉘우치며 M군과 혈육의 정을 만끽하는 재회를 했습니다. 나는 그들의 재회장면을 보며 가슴 한 곳에 밀려오는 성취감을 맛보았고 나 역시 자식을 둔 가장으로서 부모의 역할을 되짚어 보는 기회를 갖게 되었습니다.

마음이 따뜻한 경찰이 되고싶다

# 개가 물고 간 골프공

아직도 한국에서는 골프라고 하면 사치스러움, 로비 등 부정적인 인식이 팽배합니다. 특히 공직자의 골프는 차라리 고스톱 등 도박보다도 더한 범죄행위에 가깝습니다. 그 비용을 자신이 부담하더라도 말입니다('그 비싼 비용을 어떻게 자비 부담이 가능하단 말인가?'라는 원천 불능의 사고에서 출발하기 때문이다).

사실 국내에서 그런 분위기는 골프가 워낙 돈이 많이 드는 운동이기 때문에 일응 타당한 듯합니다.

그러나 해외주재관으로 생활하면서 골프는 우리와 다른 문화로 인해 어느 정도 일상이 되어 있는 것 같습니다. 이는 특히 저렴한 비용과 외교활동의 필요성이 맞물려 있기도 한 것입니다.

나 역시 국내에서 골프라면 아직까지는 먼 특정계층의 사람이나 하는 운동으로 폄하하며 별 관심이 없었습니다. 경찰대학 직무교육 시 잠시 골프채를 잡아보았지만, 시간적 경제적 여유가 없고 당시까지만 해도 경찰관 특유의 골프금기 문화에 편승하다 보니 제대로 된 골프를 해본 적이 없었습니다.

그러나 막상 해외주재관 발령을 받고 나니 은근히 걱정이 앞섰습니다. '유능한 외교관으로 주재국 경찰관들과 유대를 갖기 위해서는 그들과 사교적인 골프모임도 필요하다는데 어떻게 하나?'

결국, 급조된 단기교육을 이수하고 현지에 부임, 가끔 그들과 어울리는 시간을 갖게 되었습니다. 주재국 인도네시아는 동남아 지역에서 그런대로 골프 하기가 좋은 조건으로 알려졌습니다. 한화 5,000원 상당의 그린피(비회원의 경우 20,000원에서 50,000원 상당), 캐디팁 한화 5,000원 정도의 저렴한 경비에다가 클럽하우스에는 라면부터 돌솥비빔밥 등 한국 음식이 한국인 입맛에 맞게 제공되는 등 한국의 골프 마니아들에게는 최적의 조건일 것입니다. 하지만, 들여다보면 꼭 좋은 환경만은 아닙니다. 섭씨 34-5도를 오르내리는 적도의 습한 태양 아래에서 골프는 어지간한 특수요원의 혹서기 극기 훈련을 방불케 하고 플레이어 한 명당 캐디 1명씩 붙어 다니지만, 한국의 캐디와 비교할 수 없는 단지 골프가방 들고 다니는 기계에 불과할 뿐입니다. 더욱 가관은 코스 중간마다 잃어버린 공을 주워 팔기 위해 동네 아이들이 홀마다 기다리며 게임을 방해하는 등 한국의 쾌적한 골프장 환경이나 분위기를 생각하면 큰 오산입니다. 카트가 대여되고 있으나 그 비용이 그린피보다 훨씬 비싸므로 통상 걸어서 다니니 어지간히 적응되지 않으면 즐거운 운동으로 간주할 수 없는 것이 사실입니다.

그러나 주재관은 조속한 현지화를 통해 임무수행에 만전을 기해야 합니다. 나 역시 부임 초 갖은 고난에도 불구하고 주재국 경찰간부들을 초청, 골프회동(?)을 한 적이 있습니다. 어설픈 실력에 분위기를 맞추려는 나의 충정은 말로는 표현할 수 없을 정도로 처절한 것이었습니다. 연속되는 미스샷에 파리처럼 달려드는 공 줍는 아이들 후치기 등이건 골프라고는 할 수 없을 정도였습니다.

그 와중에 나는 후반 어느 홀에서 제법 그럴싸한 샷으로 그린에 공을 올리게 되었습니다. 감격과 격려의 박수가 이어지며 나는 보무도 당당하게 그린으로 걸어가던 중 눈앞에 벌어지는 광경에 아연실색(啞然失色)하지 않을 수 없었습니다. 갑자기 그린에 나타난 인근마을의 개 한 마리가 마치 먹을 것을 찾은 양 골프공을 보기 좋게 물고 어슬렁거리고 있는 것이 아닌가요?(나중에 나는 이것이 동네 아이들이 골프공을 취득할 목적으로 개를 훈련시킨 것이라고 결론지었다) 순간 외교관의 체면이고 골프장의 매너 등등은 교과서에 나오는 이론에 불과했습니다.

나는 잠시 이성을 잃고 타잔 비슷한 괴성을 지르며 그 개에게 고함을 질러 댔습니다.

"야이, 똥#$$야! 공 놔둬."

동반자들은 키득키득 웃어대고…. 그러나 나의 괴성이 통했는지 그 녀석은 공을 오히려 홀 컵 가까이 놓고 달아나 버렸습니다. 이 사건은 공의 위치를 어디를 할 것인가 논란 속에도 나와 주재국 경찰관들이 오래도록 잊지 못할 즐거운 추억거리로 공유하게 되었고 이후 그들과 깊은 친분을 맺으며 주재관 업무에 잘 활용하는 결실을 얻었습니다. 천연 장애물(?)이 도운 것이지만. 해외주재관과 골프, 임무수행을 위해 적절히 활용해야 하지 않을까요? 개인의 즐거움 이전에….

# 외국어, 그 장벽을 넘어

해외주재관이 되기 위해서는 영어 등 외국어 시험을 기본적으로 통과해야만 합니다. 특히 최근 주재관 증설에 따라 종전의 영어 일변도에서 다양한 제3세계어도 필요하게 되었습니다.

내가 파견된 국가인 인도네시아는 '바하사 인도네시아'란 현지어가 있지만 나는 영어로 테스트를 하여 선발된 경우입니다. 주재국에서 접하는 경찰간부나 사회적인 상류층에 해당하는 사람들은 유창하지는 않지만, 일상적인 말들은 영어 구사가 가능하여 내가 그들과 의사소통하는 데는 크게 지장이 없는 편입니다. 그러나 사건 사고현장에서 말단 경찰관들을 만날 때는 그들이 자국어 외에 영어를 사용치 못하는 경우가 많아 공관에서 영어를 사용하는 현지 행정원을 대동하여 업무를 처리하지만, 간혹 불편을 느낍니다.

향후 주재관 선발 시 주재국어를 구사하는 사람을 우선적으로 선발하는 것이 본인은 물론 업무처리에도 도움이 될 것 같습니다.

우리 세대의 대부분 사람들은 영어를 한국식 영어공부(문법위주)를 한 탓에 말하기와 듣기가 부족한 것이 현실입니다. 물론 주재관 선발 시이를 최소화하는 기준으로 선발하지만, 시험과 현지에서 언어사용은

마음이 따뜻한 경찰이 되고싶다

다소간 차이가 있습니다. 나 역시 주재관으로 선발되기 위해 보다 나은 영어를 하겠다는 일념으로 학원가를 전전하며 나름대로 영어회화 공부를 했습니다. 그러나 제한된 시간과 여건으로 원어민과의 공부는 한계가 있을 수밖에 없었으며 시험위주의 공부로 언어능력 검증을 통과하고 그럭저럭 시간을 보내며(실제 부임 준비하느라 다른 여력이 없었다는 것이 정설일 것이다) 현지로 부임하게 되었습니다. 국내에서 외국인과 자주 접해볼 기회가 없었지만 그래도 그동안의 적지 않은 해외출장 경험을 토대로 어느 정도 일상회화에는 자신을 가졌던 나는 부임 일주일 만에 그 자신감을 물거품처럼 날려 버려야 했습니다.

부임 첫 주 일요일 아침. 주택을 마련치 못하여 나를 포함한 우리 가족들은 임시 거처로 콘도형 호텔에 일시 머물게 되었는데 매주 일요일 아침에는 콘도의 하우스 메이드들이 콘도 내를 청소하도록 되어 있었습니다. 외국에서의 첫 일요일, 가족들과 다소간의 여유로운 아침식사를 마칠 때쯤 초인종 소리가 났습니다. 아내는 청소하는 사람인 것 같은데 오늘 우리는 아직 청소할 필요가 없으니 나가서 이야기하랍니다. 아직 현지어에 대해서 생소하던 시점, 나는 외국인이 많이 체류하는 콘도니 하우스 메이드들이라도 어느 정도 영어는 하겠지 하는 적잖은 자만심 섞인 생각을 갖고 "음. 오늘 우리 집은 청소를 원하지 않습니다." 하고 영어로 말해야지 머릿속으로 생각하고 "I don't want my house to be cleaned." 주어, 동사, 목적어 등등 영어작문을 연상하고, 웅얼웅얼 거리며 현관문을 열었습니다.

예상대로 하우스 메이드가 문밖에서 청소도구를 들고 준비가 되었으니 들어가겠다는 기세로 서 있었습니다. 나는 크게 심호흡을 하고 손사래를 치면서 "I don't wanna"

혀를 최대한 굴리면서 마치 유창한 영어실력을 갖춘 양 완전문장으로 나아가는 순간 하우스 메이드는 "no service?"

단 한마디. 나는 순간 망치로 뒤통수를 맞은 듯한 충격에서 벗어나지 못하고 얼굴을 붉히며

"예~ 에에스." 하고 문을 쾅 닫고 말았습니다. 아! 이 무력감. 중학3년, 고교3년. 대학 4년 도합 10년의 정규교육과 특히 주재관 시험을 치르기 위해 새벽이슬과 밤공기를 맞으며 지하철에서 이어폰 꼽고 말하기 듣기 테이프로 공부하며 출퇴근했던 나의 지난 노력이 하우스 메이드의 한 마디에 으스러지고 만 것입니다.

따지고 보면 의사소통이라는 것이 70% 이상이 보디랭귀지(Body language)라고 하여 어느 정도 손짓 발짓으로 통하고 그 다음이 말이라 한다는데 크게 당혹스러워 할 일도 아니지만, 이후 나는 좀 더 나은 나의 임무수행을 위해 비록 테스트에 통과했지만, 영어와 현지어 공부를 소홀히 해서는 안 된다는 사실을 깨닫고 틈틈이 공부하고 있습니다.

외교부에서 내로라하는 영어실력을 갖추고 대사로 근무하다가 퇴직한 직업외교관이 퇴임 다음날 아침잠에서 깨어나 "아 오늘부터 영어에서 해방되는구나!"라는 일성을 남겼다는 일화가 시사하는 바가 큰 것 같습니다. 외국어를 자국어처럼 구사하는 것, 쉽지 않지만, 경찰주재관은 자신의 임무를 보다 완벽히 수행하기 위해서 부단히 외국어 공부에 매진해야 할 것입니다. 선발된 이후에도….

마음이 따뜻한 경찰이 되고싶다

# 오얏나무 아래서 갓끈 만지기

『명심보감』 正己篇에 '瓜田에 不納履하고 李下에 不整冠하라.'는 말이 있습니다. 풀이하면 남의 외밭에서 짚신을 고쳐 신지 말고 남의 자두나무 아래서 갓을 바르게 하지 않는다는 것이라는 데 남의 오해를 받을 만한 행동을 조심하라는 취지로 무릇 공직자가 처신함에 있어서도 중요한 경구인 것 같습니다.

그동안 우리나라는 민주화의 빠른 신장과 부정과 부패를 척결하기 위한 전 국민적 노력의 결과로 이제 세계 여러 나라로부터 단기간에 부정부패 척결의 모범사례로 벤치마킹될 정도로 부정부패 문제는 어느 정도 우리의 일반사회뿐 아니라 특히 공직사회의 경우 제법 큰 흐름을 잡아가고 있다고 자평해봅니다.

20여 년 전 내가 초임시절 소위 관내 유지들입네 하는 사람들과의 자연스럽게 가졌던 식사 자리도 이제는 그 식사모임의 이유와 비용의 적정성이 전제되지 않으면 용인될 수 없는 것이 일반적인 분위기입니다. 따라서 불필요한 오해의 소지가 있는 민원인과의 만남은 불가피한 경우가 아니면 대부분 회피 내지는 자제하는 분위기가 공직사회에 일반화된 것 같습니다.

그런데 나는 재외공관의 사건·사고와 민원업무를 처리하는 경찰 영사로 근무하면서 더욱 이런 점에 유의해야 한다는 점을 몸소 체험한 적이 있습니다.

어느 날 자카르타 근교에서 소규모 부품제조업을 하는 교민 P씨가 경찰에 연행되었다며 영사조력을 요청하는 전화를 받았습니다. 여느 사건과 마찬가지로 연행 또는 구금된 교민 면담 및 관계기관 방문은 영사의 기본 책무이므로 나는 담당 경찰서를 방문하였습니다. 경찰서 수사과 사무실에 피조사자의 신분으로 대기 중이던 P씨는 나를 보자마자 그동안 억울함을 참다 폭발이라도 하듯이 벌써 동일 건으로 6개월 사이에 3번째 경찰에 연행되었다며 큰 목소리로 울먹였습니다.

그에 의하면 동남아 인근지역을 통해 주요 전지부품을 수입하여 현지에서 조립 판매하였는데 첫 번째 연행 시에는 부품을 밀수한 혐의가 있다고 조사를 받았지만, 혐의가 없는 것으로 되었고, 이후 두 달여 만에 상급부서에서 업장을 찾아와 사업허가증 등 구비서류 비치 여부를 확인한다며 자신을 연행하였으나 별 혐의없음으로 결론난 적이 있는데, 오늘 또다시 최초관할서에서 들이닥쳐 자신을 연행해 왔다며 경찰의 부당한 처사에 대해 강력한 항의를 해줄 것을 요청하였습니다. 그 과정에서 수사무마를 위해 상당한 돈도 지출했다고 합니다.

나는 수사담당자로부터 연행의 법적 근거와 그동안 수사를 하면서 혐의가 없다고 했음에도 동일한 사안을 반복수사하는 이유에 대해서 해명해줄 것을 요구하였지만, 그는 뚜렷한 답변을 하지 못한 채 우물쭈물하면서 시간만 보낼 뿐이었습니다. 나는 상급자를 만나겠으며 만약 부당한 수사일 경우 외교채널을 통해 항의할 것이라고 반 엄포성 발언을 하였습니다.

마음이 따뜻한 경찰이 되고싶다

그는 나의 과도한 제스처가 심상치 않다고 생각했던지 수사책임 간부 사무실로 나를 안내하였고 그 간부는 사안을 보고받은 후 P씨에 대해 경찰서에 진정이 이어지므로 부득불 조사를 할 수밖에 없다며 자신들은 정상적인 업무를 처리하고 있노라고 항변하면서도 별다른 수사진전이 없어 귀가시키겠다고 하였습니다. 나는 일단 P씨를 무사히 귀가시킬 수 있다는 데 대해 만족스러웠지만, 재발방지를 위한 조치가 필요하다고 생각되어 그 수사간부의 방을 나오면서 지나가는 말로 진정인이 누구인지 동일인인지, 한국인인지 등을 넌지시 물어보았습니다. 수사관이 정보제공자일지 모르는 진정인을 밝히지 않을 것이라는 것을 알면서도 한 의문이지만 그는 의외로 구체적으로 밝힐 수는 없지만, 한국사람이라고 하였습니다. 그것만으로도 나는 사태를 파악하고 확인하는 데 큰 도움이 될 것으로 생각했습니다.

P씨로부터 노고의 인사말을 듣고 헤어지면서 동종업계의 분위기를 물어보고 별일도 아닌데 자주 경찰의 단속행위가 이루어지는 것에 대해 짚이는 것이 없느냐고 묻자, 그는 자기가 소규모로 사업을 시작했으나 제법 기술력을 인정받아 납품실적이 오르자 동종업계의 사람들이 좀 시기하는 분위기가 있었다며 대충 자신을 밀고하는 사람들이 짐작이 간다면서 동종업계에서는 대부분 부품들을 수입 시 수량을 조작하여 실제보다 많게 수입하는 관행이 있는데 같은 처지임에도 이런 점을 꼬투리 잡아서 자신에게 타격을 줄 요령으로 경찰에 신고하는 것 같다고 언급하였습니다. 업종을 바꾸든지 다 처분하고 한국으로 돌아가든지 해야겠다며 심한 회의감을 표시하면서 동종업계의 교민이 제보한 것이라고 예단하였습니다. 나는 그래도 해외에서 우리 동포들끼리 아옹다옹 다툴 일이 아니라 서로 믿고 의지하며 살아가야 한다고 말해

주면서 단순한 짐작이나 추측으로 사태를 악화시키지 말 것을 당부하고 그와 헤어졌습니다.

그 이후 한 달여간 P씨로부터 별다른 연락이 없어 나는 그가 정상적인 영업을 재개한 것으로 알고 있던 중 자카르타에 거주하는 친척의 지인이 나를 방문하였습니다. 최근에 하던 사업을 접고 새로운 업을 시작하게 되었는데 지나가는 길에 겸사겸사 들렀답니다. 차를 한잔 대접하면서 이런저런 방담을 하던 중 최근 내가 전자제품 밀수를 하는 교민들과 어울려 골프를 치는가 하면 식사를 같이하고 가라오케 등 유흥주점에 어울려 다닌다는 소문이 있는데 그런 사람들과 어울리지 말라고 하였습니다. 갑자기 앞이 캄캄했습니다. 밀수꾼은 뭐며 골프, 가라오게 이런 행위상황은 완전히 최악의 콤비네이션이었습니다. 경찰대학을 졸업하고 감찰부서 등에 근무한 경험을 토대로 나름대로 기준과 원칙에 따른 행동을 했노라고 자임하는 내게 이런 불명예스런 소문이 나돈다는 사실에 대해 선뜻 수긍이 가지 않았습니다.

나는 그 소문의 진원지가 어디며 구체적인 내용을 물어보았습니다. 그는 자기 부하직원으로부터 들었다며 나와 친분관계를 알기에 자신에게 알려준 것 같다며 부하직원을 통해서 구체적으로 알아보겠다고 하였습니다.

그가 알려준 구체적인 내용은 전자부품을 밀수하던 한국인이 현지 경찰에 체포되었는데 내가 가서 풀려나게 하고 그와 같이 식사를 한 후 그 주에 골프를 같이 치고 가라오케까지 같이 갔다는 것이며 구체적인 날짜까지 알려주었습니다. 나는 흥분을 가라앉히고 차근차근 확인해 들어가 보았습니다. 밀수꾼은 내가 영사조력을 통해 귀가시킨 P씨였고 식사는 그날 오후 늦은 시간 경찰서에서 귀가하게 되어 점심을

마음이 따뜻한 경찰이 되고싶다

먹지 못해 내가 농담 삼아 교도소를 출소한 사람에게 두부를 먹이는 심정이라면서 그를 데리고 인근 한인식당에서 자장면을 한 그릇 사준 적이 있었습니다. 그리고 골프회동과 유흥주점 방문(?)일은 주간에는 한국에서 온 친지 부부와 시간을 가졌고 야간에는 공관의 국경일 행사참석으로 원천불능 상황이었습니다.

나는 필시 이런 사안은 P씨가 자랑삼아 주변에 과대 포장하여 이야기한 것이 와전된 것이 아닌가 생각하고 P씨에게 전화를 걸어 소문의 내용을 알려주자 P씨는 나와 자장면 먹은 얘기를 지인들에게 한 적은 있으며 업계에서 편 가르기가 생겨 최근 자신을 지지하는 사람들과 골프를 치고 그날 저녁 단합대회 차 유흥주점에 간 적이 있다며, 그런 부분들이 뒤섞여 나도 함께 어울린 것처럼 헛소문을 상대방에서 흘린 것 같다고 하였습니다. 동종업계 사람들끼리 편을 나누어 서로 이간질하는 사태가 벌어지는 상황을 설명하면서 나에게 그런 소문을 알려준 사람을 지목하며 자신을 그동안 수차례 경찰에 밀고한 그 사람인 것인 것 같다고 하였습니다.

아! 이런 것이구나. 친척의 지인은 선의로 나에게 소문을 알려준 듯했으나 나를 압박하기 위해서 방문한 것이라고밖에 판단할 수 없었고 영사의 정당한 업무가 때로는 이해당사자들에게 곡해되어 받아들여질 수 있다는 점을 인식하게 된 것입니다.

2년여의 영사활동 과정에서 가장 어려운 부분이 바로 우리 교민 간의 분쟁 민원입니다. 일단 주재국 법절차를 밟기 이전에 공관을 찾아와 호소합니다. 민원이라는 것이 항상 일방 당사자의 주장을 듣게 되는데 여기에 현혹되어 일을 처리하다가는 국내보다 더한 타박을 받는 것이 해외공관의 민원업무입니다. 아무래도 집 밖에 나오면 보호막이 약해진다는 본능에서 오는 소치인가 봅니다.

영사민원을 접수하고 사실 관계를 확인키 위해 피민원인을 상대로 연락을 하는 과정에 이런저런 연유로 오해를 살 때도 가끔 있습니다. 그 영사는 '어느 교회에 나간다더라. 그래서 그쪽과 친하다더라.' '어느 학교 동문이라는데.' 등 부지불식간에 연고를 따져서 민원처리의 공정성 시비에 휘말리게 됩니다.

교민들은 울타리인 고국을 떠나 해외에 살면서 최후의 보루이자 버팀목인 공관이 혹시라도 불공정한 처사를 할 경우 더욱 심한 피해의식을 가질 수 있다는 점을 유념하고 태공이 말한 '瓜田에 不納履하고 李下에 不整冠하라.'는 격언을 되새겨야겠습니다.

# 인해(人海)전술,
# 인애(人愛)전술

⚏

　올해로 예순두 해를 맞이하는 6·25 전쟁, 당시 압록강과 두만강을 목전에 두고 들이닥친 중공군의 반격, 수많은 병력을 앞세우고 총이 없는 병사들에게는 북과 꽹과리를 치며 함성을 지르게 하여 결국 연합군과 국군의 1·4 후퇴를 초래한 전술, 인해전술(人海戰術)이라고 불렀습니다. 수많은 인간 군상을 인산인해(人山人海)라는 표현처럼 인해전술은 수억의 인구를 가진 중공이 당시로써는 파격적인 전술이라고 할 수 있을 것입니다. 그러나 인해전술은 첨단장비로 무장한 현대전에서는 맞지 않을 것입니다. 미사일 한 방이면 수천, 수만의 인명을 순식간에 지상에서 사라지게 할 수 있는 현대전에서 아무리 많은 지상군이 밀려온다고 해도 6·25 당시의 1·4 후퇴와 같은 현상은 쉽게 일어나지 않을 것이라고 생각됩니다. 그런데 인해전술이란 전쟁이 어쩔 수 없이 인명을 살상하거나 희생시키는 사회적 현상이지만 죽음을 각오한 전장의 병사들이라도 썩 기분 좋은 일이 아닐 것입니다. 전술 자체에 다수의 인명피해를 내포하고 있기 때문입니다. 따라서 이 전술은 한편으로 생각해보면 전쟁의 승리라는 목적달성만 염두에 둔 인해전술(人害戰術)이라고 봐야 합니다. 물론 전쟁에서는 승리라는 1등 외에 2등이라는 것은 있을 수 없지만 어쨌든 인간의 목숨이 쉽게 죽어나간 다는 점에서는 선뜻 받아들여지지 않습니다.

한 때 한국에서 경제개발의 선두주자였던 봉제, 가발, 신발 등 노동 집약 산업이 인건비 상승 등으로 인해 해외로 눈을 돌려 지금은 이들 산업 대부분이 중국을 필두로 이곳 인도네시아 등 동남아시아에 현지 법인형태로 투자하여 많이 진출하였습니다. 그리고 현지의 값싸고 질 좋은 노동력을 이용하여 성업을 이루게 되었습니다. 그리고 이것을 성 장 동력으로 하여 자동차, 반도체 등 고부가 가치 산업을 일으켰다고 봅니다. 이제는 동남아권에서도 베트남, 미얀마, 캄보디아까지 진출하 고 있는 형국입니다.

70년대 새마을 공장이나 구로공단의 열악한 노동환경에서 시골에서 상경한 우리의 누나와 언니 세대들의 희생과 땀의 결실들이 오늘에 이 르게 했으나 이후 급격한 노동 권리의 신장으로 고임금 현상이 초래되 었는데 당시의 임금수준이 요즈음 동남아권에서 노동자의 임금수준 과 비슷하지 않았나 싶습니다. 이곳의 봉제, 신발 공장의 단순근로자 임금이 최근까지도 100불 내외로 한국의 현실과 비교하면 대단히 싼 편입니다. 물론 도시의 운전자, 가사도우미 등 여타 단순 노동을 하는 근로자 임금도 이와 유사하지만, 대부분의 봉제, 섬유, 신발 등 노동집 약 산업의 우리 기업체는 국내보다는 나은 투자 조건에서 현재까지는 잘 버텨 나왔습니다. 당시의 경영전략은 중공군의 인해전술에 가까웠 을 것입니다.

그런데 수년 전에 제법 큰 동포 현지법인인 신발업체가 도산을 맞고 기업주가 야반도주하는 사건이 있었습니다. 납품을 하던 협력업체의 피해는 물론이고 수천 명에 달하던 현지인 근로자는 외국인 기업주의 도주에 직장을 잃고 일부는 재취업을, 일부는 실직상태가 지속되고 있으나 한국과 같은 노조의 조직적인 대응은 보이지 않고 있습니다. 중국 등지에 초기 진출한 우리 유사업체들의 수법이 아직도 통하는 현실입니다. 이런 현상을 보면서 그 기업가는 노동력이 값싸니까 사람 자체를 값싸게 본 것이 아닌가 하는 생각이 듭니다.

기업이 어렵더라도 외국인 투자회사에서 자신들의 생업을 이어가던 순진한 현지근로자들의 생계나 사후대책 등 재생을 위한 공동노력의 안간힘은 써보지 않은 채 자신만 빠져나가면 된다는 식으로 잠적하는 처사는 인간에 대한 최소한의 신뢰마저 무너트리는 파렴치한 행동으로밖에 볼 수 없습니다. 이들이 한국의 이미지를 먹칠한다는 원론적인 판단을 차치하고라도. 최근 이곳 인도네시아도 국제 노동단체의 활동이 활발해지고 시민단체와 연계된 노동운동이 서서히 기지개를 펴는 현실에서 아직도 기업이 망하면 한국으로 도망가면 된다는 생각을 가지고서 우리의 일부 동포기업이 현지인의 노동문제에 대해 적극적인 대응책을 회피하고 과거 답습적인 노무관리로 자칫 위난을 초래하지 않을까 걱정입니다. 작게는 개인 운전사를 고용하여 이들을 관리하는 문제에서 크게는 기업의 수많은 근로자를 관리하는 문제까지 우리가 그들의 노동권이나 인권과 관련된 문제를 소홀히 취급해서는 더 이상 버틸 수 없을 것입니다.

지난해 순회영사차 지방을 간 적이 있습니다. 종업원 200여 명 정도의 중소규모 봉제공장에서 일부 근로자들이 집단행동을 한답니다. 계약직 형태의 고용전환을 추진하는 과정에 일부 반발한 근로자들이 고용주를 상대로 해고 수당 등 임금투쟁을 하는데 동조세력이 30명 내외이지만 걱정거리라는 동포기업인의 말입니다. 아직 전사로 확산되지 않았지만, 지역의 일부 시민단체원들이 이들을 배후에서 조종하고 있어 향후 파장이 우려된답니다. 또한 이는 비단 자기 기업만의 문제가 아닌 듯하다고 합니다. 앞으로 이런 추세는 점점 더 심해질 것이고 값싼 노동력에 안주하였다가는 낭패 보기 십상일 것이라는 진단입니다. 그런 가운데 또 다른 어떤 번성하고 있는 신발제조업체는 라마단 기간 중에도 근로자들의 노동의욕 고취를 위해 몰래 음식물을 반입시켜주는가 하면 직원 후생을 위해 각별히 노력한 결과 국제적인 사양길에 접어든 신발업계의 불황에도 주춤거림이 없이 뻗어나가고 있다고 합니다.

우리는 이곳 인도네시아에서 현지인 근로자나 고용원들을 자칫 내가 더 가진 자로 군림하며 살아가고 있는 것은 아닌지 성찰해볼 필요가 있다는 생각이 듭니다. 나는 기업을 경영해보지 않아 기업가의 체감 경영난을 잘 알지 못합니다. 그럼에도, 종전의 값싼 노동력에 안주하는 인해전술식의 고용전략은 한계에 직면할 것이라고 언급한 바 있는 신발기업체 관계자의 전망에 전적으로 공감합니다.

현대전에서 인해전술이 최첨단 장비와 무기 앞에 무력화될 수 있듯이 우리도 낡은 사고방식의 인력관리를 지양하고 인본, 인애의 가슴으로 현지전략을 잘 짜야 살아남을 것이라고 생각됩니다. 야반도주한 신발기업의 기업주가 평소 인본 인애의 경영철학을 가졌다면 과연 그 많은 근로자를 남겨둔 채 나 몰라라 하며 혼자만 홀연히 빠져나갈 수 있었을까요? 그는 분명 낡은 인해전술(人海戰術) 심지어 인해전술(人害戰術)에 심취해있었을 것이라는 생각이 듭니다.

마음이 따뜻한 경찰이 되고싶다

# 한국 아이를 찾아 가세요

■■

내 어린 시절 동네 어귀에 있는 고아원 아이들이 낯설게 여겨졌던 만큼이나 주변에 가끔 서성거린 혼혈인들도 나와 피부색과 생김새가 좀 다르다는 이유로 무섭게 느껴졌고 쉽게 그들과 어울릴 수 없었던 것 같았습니다. 우리의 20세기 혼혈인 역사는 이주과정에서 자연스럽게 생성된 미국이나 다른 나라들과 달리 한국전쟁이라는 특수한 상황을 겪으며 반도에 들이닥친 외국군대가 남긴 일종의 전쟁 상흔일 것이라고 생각됩니다.

그럼에도, 이들 혼혈인에 대한 우리의 시선은 결코, 곱지 않았습니다. 우리나라가 세계에서 보기 드문 단일민족임을 자긍심으로 내세운 국민 교육을 받은 탓인지 외국인과 피가 섞인 경계인에 대해서 배타적인 사고방식이 있었고 실질적으로는 당시의 혼혈인에 대해 전란에 진주한 외국군대 병사와 맺어진 비정상적인 관계 즉 어미가 생계를 위해 외국 군인과 동거하였거나 외국군 부대주변의 유흥업소 종사자라는 선입견으로 인해 더욱 그들을 이방인으로 취급하였던 것 같습니다.

그러나 그들 중에는 한민족 특유의 강인함을 물려받았는지 차별과 냉대 속에서도 가수로, 운동선수로, 지독한 차별이 만연된 세상에서 제법 성공한 사람도 있습니다. 2006년 미국의 슈퍼볼 MVP 하인즈 선수의 신화는 대표적입니다. 흑인의 피가 섞인 어린 자식을 데리고 이역만리 남편의 나라로 날아가 자식을 훌륭하게 키우기까지 그 어머니의 인생역정은 긴 한숨과 눈물로 점철되었을 것이지만 꿋꿋이 극복하고 세상을 향해 보란 듯이 우뚝 선 경우입니다.

그뿐만 아니라 지금은 우리 시골의 경우 장가들지 못한 농촌총각들이 동남아 여성들과 결혼하는 경우가 많고 이들의 2세가 초등학교 학생들 중 다수를 차지하고 있어 자연스런 현상(통계에 의하면 6만 6천 쌍이 외국인과 결혼한 경우이고 농촌자녀의 35%를 차지하고 있다 함. 이를 다문화 가정이라고 칭함)이 되었으나 얼마 전까지도 국제결혼에 대한 인식은 우호적이지 않았습니다. 특히 한국여성과 외국인 남성의 결혼은 소위 많이 배운 식자층이나 자유분방하고 진보적인 사고방식을 가진 일부 여성만의 전유물로 여겨져 특정 계층의 사람들만이 할 수 있는 일로 받아들여졌습니다. 또한, 외국으로 유학 떠나 현지인과 결혼하게 되는 경우 가문을 송두리째 먹칠하게 하는 행위로 간주되어 문중에서 파문을 감수해야 할 정도로 가족과 친지들의 반대에 부딪히던 것이 현실이었습니다. 이 역시 잠재된 단일민족 강박 관념의 표출이었고 지난날 전쟁의 소용돌이 속에 외국군인과 맺어진 비정상적인 결합의 잔영일 것입니다.

그러나 21세기 글로벌 시대를 살아가면서 우리는 그동안 수많은 한국인이 세계로 나갔고 또한 많은 외국인도 한국으로 유입되는 현상에 직면하고 있습니다. 외국과의 일상화된 교류는 외국인과 한국인이 서로 자연스럽게 혼인하는 사회적 현상을 불러일으키고 있습니다. 이렇다 보니 이제는 한국밖에 세계 도처에서 한국인과 현지 외국인 간 혼인은 큰 시선거리가 되지 못하는 것 같습니다.

  내가 있는 이곳 인도네시아에도 현지인과 결혼한 한국인이 제법 있습니다. 현지인 남자와 한국여자와 결혼하여 사는 커플들이 몇몇 있기는 하나 드문 편이고 현지인 여자와 한국인 남자의 결합이 대부분입니다. 아무래도 여성보다 경제적 활동 영역이 넓고 다양한 남성들이 인도네시아로 상대적으로 많이 들어왔고 이들이 결혼 적령기가 되었으나 한국으로 돌아가서 배필을 찾지 못하여 현지 여성과 결혼하였거나 장기간 체류하면서 사별 등으로 재혼하는 형태의 정상적인 혼인을 한 경우와 여러 가지 이유로 동거 형태의 사실혼 관계인 경우도 있습니다.

  한국 남자의 근면성과 성실성이 인도네시아 여성들에는 괜찮은 신랑감으로 여겨지고 있고 혹은 딸을 둔 가난한 시골가정에서 입하나 더는 셈치고 외국인과 결혼을 쉽게 허락하기도 하기 때문에 이들의 결합이 어렵지 않게 이루어지고 있는 것 같습니다. 그런데 나는 이곳에서 한국남성과 인니여성의 결혼 가운데 비정상적인 상황을 많이 보게 되었습니다. 대부분 한국인 남자의 나이가 인니여성들보다 10세 전후 많은 커플이었습니다. 특히 정상적인 혼인보다는 동거형태가 많은 것을 알고 있습니다. 동거남은 가족을 한국에 둔 채 사업차 혈혈단신 날아와 장기간 남자 홀로 생활하기란 쉽지 않았을 것이고 제법 괜찮은 신랑감으로 인식되어 현지인 여자와 교제가 이루어지고 사실혼 관계를 유지하면서 한국의 본부인과 처를 둔 채 이중생활을 하는 경우를 많이 봅니다. 또 다른 이유는 적법한 체류자격을 취득지 못하자 현지인 여자와 결혼이라는 형태를 이용하는 경우입니다.

  나는 지난해 가을 버까시 지역의 교민사망 사건 현장에 간 적이 있습니다. 50대의 K씨는 일정한 직업이 없이 10여 년 전 인도네시아로 들어와 한국인 회사를 전전하다가 몇 년 전부터는 직장도 없고 불법 체류가 되자 우연히 알게 된 현지인 여자와 동거를 하였고 6살 된 여자아이까지 두었습니다. 수입원도 없이 동네 사람들로부터 끼니를 도움받아 살아가던 무능한 가장에 대해 현지인 처는 더 이상 참지 못하고 아이를 데리고 잠적하였고 K씨는 영양실조로 사망하였습니다. 남편의 사망소식을 듣고 귀가한 현지인 처와 아이는 남편의 죽음에 대해 슬퍼하기 이전에 장례비용과 병원영안실 사용료를 걱정하며 대사관에서 도와주기를 요청하였습니다. 나는 그 여인의 딱한 사정을 듣기보다는 초라한 행색의 어미 옆에서 큰 눈망울로 사태의 심각성을 인식하지 못한 채 이방인인 나를 낯설게 바라보는 여자아이에게 눈길이 갔습니다. 아이는 얼핏 보이도 한국인의 피가 섞인 혼혈아임을 알 수 있었습니다. 아이의 한국말은 아저씨 정도밖에 할 줄 모르고 내가 건넨 5만 루피아 지폐에 좋아라하고 팔짝 뛰는 천진난만한 모습에 나는 씁쓸한 연민의 정이 밀려왔습니다. 여자아이는 물론 인도네시아 국적을 보유하고 있을 것입니다. 그러나 먼 훗날 제 아비가 천만리 먼 나라에서 온 사람이라는 것을, 그리고 어미와 합법적인 결혼이 아닌 체류를 목적으로 함께한 극빈한 삶 가운데 죽어갔고 이로 인해 자신도 주변인으로 힘겹게 살게 되면 아비와 아비의 나라에 대해 혹시 원망을 하지 않을까 적잖이 우려스러웠고 동포라는 이유로 마치 내가 잘못한 것처럼 죄책감이 밀려왔습니다.

K씨만의 일이 아니었습니다. 나는 몇몇 한국인 사건을 처리하는 과정에서 한국에 처와 자녀를 두고도 인도네시아 현지인 여자와 동거 하는 이중생활을 하는 한국 사람들을 접하게 되었고 그들 사이에 2세가 있다는 것도 알게 되었습니다. 그럼에도, 한국의 처와 자녀들은 이

역만리 뙤약볕 아래에서 가족을 위해 고생하는 가장을 염려하고 있을 것을 생각하니 연유야 어쨌든 그들이 싫었습니다. 이런 교민들 중 일부는 제대로 된 직장을 가졌거나 사업을 하고 있지 못하고 있었습니다. 몇 차례 실패를 겪고 경제적으로 힘든 가운데 생활하고 있는 경우였습니다. 이러다 보니 정신적 육체적 의지가 필요했을 것이고 또한 정상적인 체류에도 문제가 생겨 부득불 현지인 여인과 사실혼 관계를 가지게 되었으며 자녀까지 두게 된 것일 것입니다. 그러나 나는 그들의 도덕성을 탓하기 이전에 그들 사이에 새롭게 태어난 자녀 문제를 생각하게 됩니다. 물론 그들이 재기하여 현지처와 자녀에 대해 부모로서 책임을 다한다면 최소한의 의무감에서 벗어날 수 있다고 보지만 현실적으로 그렇게 잘되지 않는 것 같습니다. 현지처와 자녀를 버리거나 한국으로 훌쩍 잠적해버리니 말입니다(물론 반대의 경우도 있다. 현지처가 자녀를 데리고 재산을 챙겨 사라지는 경우나 남편의 무능을 이유로 떠나버리는 경우이다). 그 자녀들은 과연 자라서 아비의 무책임한 행위를 어떻게 받아들일까요? 혼혈아로 살아가며 훌쩍 떠나버린 미군 흑인 병사 아버지를 그리는 우리의 지난날 혼혈아와 같은 전철을 그들도 밟아가며 떠나가 버린 아비를 원망하고 그 아비의 나라를 멀리서 욕하고 살아가지 않을까요? 어느 날 시골 파출소로부터 공관에 날아든 전화 한 통화가 있었습니다.

다름 아닌 한국인 7세 여자아이를 보호하고 있으니 찾아가라는 것이었습니다. 나는 그때까지 공관에 아이를 잃어버렸다는 신고를 받은 사실이 없었으나 혹시 모른다는 생각에 현장으로 갔습니다. 파출소 안에 보호 중인 소녀는 한눈에 알 수 있을 정도로 걸인에 가까운 남루한 차림이었고 한국 아이 인상은 아니었습니다. 태국이나 캄보디아 등 남

방계 아이인 것 같았습니다. 그래도 나는 아이에게 다가가

"몇 살이니?"

"이름이 뭐니?" 하고 한국말로 물었으나 아이는 나와 눈길을 맞추지 않은 채 자폐증 증세의 아이처럼 내가 알지 못하는 말로 중얼거렸습니다. 나는 아무리 보아도 아이가 한국 아이라고 할 만한 점을 찾을 수 없었습니다. 그래서 파출소 경관에게 "이 아이가 어떻게 한국인이라고 생각하느냐?"고 묻자 그 경관은 구체적인 답변은 회피한 채 자기 관할에 한국인들이 현지인 여자와 사는 경우가 많은데 종종 아이를 버리고 부부가 잠적하고 있어 이 아이도 버려진 아이가 아닌가 하고 한국 대사관에 연락하였다고 합니다. 나는 한국 아이라고 할 만한 정황을 찾지 못하고 경찰에 그런 내용을 설명한 후 아이를 그대로 남겨둔 채 되돌아왔습니다. 이후 그 파출소에서 아이를 다시 찾아가라는 연락은 없었지만 나는 그 아이가 혹시 한국인과 현지인 사이에 태어난 아이 'Koindonesian'이 아니었나 하는 의구심이 지금까지 남아있습니다.

이곳 인도네시아에서 본의 아니게 체류를 목적으로 위장결혼을 했던지 부득불 현지인과 사실혼 관계를 맺고 있든지 그들 자녀가 21세기 글로벌 시대에는 'Koindonesian'으로 살아가면서 지난날 우리 땅에서 힘겹게 살아온 혼혈인들과 똑같은 전철을 밟지 않기를 바랍니다.

# 산상(山上) 가라오케

■■

    예로부터 우리 민족을 칭하여 중국인들은 음주 가무를 즐기는 민족이라고 하였습니다. '음주가무(飲酒歌舞)' 술 마시고 노래와 춤을 춘다는 뜻으로 풀이되고 삶의 방식의 하나라고 보이는데 이런 풍속은 좋은 의미로는 풍류를 즐기며 삶을 여유롭게 산다는 의미지만 단어가 지닌 행위 상황을 따져보면 음주와 가무가 병행되는 것을 말하는 것 같습니다. 즉 음주가 전제되지 않으면 가무 상황이 연출되지 않는다고 볼 수 있습니다. 이 사자성어가 술만 즐긴다는 뜻이 아니고 적당한 취기가 있어야 노래도 부르고 춤도 춘다는 것입니다.

    요즈음이야 노래방이라는 폐쇄공간이 있어 남녀노소를 불문하고 가족단위든 친구사이든 계모임이든 생얼(화장하지 않은 맨얼굴을 지칭하나 여기서는 알코올이 얼굴색을 붉게 물들게 하지 않은 상황) 상태로 노래들을 곧잘 합니다. 이런 행태는 자연스럽게 가족단위의 문화로 정착되어 가면서 가정용 노래방 기기가 성행하였고 종전 양반집 운운하며 가정의 대소사에도 남자어른들은 사랑방에서, 아녀자들은 부엌에서 아이들은 마당 어귀에서 뿔뿔이 모여 있던 풍속에서 벗어나 거실 한가운데 노래방 기기를 설치해두고 할아버지, 할머니, 며느리, 손자 할 것 없이 가벼운

차와 다과상 앞에 두고 흥겹게 한 곡조 뽑아대니 세월이 많이 변했고 진정한 가정의 화목이 뭔가를 깨닫게 해주어 가족 문화도 한 층 더 발전되고 있다는 생각입니다.

그래도 역시 신명나게 한 곡조 뽑으려면 술이라는 양념이 뒷받침되어 주지 않으면 어째 자장면 먹으면서 단무지나 양파를 먹지 않은 것 같아 뭔가 부족한 느낌이 드는 것이 남자들의 유흥행태가 아닌가 싶습니다. 치열한 생존 경쟁 현장에서 때로는 상사 및 동료와 마찰로, 계약 성사 건으로, 접대를 위해…. 등등 건수를 만들어 자기 합리화를 시키면서 자연스럽게 퇴근 후 술잔을 기울이고 적당히 취기가 오르면 한민족 특유의 본능에서 우러나오는 음주에 이은 가무가 그리워지면서 2차를 가게 되고 2차는 꼭 노래방이나 룸살롱, 가라오케 등 반주기가 있는 술집을 찾게 됩니다.

전 국민의 가수화를 표방하며 90년 초부터 혜성처럼 나타난 우리의 노래방 문화는 평소 샌님 같은 사람도 마이크만 잡으면 프로를 뺨치는 수준의 노래실력을 발휘하게 되었습니다. 물론 이것은 적당히 오른 알코올 기운이라는 든든한 후원자가 있었기 때문일 것입니다. 그리고 노래에 곁들인 갖은 행태의 춤사위는 가히 공연장 전문 백댄서들을 방불케 합니다.

옛 선조의 기질을 그대로 물려받은 우리는 똑똑한 후예들이 많습니다. 서울 강남을 휘어잡고 강북의 북창동으로 이어지는 밤 유흥문화는 그 백미입니다. 나는 그 유흥문화의 세계적 경쟁력과 우수성을 익히 짐작은 했지만, 이곳 자카르타에 근무하면서 실감이 나게 알게 되었습니다. 국민 대부분이 회교도인 인도네시아 발령을 받고는 음주가 금지되고 엄격한 규율의 나라라고 생각하여 감히 한국의 노래방이나 룸살롱 같은 유흥문화가 있을까 했지만, 막상 내가 사는 이곳 자카르타만 해도 수십 군데의 가라오케와 노래방에서 한국노래와 주류들이 있어 큰 불편 없이 음주 가무 할 수 있는 것과 이 중 상당부분이 한국민들이 운영하는 것을 알고 놀랄 지경이었습니다.

고국의 손님이 왔을 때 피곤한 여정을 풀어주기 위해, 힘든 타국살이의 짐을 잠시 들어놓기 위해 그곳은 적당한 음주와 가무가 전제된다며 우리네 삶의 활력소가 될 수 있습니다. 가끔씩 아낙네의 의심에 찬 눈빛이 우리를 감싸고 있지만, 음주 가무를 즐기는 조상의 빛난 혈통을 무시하고 살 수 없지 않은가요?

이렇듯 음주가 전제되지 않은 노래를 부르는 것이 어색하기 그지없는 일임에도 나는 인도네시아 사람들과 몇몇의 공식, 비공식 행사에서 그들이 술을 마시지 않은 채 노래를 부르는 것을 보고 문화적 차이를 크게 경험하게 되었습니다. 그리고 분위기가 무르익으면 여러 명이 나와서 내가 학창시절 다림질에 찌든 교복을 착용하고 상의 단추 몇 개를 풀어 제치고 친구들과 함께 추던 '허슬'이라는 춤과 비슷한 그룹댄스를 하는 것을 보고 이 나라 사람들도 흥겨움은 몸에 배어 있구나 생각했습니다. 술을 마시지 않았는데도 그런 행동들이 전혀 어색지 않았기 때문입니다.

나의 문화적 충격은 여기서 그치지 않습니다. 그들은 그런 유흥시간을 공식행사에서도 거리낌 없이 했습니다. 얼마 전 식목일을 맞이하여 한-인니우호 조림식 행사가 인도네시아 정부 관계 장관급이 참석하여 자카르타 근교 야산에서 이루어졌습니다. 늘 그렇듯이 공식행사는 참석 귀빈들의 인사말, 축사 등으로 진행되며 단하의 참석자들은 별 흥미 없이 무료하게 시간이 끝나기를 기다리는 것이 속성입니다. 그러나 그날 행사장은 산 중턱에 가설무대가 설치되어 있었고 행사 시작 전부터 아리따운 아가씨가 전자 올겐 배경음악에 맞추어 대중가요를 부르면서 식전 무료한 시간을 달래주고 있었습니다. 나는 이것이 공식 행사 전 식전행사로 생각하고 정부 고위관료가 참석하는 행사인데 모양이 좀 그렇다고 느꼈습니다.

그러나 나의 이런 판단과는 달리 공식 행사인 귀빈인사말, 식목행사 등이 끝나고 중식시간이 되자 조금 전 대중가요를 부르던 여자가 무대에 나타나 사회를 보면서 참석 귀빈들에게 노래 부르기를 권유하였습니다.

행사 참석자들은 박수로 그들을 무대로 불러들였고 그는 장관급 정부 고위인사임에도 전혀 시양하는 제스처를 취하지 않은 채 당연하다는 듯이 마이크를 넘겨받아 한 곡조 뽑았습니다. 나는 그 노래가 선구자나 애국가 등 격식에 찬 노래가 아님을 알았습니다. 참석한 현지인들이 박수를 치며 장단을 맞추었기 때문이었습니다. 그렇게 그날은 참석귀빈들이 차례로 몇 곡의 노래를 불렀고 행사는 마쳤습니다. 소주나 맥주 같은 주류들이 동반된 것은 결코 아니었습니다. 나는 두 가지 사실에 놀라지 않을 수 없었습니다.

첫째, 정부 관료가 참석하는 그것도 외국과 합동으로 하는 행사에, 더욱이 많은 언론도 관심을 가져 기자들도 많이 취재를 하고 있었는데 대중음악을 곁들인 여흥의 시간을 가질 수 있을까요? 한국이라면 어땠을까요? 언론사 톱뉴스가 되면서 '식목일 날 산속에서 가수까지 불려들어 노래자랑' 등 가쉽성 멘트와 기사가 넘쳐나고 그 다음 날로 담당공무원들은 여론재판에 휘둘리며 직을 계속 유지하기조차 어려운 상황으로 몰릴 것이 자명한 그림입니다. 두 번째는 설사 공식행사에 여흥시간을 가진다고 하더라도 술도 한잔 마시지 않고 그렇게 즐겁게 노래를 부를 수 있을까 하는 점입니다. 나는 이전에도 몇몇 공식행사 무대 위에 노래방기기나 전자오르간 등 반주기들이 설치되어 있고 행사에 노래 부르고 춤추며 즐기는 절차가 포함된 것을 경험한 적이 있습니다. 물론 음주가 곁들여진 것은 아니었습니다. 이 두 가지 현상에 나는 그들의 진정한 풍류와 여유로움을 배우게 됩니다. 딱딱한 행사에 여흥시간을 마련하는 여유로움 그리고 만취상태로 잘 다져놓은 인간관계를 갑작스런 돌발 행동으로 망치고는 '취중실수'라고 변명하기에 급급하기보다는 맑은 정신으로 노래하며 자신의 즐거움은 물론 동반자에게도 부담을 주지 않는 행동이 진정한 풍류가 아닌가 생각합니다. 물론 우리의 술 문화도 과도한 폭탄주 안 돌리기 등 절제 분위기가 확산되는 요즈음 그리 폄하될 정도는 아니지만….

# 무지갯빛 나라 인도네시아

::

'그 사람 색깔이 뭐야?', '정치색이 있는 사람이구면', '무색무취한 사람이야.' 등 우리는 사람의 성격, 성향을 나타내는 말로 가끔 색깔이라는 용어를 사용합니다.

뿐만 아니라 색깔은 정치인들 사이에 종종 논쟁거리가 됩니다. 그 중 특히 '레드(RED)'로 함축되는 특정 이념성향에 대한 이런 논쟁을 색깔론이라고 부릅니다. 붉은색이 지니는 피, 투쟁, 과격 등이 바로 '레드'의 상징이고 스탈린, 모택동 등 국제 공산주의 선전선동가들의 정치이념 색입니다.

이처럼 우리는 색깔마다 여러 가지 의미를 부여하고 살아갑니다. 흰색의 청결, 순결, 검은색의 죽음, 어둠, 음모, 푸른색의 평화, 노란색의 희망, 분홍색의 연정 등 요즈음 정당들로 각자의 정당색깔을 가지고 통합이미지(CI) 전략 아래 사용되어지고 있습니다. 그런데 나는 나라들도 색깔로 분류한다면 다민족, 다종교 국가인 인도네시아는 무지갯빛 색깔 나라라고 단정하고 싶습니다. 빨, 주, 노, 초, 파, 남, 보의 일곱 색깔 무지개, 비가 온 뒤 맑게 갠 하늘 위에 나타난 둥근 아치형의 신기루. 동산을 내달리며 잡으려는 아이들의 작은 꿈으로 상징된

마음이 따뜻한 경찰이 되고싶다

다색의 무지개. 성분으로 분석하면 대기 중의 수포가 햇살의 반사를 받아 프리즘처럼 여러 가지 색깔로 나누어져 비치는 일종의 수포 기둥입니다.

인도네시아는 무지개가 가진 색깔처럼 다양함과 둥근 아치형의 모양만큼 아름다움과 조화로움이 연출되는 나라 같습니다. 인도네시아는 적도를 끼고 남북 위도 6도에 걸친 적도 주변의 나라입니다. 자연히 강렬한 태양이 일상화되어 있고 강렬한 태양빛을 머금은 대부분의 사물들은 원색의 화려함을 뿜어내고 있습니다. 이런 점은 그들의 삶과 예술 등 다방면에서 나타납니다. 시골여인의 모습이나 농사짓는 농부의 모습을 그린 화가들의 미술작품에는 이런 것이 잘 반영되어 있고 또 자카르타 시내를 조금 벗어난 근교의 건축물도 외관의 색들이 분홍, 노랑 등 밝은 색깔로 많이 이루어져 있으며 여인들의 일상적인 옷도 밝은 계통의 원색의 옷들이 많습니다. 반짝이는 장식물이 부착되어 있는 점은 무지개의 반사 빛을 연상케 합니다. 뿐만 아니라, 인도네시아 사람들이 좋아하는 음식에도 빛의 색깔이 많이 들어 있습니다. 그들의 음료수, 간식용 떡 등에도 붉은색, 푸른색 등 원색의 색소가 곁들여진 것이 많습니다. 짙은 녹색 물이 물든 떡이나 케이크 종류, 나는 이를 '알록달록 패션'이라고 부릅니다. 한때 한국에서는 검정, 흰색 등 단색 계통의 패션에 반기를 들고 붉은색, 분홍색, 노란색 등 밝고 화려한 색의 옷이 유행을 타면서 촌티패션이라고 불리며 인기를 끈 적이 있습니다. 이런 패션에 대해 기존에의 탈피, 권위에의 도전, 자유분방 등 의미를 부여하기도 했습니다.

인도네시아의 이러한 무지갯빛 색깔 문화는 아마도 지리, 기후적인 영향일 것입니다. 북유럽의 경우 햇볕이 적고 우중충한 날씨에 걸맞게 그들 나라의 건축물은 현무암에 짙게 베인 검은 돌이끼만큼이나 어두운 느낌을 주는 반면 지중해의 포근하고 따뜻한 기후는 스페인 등 남유럽이 오렌지빛 등을 연상케 합니다.

인도네시아의 무지갯빛 색깔 패션만큼이나 그들의 삶은 무지개의 조화로움과 부드러움이 늘 함께 합니다. 하늘이 뚫어진 듯 쏟아지는 스콜성 폭우에도 길을 재촉하기보다는 버스정류장, 건물 처마에서 비가 그치기를 기다리고 쓰나미의 재앙과 강진의 공포에도 시간을 캐며 버티는 그들은 마치 비 갠 후 강렬한 태양빛에 의지하여 반공에 솟은 무지개의 아름다움과 조화로움 같이 언제 그랬나 싶게 다시 활기를 찾는 것이 바로 자연에 순응하고 조화하는 그들의 삶의 모습입니다.

젖은 물기를 탓하기보다는 다시 강한 볕에 말리며 일상으로 돌아가는 삶의 모습은 바로 비온 뒤 남은 대기 속 수포가 태양빛을 받아 아름답게 색을 발산하고 둥글게 반구를 그리며 조화하는 무지개와 같지 않은가요? 나는 붉은색의 나라, 검은색의 나라, 흰색의 나라와 같은 일색의 나라보다 밝고 다양한 색을 가진 무지개처럼 다민족 다종교의 나라이면서도 아름답고 조화롭게 살아가는 인도네시아가 더 정겹게 느껴집니다.

마음이 따뜻한 경찰이 되고싶다

# 제복으로 극복한 다민족, 다종교

군인, 경찰관, 소방관, 교도관의 공통점을 꼽으라면 첫째는 국방, 치안을 담당하는 국가 안전기관이라는 기능적인 측면을 꼽을 수 있을 것입니다. 그러나 외형적인 시각으로 보면 이들은 정모, 정복, 계급장 등 통일된 복장 즉 제복을 착용하는 집단이라는 점입니다.

일제히 같은 모양의 옷을 착용한다는 의미의 이들 기관의 제복은 내부적으로는 소속감, 통일성, 일사불란함 등을 대외적으로는 기능의 권위성을 나타냅니다. 비단 이들 직업군뿐 아니라 법정 내의 판검사들의 법복의 경우 사법정의 권위를, 승려, 신부 등 성직자의 경우 성스러움을, 학생들의 교복은 절제, 단정 등 교육목적상, 항공기 조종사나 승무원등의 제복은 안정감과 세련미 등 고객서비스 차원에서 등등 우리 사회에도 많은 제복문화가 자리 잡고 있습니다.

분명 각자 취향에 맞는 소위 사복을 착용한 사람들의 집단보다 제복을 착용한 집단이 더 강한 결속력을 보여주는 듯합니다. 우리는 사기업 등 민간부분의 여러 단체도 이런 점을 중시하여 사원연수회나 단체 행사시 통일된 복장을 착용하는 것을 볼 수 있습니다.

하지만, 우리가 정작 느끼는 제복의 백미는 군이나 경찰관 등의 정모와 정복문화일 것입니다. 과거 일제식민지 시절 일본도를 옆구리에 차고 긴 장화를 신은 채 독립투사들을 탄압하던 일본 식민지 제국주의 군인과 경찰의 모습에서 자연히 그 거부감이 내재되어 있으나 아직도 민주주의가 발전된 국가나 독재국가를 막론하고 군이나 경찰의 제복 착용 제도를 부정하는 획기적인 변화를 모색하는 나라는 없습니다.

그런데 나라별 제복의 외형적인 모습과 부착물의 종류를 자세히 살펴보면 선진 민주주의 국가와 후진적인 독재국가의 차이점을 발견하게 됩니다. 한마디로 민주적이고 선진국일수록 제복의 외형과 부착물이 간소한 반면 후자의 경우 제복이 다소 요란한 색상에 부착물도 갖은 종류를 다 착용하고 있습니다. 비근한 예로 우리는 TV등 매체를 통해 북한의 고위 군 장성들이 군대사열을 하면서 단상에 서 있는 그들의 정복 상의에 부착할 곳이 없을 정도로 많은 훈장과 부착물을 가슴에 착용하고 있는 모습을 볼 수 있습니다. 이런 제복은 기능성과 권위성 중 권위성을 강조하는 측면이 강할 것입니다. 제복의 외형적인 모습이 민주주의와 상관관계가 있는 것이 아닐까요?

나는 경찰주재관으로서 자연스럽게 인도네시아 경찰의 제도에 관심을 갖게 되고 특히 눈에 제일 먼저 띄는 인니경찰 제복에 대해 유심하게 관찰하여 우리 경찰제복과 비교해보게 됩니다.

인니경찰 제복은 색상 면에서 상의 연갈색과 하의 짙은 갈색으로 구분됩니다. 우리는 최근까지 상의 연한 청색과 하의 짙은 감청색을 기본개념으로 근무복과 정복의 형태를 유지하고 있다가 국민에게 밝은 이미지로 다가간다는 취지로 최근에 상의를 흰색 계통의 색상으로 바꾸었습니다. 인니의 경우 갈색계통은 강렬한 태양과 피부색을 상징한다고 합니다. 색상 외 외형적으로는 우리 경찰과 별다른 점이 크게 없으나 상의에 가로밴드를 착용하여 권총 등 장비의 무게감을 덜어주면서 권위스러움을 나타내고 폭이 넓은 하의 혁대를 끼울 수 있게 하의의 혁대 걸이가 있는 점 등에서 다소 기능성이 우리보다 나은 듯하며 교통경찰관은 서부의 사나이들이 신는 긴 장화형 구두를 착용으로써 비가 많은 인니의 기후특성에 맞추고 권위성도 내세우고 있는 점 등이 좀 다릅니다. 장군급 등 고위 간부들은 계급장을 금장으로 한 점은 권위성을 더욱 강조한 것으로 보이고 정모 모자챙 주변에 금사로 월계수 잎 장식을 수놓은 것은 화려함의 정점에 이릅니다.

아직 계급체계는 군과 동일한 계급체계를 가지고 있으나 여러모로 인니경찰의 제복은 나름대로 멋을 더해가고 있습니다. 그런데 인니경찰은 이러한 정복형태의 제복만 있는 것이 아닙니다. 과거 우리나라에서 60년대와 70년대 초 국가재건을 기치로 대통령을 위시하여 전 공무원이 매진하던 시절 착용하던 소위 재건복이라는 형태의 간편복을 인니경찰은 필요시 착용합니다. 이는 경찰제복이라기보다는 사복에 가깝고 셔츠 형태의 상의 긴팔에 하의로 이루어져 있으며 색상은 검정색, 연녹색이 주류를 이룹니다. 경찰 기능 중 정보, 수사 등 소위 사복부서 요원들이 필요시 착용하고 반드시 경찰표지 배지를 상의 오른쪽 흉부에 착용하는 점이 일반 평상사복과 다른 점입니다. 이 복장은 개인적인 용무를 보기 위해 외출을 하거나 일과 후, 출퇴근 시 착용할 수 있어 기능적인 편의성을 제공하는 것 같습니다.

그런데 인도네시아는 경찰뿐 아니라 정복과 정모를 착용하는 다른 부분의 기능이 참으로 많은 것 같습니다. 우리와 같이 군, 소방은 물론 일반 정부부처 공무원들도 제복을 착용하고 있습니다. 이민국, 사설 경비원은 물론 주지사 등 정부관계자는 정모와 정복이 있으며 일반 공무원들도 위의 재건복 형태의 옷들을 많이 착용하고 있습니다. 또한, 그들 소속부처의 고용원들조차 통일된 복장을 착용하고 심지어 경찰관의 부인들도 행사 시 연분홍색의 통일된 질밥과 투피스를 착용케 하는 것을 보면 제복들을 꽤나 좋아하는 눈치입니다. 인니의 역사를 더듬어 이들에게 어떻게 제복문화에 만연되었을까 생각해보면 일단 과거 장기간 군부독재 시절의 잔재가 아닌가 생각하다가 한편으로는 다민족과 다종교로 이루어진 국가로서 국가권위를 내세우고 통일된 방향으로 나라를 통치하기 위한 방편의 하나로 여러 기능의 공무원 조직에 제복문화를 도입한 것이 아닌가 생각해봅니다. 그리고 일반인들이 경찰 등 국가기관 법집행에 큰 거부감 없이 잘 받아들이는 것도 제복 문화가 한 몫하고 있는 것이 아닌가 하는 아전인수식 해석도 해봅니다. 내가 처음 인도네시아에 왔을 때 한국의 특수부대요원과 거의 비슷한 복장을 하고 호텔, 아파트에 배치된 사설 경비원을 보고 '인니에는 테러가 많이 발생하니 특수부대 요원들이 도심깊이 배치되는구나!' 하고 착각했지만 생각해보면 인니의 제복문화는 나름대로 이유가 있음이 분명한 것 같습니다.

# 자카르타 오토바이

긴팔 점퍼, 안전모, 방풍 조끼, 등에 둘러멘 소형 등산용 가방, 그리고 마스크나 수건으로 입을 가린 사람들이 배기량 100cc 내외의 오토바이를 타고 질주하는 수도 자카르타 도심도로, 한국에서 막 도착한 관광객이라면 출퇴근 시간이 아닌 시간대에도 많은 오토바이 행렬을 보고 택배업을 하는 사람들이 왜 이렇게 많을까 하고 의아해할 수 있을지 모르지만, 엄연히 이곳에서는 오토바이가 서민들의 중요한 교통수단입니다.

한국에서는 농촌 가정에도 자가용 차량이 보급되면서 마이카시대가 도래했다고 호들갑 떨던 것이 아득히 먼 이야기가 되어 지금은 대부분 가정이 1가구 1차량은 물론 갓 직장을 가진 신입사원들조차 할부로 차량을 먼저 구입할 정도이니 자가용을 가진 것이 부의 척도로 비쳐지는 시대는 지났지만, 인도네시아에는 부유층이 고급외제 차량을 1-2대 소지하는 경우가 많고 중산층 이상의 사람들도 자체 국내 브랜드가 없어 일제 토요타, 벤츠 등을 소유하고 있어 외제 차량이 도로를 장악하고 있지만, 실제 서민들은 다른 동남아 여러 나라와 마찬가지로 오토바이가 승용차를 대신하고 있습니다.

비록 새 오토바이를 구입하지 못하더라도 500백만 루피아(한화 50만 원 상당) 내외의 중고 오토바이 한 대면 한 가족이 출퇴근용으로는 물론 나들이용으로 사용할 수 있으니 그것만으로도 적당한 수준의 생활을 하는 사람들 부류에 속할 것입니다. 아내와 노모, 아이들 3명 도합 6명이 작은 오토바이에 몸을 싣고 질주하는 모습을 본 적이 있습니다. 곡예를 하는 듯한 모습이었지만 단란하게 살아가는 가정의 조그만 행복을 엿보는 듯해 작은 미소가 머금어졌습니다.

이곳 자카르타는 지하철 등 대중교통 시설이 잘 발달되어 있지 않아 나는 출퇴근 시 개인 승용차를 이용합니다. 이국땅의 아침저녁 출퇴근 시 보이는 도시 속의 인도네시아 사람들의 모습은 한국이나 별반 다를 게 없지만 그래도 물밀듯이 밀려오는 오토바이 행렬을 바라보는 일은 볼수록 재미있습니다. 극심한 교통체증 속에 승용차 사이를 교묘히 빠져나가는 그들의 운전솜씨며 수백 대의 오토바이가 통과하여도 안전모를 착용치 않은 운전자를 발견하기는 하늘의 별 따기 만큼이나 힘든 일이고 뒷좌석에 동승한 사람들이 가끔 안전모를 착용치 않고 있는 모습을 본 적이 있으나 그것도 2년여의 자카르타 생활 중 손꼽을 정도입니다.

한국의 '빠라빠라빠라바족'들이 안전모 착용치 않고 도로를 활개치다가 경찰과 추격전이 벌어지는 장면을 생각하면 이곳은 경찰의 단속이 별로 없는 것 같은데도 안전모 착용이 완벽한 것은 이들이 생활화된 오토바이 교통에서 그동안 수많은 사고를 통해 체득한 안전의식이 아닌가 싶습니다. 우리 한국경찰은 굳이 개인의 생명보호와 안전을 국가가 강요하지 않아도 될 일을 하는 것이 아닌가 싶습니다. 오토바이가 넘치니 관련 용품판매상들도 심심찮게 눈에 띕니다. 안전모, 비 오는 날을 대비한 우의, 그리고 수리가게. 인도네시아에서 오토바이 수리기술만 하나 가지고 있어도 먹고 사는 데 지장이 없을 것이라는 말이 있을 정도로 수리가게도 성업입니다.

최근에 이런 오토바이의 도로주행이 끼어들기와 사고가 빈발하자 경찰에서는 상시 전조등 점등, 왼쪽 길 이용 등 몇 가지 규제방안을 내놓았습니다. 제도의 시행에는 많은 반발과 착오가 있을 것 같은데도 어느 날 나는 출근길에 오토바이들이 전조등을 켜고 대부분 평소와 달리 왼쪽 길로 달리는 모습을 목격하면서 경찰의 단속방침 발표 후 얼마 되지 않았는데 많은 오토바이 운전자들이 규칙을 지키고 있는데 대해 가끔 시내 한복판에서 무단 횡단하는 행인이 많아 기초질서의식이 부족한 것 같다는 내 느낌과 달리 국가시책에 묵묵히 따르는 그들의 준법정신을 새삼 깨닫게 되었습니다.

하지만, 오토바이는 개인 승용차로 사용되는 것만 아닙니다. 지방 어느 소도시에는 자전거가 택시역할을 하는 영업용 자전거(시크론)이 있는 반면 수도 자카르타는 '오젝(ojek)'이라고 칭하는 영업용 오토바이도 있습니다. 외견상 일반 오토바이와 차이를 발견할 수 없고 그냥 오토바이로 영업행위를 하는 것입니다. 한국에서는 교통체증이 심하여 급한 약속시간을 지키기 위해 택배 오토바이에 몸을 싣고 약속 장소로 이동하는 경우가 종종 있으나 이곳의 오젝은 택시와 똑같습니다. 거리에 따라 다르지만 대략 5,000루피아(500원)면 이용할 수 있다고 하니 서민들의 중요한 교통수단인 셈입니다.

외견상 오토바이 뒷좌석에 사람을 태우고 가는 것이 오젝 운전사와 손님인지 아니면 일반 자가용 오토바이에 지인이나 동행인이 함께 이용하는 것인지 구별이 잘되지 않습니다.

그러나 나는 오랜 관찰을 통해 한 가지는 확신할 수 있습니다. 일단 운전자의 등에 가방을 메고 있으면 뒤에 탄 사람은 승객이 아닙니다. 오젝 기사들은 가방을 둘러메고 다니지 않습니다. 둘째, 뒷좌석의 젊은 여성이 운전자와 같은 포즈로 앉아 양손을 운전자를 등 뒤에서 감싸 안고 있다면 이는 애인, 부인 또는 지인일 가능성이 큽니다. 오젝 여성승객일 경우 대부분 두 다리를 한쪽 방향으로 두고 양손도 운전자의 허리춤이나 좌석 난간 쇠 받침을 잡고 있는 경우라고 보면 됩니다. 낯선 남자와 몸을 부딪치는 것이 아무래도 익숙하지 않은 본능에서 나온 자세일 것이다. 그 외 운전자의 신발이 슬리퍼 등 간편한 것을 착용한 경우, 운전사의 안전모보다 뒷좌석의 동행인이 크기가 작고 두께가 얇은 약식 안전모를 착용한 경우 등입니다. 나는 이를 확인하기 위해 내 운전수에게 출퇴근길에 오젝 기사 알아내기 게임을 하면서 시간을 보내봅니다. 짜증스런 시내 교통체증에 발이 묶여 있는 시간들을 별로 지겹지 않게 보내는 방법 중 하나입니다.

이렇게 자카르타에서 오토바이 군상들은 나에게 또 다른 재밋거리를 제공해 주었지만, 어느 날 사업에 실패하고 오젝 영업을 하는 교민이 있다는 소문을 듣고부터는 오젝 알아내기 놀이가 그리 달갑지 않은 일이 되었습니다.

마음이 따뜻한 경찰이 되고싶다

# 내가 만난 어떤 한국 외교관

██
██

　예로부터 외무공무원, 즉 외교관 직업에 대해서는 유창한 외국어 구사능력, 세련된 매너, 해외생활 중 국제법상 특권 등 공무원 중에서도 선망의 대상입니다. 특히 요즘처럼 교통통신이 발달되지 않고 일반인들조차 해외여행 한 번 나가려면 정부로 허가받고 나가야하던 시절, 어쩌다 해외여행이라도 한 번 다녀올라치면 양주, 양담배 등을 선물로 돌리며 국제 감각을 전부 익힌 양 잰 체 하는 동료들이 부럽던 시절, 지금도 그렇지만 어린아이들이 장래희망이 외교관이라고 하면 부모들이 흐뭇해하며 주변에 자랑할 정도이니 가히 그 직업의 매력을 짐작하고도 남습니다.

　나 역시 경찰주재관으로 '영사'라는 직함의 외교관 여권을 가지고 근무하는 영광스런 기회를 가지게 되었습니다. 이곳 자카르타에 온 지 햇수로 3년째니 어렴풋이 외교관이라는 직업의 세계에 대해서 경험하게 되었습니다. 나는 짧지 않은 경찰생활을 하면서 여러 정부부처 공무원들과 어울려 근무한 적이 있습니다. 대사관이라는 곳도 장소가 해외라는 점을 제외하곤 외교부 직업외교관과 각 부처 주재관들이 함께 근무한다는 점에서 예전에 내가 경험한 여러 부처 공무원들과 근무할 당시와 별반 다르지 않은 것 같습니다. 즉 나를 포함한 모든 구성원들 사이에는 공통적인 분위기가 있는 것 같습니다. 규정, 규격, 엄격한 상하관계, 양복과 넥타이 차림, 짧은 머리와 단정한 용모, 이런 것들은 자연스럽게 규격화되고 형식화되며 딱딱한 직장분위기로 이어지게 됩니다. 이러한 분위기는 직장의 공적인 생활뿐 아니라 취미나 관심의 폭도 획일화되거나 단조로울 수밖에 없습니다.

그 단적인 것이 우리 공관직원들의 일상화된 주말 골프입니다. 수도 자카르타에는 고즈넉한 유물이 많이 있는 것도 아니고 미술관, 영화관 등 문화적인 체험을 할 수 있는 곳이 몇몇 있으나 1~2회 정도 관람하면 더운 기온과 쾌적하지 못한 환경으로 인해 곧 포기해 버리게 되며 그렇다고 한국처럼 시내에서 멀지 않은 곳에 산이라도 있으면 주말 등산이라도 하여 체력이라도 단련하면서 시간을 보내보련만 이 모든 것들이 골프의 저렴한 비용과 맑은 공기를 마시며 운동을 한다는 즐거움을 대신할 수 없는 것입니다. 따라서 자연히 주말이면 대다수의 공관원은 부부가 습관처럼 골프장을 찾아 땀 흘리며 무고한 잔디를 훼손하며 김매기(?)에 열중합니다. 이러다 보니 드물게 갖게 되는 해외생활 기간 중 아이들과 함께하는 시간을 자주 갖지 못하여 마음의 짐을 안고 사는 실정입니다. 그래도 세상에 앉아서 하는 놀이 중 가장 재미있는 것이 고스톱이라는 화투놀이고 서서 하는 놀이 중 가장 재미있는 놀이가 골프라며 골프가 생긴 이래 현재까지 호사가들이 입에 침이 마르도록 예찬하니 재미있는 운동임에는 확실합니다. 한국에서 골프비용과 기회를 감안하면 거의 전지훈련 수준의 골프에 몰입해 있습니다.

나는 우리 동료들이 골프 외의 다른 것들에 관심을 갖고 생활한다는 얘기를 거의 들어보지 못했습니다. 그런데 얼마 전부터 이런 우리의 분위기에 신선한 바람을 불어넣는 한 동료가 나타났습니다. A영사! 그는 일찍이 외무고시에 소년 급제하여 외교관의 길을 걷고 있는 장래가 촉망되는 외무공무원입니다. 준수한 외모만큼이나 유창한 영어구사력, 논리정연함과 신중하고 영민한 판단력, 그리고 겸손함까지 몸에 배인 그는 누가 보아도 머지않은 장래에 우리나라 외교정책의 핵심역할을 할 인물로 성장할 것임을 의심치 않을 정도로 엘리트입니다. 그가 부임해 오고 나는 같은 영사라는 업무 외 그의 이런 점들로 인해 그와 친해지고 싶었습니다. 몇 번의 회식과 출퇴근길에서 그와 나눈 대화를 통해 내가 생각한 대로 그는 여러 면에서 돋보였습니다. 그럼에도, 나는 그와 더 친해질 수 없었습니다. 그는 골프를 치지 않았기 때문에 주말을 골프장에서 지내는 나로서는 그와 물리적으로 많은 시간을 함께 할 수 없었습니다. 골프가 내기 등 부정적인 면도 있으나 5시간 이상을 대화를 나누며 서로를 격려하고 지내는 과정에서 인간관계의 친교를 하기에는 상당히 좋은 점도 있는데 A영사는 골프를 치지 않으니 한계가 있었습니다. 나는 자카르타에서는 별로 할 일이 없으니 골프를 치라며 먼저 발령 난 사람으로 한 수 가르친다는 생각으로 권유해보았지만 "골프 아니고도 할 것이 많은데요. 다음에 하지요."라며 정중히 거절했습니다.

"나중에 대사가 되면 외교활동 목적상 배워놓기는 해야 할 텐데…"라며 은근히 압력성 회유도 해보았지만, 그는 요지부동이었습니다. 나는 긴 주말과 일과 후 A영사는 무엇을 하며 시간을 보낼까 생각하며 그럭저럭 그를 같은 영사로서 업무 협의차 일과 시간에 가끔 만나는 것과 같은 아파트에 거주하여 출퇴근 시 차량을 함께 타고 가는 정도로 그렇게 지냈습니다. 그러면서도 그에게 가끔 골프에 대한 이야기를 놓치지 않고 했습니다.

그러나 나는 A영사가 아주 다양한 분야의 관심과 식견을 가지고 생활하는 모습을 알게 되면서 그에게 골프하기 강요(?)를 포기해야만 했습니다. 그는 기타, 피아노, 드럼, 색소폰 등 많은 종류의 악기를 수준급으로 다룰 줄 압니다. 게다가 직접 노래까지 부르며 연주를 한다니 수준이 짐작이 갑니다. 그가 전 근무지에서 동료들과 동호회를 결성하여 자선음악회를 열었다는 것은 널리 알려진 사실입니다. 나는 그의 아파트를 방문한 적이 있습니다. 방 한 곁이 완전히 그룹사운드 연습실을 방불케 할 정도로 여러 가지 악기들로 가득 차 있었습니다. 그가 그곳에서 틈틈이 두 아들과 연주와 노래를 하며 젊은 날 아비의 역동적인 모습을 자식들에게 각인시켜 줄 것을 생각하니 골프로 주말을 보내며 아이들과 함께 하지 못하는 내가 부끄럽기까지 했습니다. 그는 또 스케치와 수채화를 그립니다. 그가 그린 작품들은 화랑에 당장 전시를 해도 손색이 없을 정도입니다. 사진촬영도 일가견이 있습니다. 여기에 그치지 않습니다. 일전에 그와 바다낚시를 가기로 계획한 적이 있습니다. 물론 그 계획은 일기문제로 취소되었지만, 준비과정에 그가 설파한 낚시에 대한 전문적인 식견은 단순 취미 차원을 넘었습니다. 나는 그의 다양한 관심에 감탄하지 않을 수 없었습니다. 어느 날 퇴근 시간 아파트 엘리베이터에서 나를 만나 그는 이번 아카데미 영화 수상자에 대해서 예상했는데 모두 다 적중시켰다는 이야기를 한 적이 있습니다. 당시 나는 영화에도 관심이 많구나 하는 정도로 생각했는데 최근 모 잡지에 영화평론 글을 정기적으로 싣는 것을 보고 다시 한 번 놀라지 않을 수 없었습니다. 그 글 어귀에 삽화도 본인이 직접 그린 것

마음이 따뜻한 경찰이 되고싶다

이라고 하니 이쯤 되면 혀를 두를 정도라고 봐야 합니다.

　나는 이런 A영사가 좋습니다. 무릇 공직자는 근엄주의에 빠져 자신들을 형식의 틀에 얽어매고 경직된 사고의 범주를 벗어나지 못하고 이런 점이 국민들에게 투영될 가능성이 큰 현실에서 A영사와 같이 다양성과 유연성, 창의성을 겸비하는 것이야말로 21세기 무한 경쟁시대에 국가발전에도 큰 도움이 될 것이라고 생각하기 때문입니다. 직업외교관으로 A영사와 같다면 치열한 외교전쟁에서 발군의 능력을 발휘할 것이라고 의심하지 않습니다. 나는 아직 내가 더 놀랄 A영사의 관심의 영역이 있을 것이라고 생각합니다. A영사가 머지않은 날에 짬을 내어 골프에도 관심을 가졌으면 한다는 치기(稚氣)어린 바람과 그의 앞날에 건승을 기원합니다.

# 사발 물 마시기

다른 나라의 문화를 체험하고 그 언어를 일정 수준으로 구사한다고 하더라고 그 나라의 식당에서 음식을 제대로 주문할 수 있을 단계까지는 상당한 시간과 노력이 필요하다고 생각됩니다.

현대사회에서는 교통통신의 발달과 국가 간 교류가 잦아지면서 자연스럽게 일부 음식문화는 이제 동서양을 막론하고 보편적이 되었습니다. 한국의 김치만 하더라고 이제 세계 어느 나라에서도 알 만한 사람은 다 알고 한국인들도 미국의 스테이크 요리나, 요리에 관한 한 세계 제패를 한다고 자처하는 프랑스의 거위간 요리 정도는 한 번쯤 먹어본 사람이 많습니다. 그래도 여행지에서 그 나라 음식의 이름을 정확히 알고 주문하여 먹는 방법까지 제대로 안다는 것은 쉽지 않습니다. 나는 아직도 서양요리를 먹을 때 칼과 포크를 왼손과 오른손 어느 쪽으로 집어야 하는지 잘 기억하지 못합니다. 그리고 그 많은 대소 사이즈의 칼과 포크가 테이블에 놓여 있지만 용도를 정확히 모른 채 사용하기 일쑤입니다. 그것은 자주 경험해보지 못한 소치이기도 하지만 음식을 먹는데 긴 포크든 짧은 포크든 긴 칼이든 짧은 칼이든 사용하는데 별로 차이를 느끼지 못하기 때문일 것입니다. 물론 격식 있는 자리

마음이 따뜻한 경찰이 되고싶다

에 초대되어 갔을 땐 그래도 제법 체면치레 하려고 곁눈질하면서 맞춰 보지만 영 어색합니다.

　내가 근무하는 인도네시아는 같은 동양권으로 음식에 첨가되는 향신료나 조미료, 양념 등이 매콤하고 약간 짠맛이라 부임 초부터 음식에 대한 거부감이 별로 없었습니다. 그런대로 현지인 식당에서 먹어보는 인도네시아 음식에 익숙해진 상태입니다. 그러나 이슬람교도가 많은 인도네시아는 종교적인 계율에 따라 숟가락을 사용치 않고 오른손을 이용하여 밥을 먹는 경우를 종종 봅니다. 한국에서 있을 때 TV를 통해 인도나 중동지방 사람들이 손으로 음식을 먹는 모습을 보고 비위생적이라는 생각을 했지만, 현지에 부임하여 막상 접해보니 용하게도 손가락으로 음식을 잘 가다듬어 입으로 가져가는 손놀림이 신기한 기술 같았습니다. 우리와 같이 쌀밥을 주식으로 하는 인도네시아 사람들이 다소 물기 마른밥을 한입에 들어갈 양만큼의 크기로 만들어 입으로 가져가는 것은 우리식으로 지은 밥으로는 손에 들러붙기 때문에 어렵지만 인니 쌀의 특성으로 인해 가능하다고 합니다. 부임 초기 나는 현지 적응을 빨리하겠다는 욕심과 그들과 동화를 하는 것이 업무에 도움을 줄 것이라는 생각에 그들처럼 현지식당에서 가끔 손으로 밥을 먹곤 했습니다. 물론 요즈음에는 교육을 통해 많은 사람들이 숟가락을 사용하지만 그래도 이슬람 원리주의에 충실하겠다는 사람들은 손 사용을 주저하지 않는 것 같습니다.

　어느 날 나는 친한 인니경찰 친구에게 식사 시 손 사용문제를 넌지시 물어보았습니다. 먼저 남의 문화를 비위생적이라는 생각만을 앞세워 비하하는 듯한 인상을 주지 않기 위해 내가 먼저 손으로 식사를 하면서 물은 것입니다. 나는 그의 답변을 통해 일리 있는 문화적 차이를 인식하게 되었습니다. '이슬람 사람들은 오른손으로 밥을 먹고 왼손으로 뒷일(?)을 정리하는데 그 유래가 어떻게 된 것이냐?'고 물었지만, 그는 내 질문의 의도를 알아차리고 "식당에서 사용하는 숟가락은 사용 후 세척을 하더라도 다른 사람의 입을 들락날락한 것이며 나의 오른손은 내가 무엇을 한지 알고 있고 또한 식사 전 반드시 손을 씻기 때문에 어쩌면 상대적으로 더 위생적이다. 그리고 식당에는 손을 씻기 위한 물이 항상 준비되어 있다."라는 것이 그의 답변이었습니다. 참 일리가 있었고 이후 인도네시아의 현지 식당을 이용할 때면 도시, 농촌, 대소규의 식당 구분 없이 손을 씻기 할 수 있는 곳이 식당 내 갖추어진 사실을 알게 되었습니다.

부임 몇 주 후 공관의 현지인 직원들과 점심식사 시간에 나는 과시라도 하듯이 손을 사용하여 밥을 먹다가 내가 사용하는 접시 옆에 레몬이 담긴 물 사발을 발견하고 한국에서 식사 전 물마시던 습관대로 벌컥벌컥 마신 적이 있습니다. 순간 직원들 일부는 웃거나 일부는 손을 저으며 마시지 말라는 표정을 지었습니다. 나는 물 사발 속의 레몬을 들어내고 마시라는 것으로 오인하고 레몬을 들어낸 채 다시 마저 마셔 버렸습니다. 사태는 걷잡을 수 없었고 이후 친절한 공관 여직원은 나에게 마셔도 괜찮지만, 용도는 식사 전 손을 씻거나 식사 후 손에 배인 향신료나 양념 냄새를 제거하기 위해 손을 씻는 데 사용하는 것이라고 알려준 후 나는 사태를 깨닫게 되었습니다. 일종의 문화적 차이인 것입니다. 더욱 더 가관인 것이 그 사건 이후 다시 경험한 손으로 식사하기에서는 식사 전 제대로 규정을 준수(?)하여 사발 물로 손을 씻었으나 식사 후 대화를 하면서 자연스럽게 다시 마시는 물로 착각하여 마셔버렸으니 또 다른 실수로 식사자리에 한바탕 웃음을 선사해준

마음이 따뜻한 경찰이 되고싶다

적이 있습니다. 오른손으로 식사하기 왼손으로 뒷일 정리하기, 식사
시 손 씻기용 물사발 등은 비위생적이라는 무지와 편견의 소치에 불과
하고 문화적 차이라는 점을 깊게 체험한 것입니다. 그러나 내가 저지
른 두 번의 실수는 외국에 근무하면서 그 나라의 문화를 이해하려는
나의 노력에 그들은 흐뭇해하고 나의 따뜻한 마음을 전달했으리라고
자부해봅니다.

마음이 따뜻한 경찰이 되고싶다

## 밤별

사위가 어두워도 두렵지 않다

제 몸 까맣게 태우고
실안개 하얗게 우산살처럼 펼쳐 보여
새벽 달 길동무한다

귀전을 맴도는 여름밤 풀벌레 소리
어둠 속에 푸른 별이 길을 밝힌다

네 번째 세상

# 04 가족이야기

# 계란말이 전쟁

남아선호 사상이 지배하던 시절엔 시집온 아녀자의 중요한 사명 중 하나가 아들을 낳아 대를 이어주는 것입니다. 생물학적 현상에 기인하여 계속 딸을 출산하여 아들을 낳지 못하면 분명 부부간 반반씩 책임이 있을 터인데 칠거지악이니 뭐니 하며 소박을 맞아 친정으로 돌아가기도 했습니다. 딸을 낳으면 큰 죄인이라도 된 듯 임산부에게 '첫 딸은 살림 밑천이다.'라며 등을 다독이며 위로라고 합니다. 경제적으로 힘들던 시절에 먹고 살기 위해 딸을 탐욕스런 양반집 바깥어른의 첩살이로 보내고 종자돈이나 챙기기도 했는데 그래서 살림밑천이라고 했는지 모르겠습니다. 요즈음 같으면 상상조차 할 수 없는 풍속도입니다.

아무튼, 신혼부부 중 많은 남자들, 특히 형제가 많은 집안에서 자란 남자들은 예쁜 첫딸을 얻어 키우고 싶다는 생각을 많이 할 것입니다. 남아에 대한 선호가 여자들이 더 강한 것이 현실인 것 같음에도 나 역시 결혼해서 첫딸을 얻고 싶었습니다. 아장아장 걸음마를 걸을 즈음이면 갈래머리 땋아주고 머리핀을 예쁘게 꽂아 동네 나들이를 하고 싶었는데 희망대로 첫딸을 얻었습니다.

둘째는 6년의 탐색전(?) 끝에 아들을 얻었습니다. 아내는 아들을 임신했다는 의사의 귀띔(요즈음은 불법이다)에 좋아라 날뛰며 병원 앞에 불법 주차된 자신의 자동차가 견인되어 범칙금을 물게 된 상황도 별로 안타까워하지 않았습니다(평소라면 범칙금을 내야 한다는 상황에 한국의 주차문제 등 갖은 불만을 쏟아 놓았으련만). 나는 고슴도치 아빠가 되어 딸이 너무 귀엽고 사랑스러웠습니다. 딸아이의 출산 당시 교통사고를 당해 병원에서 장기 입원치료 중인지라 출산일 옆에서 아내와 아이를 지켜주지 못해 마음의 짐을 갖고 있었기에 딸아이가 더욱 애착이 갔습니다. 딸아이는 큰 병치레 없이 잘 자랐습니다. 아내와 맞벌이로 취학 전에는 처가와 탁아 방을 전전하였고 아침마다 이별전쟁을 치러야 했으며 아내는 늘 아이의 비상 상황에 대처해야 했습니다. 나는 사무실 일을 핑계로 애써 상황을 회피하며 아내에게 전적으로 육아문제를 맡긴 격이었습니다. 딸의 이름은 돌아가신 선친이 '구슬이 주렁주렁 열린다.'라는 의미로 '주연(珠延)'이라 지었고 어릴 적부터 영특함마저 보이며 잘 자라주었습니다. 딸아이 작명 당시 '슬기'니 '다연'이니 당시로선 다소 신세대에게 맞는 이름을 짓고 싶었지만, 부친의 지엄하신 명을 어길 수 없어 약간 촌스러운 주연이란 이름을 호적에 등재했습니다. 요즈음은 주연배우라면서 자신의 이름을 소개할 수 있어서 좋고 세간에 특이한 이름으로 아동 유괴된 사건을 떠올려 보면 주연이라는 딸아이의 평범한 이름이 그리 나쁘지 않은 것 같았습니다.

그런데 눈에 넣어도 안 아플 내 살림 밑천 딸은 어릴 적부터 유난히 자기주장이 강하고 고집이 셌습니다. 아침 출근시간 아이를 탁아 방에 맡겨야 하는 아내는 어린 딸아이와 전쟁을 치렀습니다. 옷을 입히면 처음부터 벗어버리고 '내가 할 거야.'라며 다시 입었습니다. 그리고 자기가 좋아하는 옷을 고릅니다. 나와 아내가 보기엔 좀 더 귀엽고 예쁜 옷이 있는데도 딸아이는 마음에 들지 않은지 자기가 고른 옷을 고집하며 기어이 바꿔 입고 갑니다. 다시 그 옷을 바꾸려고 시도하는 날엔 십중팔구 아내가 지각하는 날입니다. 옷, 양말, 머리핀 모든 코디에 딸아이는 시비를 겁니다. 그렇지만, 그렇게도 사랑스럽던 딸아이가 중학교를 들어가 사춘기를 맞으면서 나와 가끔 갈등을 겪었습니다. 학교를 갔다 오면 제 방에 들어가 문을 잠그고 몇 시간을 나오지 않는가 하면 방 정리정돈을 하지 않아 잔소리라도 좀 할라치면 약간의 반항을 하면서 탁탁 튀었습니다. 나 역시 직장에서 막 자리를 잡아가던 시절이라 제대로 딸아이와 살갑게 대화할 시간을 갖지 못했으니 다소간의 마찰이 생겨도 그냥 지내면, 시간이 해결해줄 것이라고 생각하며 지냈습니다.

심각한 정도는 아닌 상태로 딸아이의 사춘기를 넘기면서 마찰의 바통은 아내에게로 넘어갔습니다. 고교를 들어가고 대학입시를 앞두고 딸과 치열한 입시전쟁을 치르는 것이었습니다. 시간 관리부터 학원 수강과목까지 사사건건 아내와 견해차를 두고 끊이지 않는 공방이 벌어진 것입니다. 나는 양측으로부터 민원(?)을 받고 중립적인 입장에서 해결해 보려 하지만 퇴근해서 집으로 돌아와 보면 벌써 한바탕 전쟁을 치른 상태에서 집안에 싸늘한 냉기가 감돌며 딸과 아내는 서로 상당한 시간 동안 냉각 상태에 빠진 것을 접하게 됩니다. 번번이 아내는 딸의 고집에 꺾여 서운해 하면서 나의 지원을 바라고 나에게 푸념을 털어놓습니다. "제는 왜 저리 고집이 센지, 누굴 닮아서 그런지…." 등등 매번 똑같은 대사를 읊습니다.

그런 반복적인 전쟁 속에서 딸아이는 의과대학에 제 고집대로 합격했습니다. 어릴 때부터 의사가 되고 싶다는 딸의 희망사항이 실현된

마음이 따뜻한 경찰이 되고싶다

것입니다. 우리 가족은 모두 기뻤고 아내 역시 고생한 보람이 있는 듯 언제 그랬느냐 싶게 딸과 밀월관계를 유지하고 있고 특히 과수석으로 다음 학기 등록금이 면제된다는 낭보에 마냥 즐거워하며 방학을 맞아 딸과 헬스클럽을 다니는 등 부산을 떨고 있습니다. 나 역시 이런 아내와 딸의 모습을 보고 있노라니 흐뭇할 뿐 아니라 엄마와 딸은 싸우면서 서로 여자의 일생을 공유하는 친구로 평생을 살아간다는 사실을 몸소 깨닫게 됩니다.

그런데 이런 즐거움의 극치 상황이 계속해서 이어지는 것은 아닌 것 같습니다. 어느 비 오는 날 일요일 저녁, 모처럼 한가한 시간에 아이들과 아내에게 평소 함께 식사를 자주 하지 못하는 미안한 마음에 닭백숙 요리를 해주겠노라고 공언을 하고 서툰 솜씨지만 주방 언저리를 오락가락하며 저녁준비를 했습니다. 그런데 이런 내 모습이 어설펐든지 아내는 내 옆에서 딸과 함께 남는 시간을 그냥 보낼 수 없다는 듯이 계란말이를 만들겠다며 식재료를 다듬고 있었습니다. 아내와 나는 딸이 시집가기 전 집안일을 가르쳐 보내야 고생을 덜 할 것이라며 요즈음 세대 아이들의 생각에 정면 배치되는 생각을 갖고 기회 있을 때마다 집안일을 돕기를 강요하였고 그날도 딸에게 계란말이에 들어갈 각종 양념과 재료를 손질하도록 했습니다.

딸의 콧노래와 나의 어설픈 식기 부딪치는 소리가 화음을 맞추면서 우리 가족들은 즐겁게 저녁 만들기에 매진했고 나는 마무리 작업을 아내에게 넘기고 잠시 음식이 익기를 기다리며 소파에 앉아 TV를 시청하고 있었습니다. 딸은 사푼사푼 계란말이 한 접시를 가져와 거실 탁자에 놓았습니다. 수저가 탁자 위에 놓이고 나는 무심코 계란말이에 젓가락질했습니다. 식전 애피타이저(appetizer)로 생각한 것입니다. 순간

주방 쪽에서 찢어진 비명소리가 좁은 아파트 거실을 울리더니 "아빠! 그걸 드시면 어떡해요?"라는 딸의 목소리가 이어졌습니다. 그 목소리 톤은 15년 전 혼자서 옷을 입겠다며 고집을 피우며 울던 당시의 고집불통의 딸아이의 목소리와 똑같다고 느꼈다면 나의 과민반응일까요? 딸아이는 나의 젓가락질에 눈을 흘기며 원망을 해댑니다. 그게 어떻게 만든 건데 그렇게 쉽게 젓가락으로 집어 입으로 가져갈 수 있느냐는 것이었습니다. 아! 나는 순간 뭐가 잘못된 건지도 모르고 딸 아의의 반응에 섭섭한 감정이 밀려오기 시작했습니다. 옛 어른들의 말씀이 떠올랐습니다. '딸자식 키워 나봐야 아무 소용이 없다는 말.' 그런데 그건 시집간 이후 상황 아니던가요? 나는 섭섭한 마음에 딸아이에게 쏘아붙였습니다. "아빠 입에 들이가는 게 그렇게 아깝냐? 안 먹어!" 순간 어른이고 부모고 체면이 없어진 것입니다. 그런데 딸은 다른 말은 하지 않은 채 "그런 게 아니잖아요." 하고 더 화를 냅니다. 지난 시간 딸아이와 아내가 가끔 말다툼을 벌이던 상황의 대상이 바뀌어 나와 붙은 것입니다. "뭐가 아니냐? 다른 집 딸들은 아버지에게 맛있는 거 해주기 바쁘다던데 계란말이 하나 해두고 그거 하나 먹었다고 그렇게 할 수 있느냐?"라는 등 마치 부부싸움 할 때 논리에 밀리면 억지를 부리던 세상의 많은 남편들이 하듯이 나는 앞뒤상황 가리지 않고 내뱉은 뒤 안방으로 들어가 불을 끄고 침대에 벌렁 누워버렸습니다. "내가 어떻게 지를 키웠는데⋯." 하며 허공을 향해 원망을 해보고 누가 나 좀 위로해주지 않나 하고 뒤척일 즈음 아내가 슬며시 들어와 "그 봐, 이기지도 못할 거 왜 시비를 붙었냐? 내가 옛날에 다 겪은 거야. 내 심정을 알겠지? 재, 못 이겨⋯." 등 내가 과거에 아내를 달랠 때 했던 말들을 했습니다. "나이 들면 잘 삐치고 삐치면 오래간다는데 당신 그런

거 아니유?" 하며 은근슬쩍 화를 부추깁니다. 아내의 반 놀림 달램에 잠시 진정하고 내가 왜 그랬지? 딸아이는 내게 왜 과잉반응을 했지? 하고 생각해봐도 답이 나오지 않았습니다. 이후 딸과의 계란말이 전쟁은 저녁 산책으로 화해를 했습니다. 딸은 오랜만에 아비에게 제 솜씨를 자랑하고 가족들에게 보여주고자 다 함께 모여서 자신의 작품을 공유하고 싶었는데 분위기 파악을 못한 내가 덜렁 젓가락질을 하자 섭섭하고 화가 났다며 다른 뜻이 없고 아빠를 사랑하는 마음은 변함이 없다고 하여 내가 언제 그랬냐 싶게 화를 풀었습니다. 부끄럽게도. 그날 저녁 유난이 고집이 센 딸아이의 조기 신부수업은 그렇게 홍역을 치르며 마감됐습니다. 딸이 대학에 들어가고부터 차림새와 외모에 적잖은 시간을 할애하는 것이 약간 신경이 쓰이지만 집을 떠나 객지에서 어렵다는 의과대학 공부를 독한 마음으로 해내며 의사로서의 꿈을 가꾸는 소중한 내 딸이 건강을 잃지 않고 목표한 바를 이루도록 기원해봅니다. 괜히 계란말이 잘못 손댄 죄로 딸에게 용돈 더 나간 하루였습니다!

# 머리카락 염색하던 날

■■

초여름을 재촉하는 빗줄기 냉기가 새벽잠을 깨웠습니다.

버릇처럼 아파트 현관문을 열고 조간신문을 펼쳐들었습니다. 코앞을 감도는 신문지 잉크냄새가 남은 잠기운을 날려 버렸습니다. 벽시계 바늘이 6시로 기지개를 펴고 있었습니다. 깜짝 놀라 후다닥 출근을 서두르다가 토요일 아침임을 알았습니다. 남들은 주 5일 근무로 토요일이 휴일이지만 내가 다니는 직장은 토·일요일이 따로 없습니다. 경제 살리기에 총력 매진해야 하는 시대적 소명 앞에 한가하게 휴일을 찾아 쉰다는 게 공직자로서 사치다 싶은 마음을 가져야겠지요. 특히 전국 각지에서 불철주야 현장을 누비는 경찰관들의 긴급 상황에 대해 컨트롤타워 역할을 해야 하는 경찰청 근무경찰관은 휴일 없이 근무하는 것을 당연한 것으로 여깁니다. IMF 사태 이후 가장 불황이라는 최근 상황에서 출근할 수 있는 직장이 있다는 사실 하나에 행복할 뿐입니다.

그래도 주말 출근시간이 평소 새벽 출근과 달리 아침 9시 전후가 되니 마음의 여유를 갖고 가족들과 같이 아침밥이라도 먹으며 밀린 얘기를 나눌 수 있어 좋습니다. 그날은 모처럼 몸단장을 좀 해야겠다는 생각에 아내의 주말 아침 단잠에 제동을 걸고 칭얼거렸습니다. 평소에도 물론 그렇지만 연애 시절부터 나이 마흔이 되기까지는 늘 아내에게 큰소리치며 '호통 버전'으로 호기를 부렸는데 쉰 살을 목전에 둔 요즈음 마치 엄마나 누나에게 칭얼거리며 어리광부리는 어린애처럼 부지불식간에 치기 어린 행동을 자주 하게 됩니다. 대다수 남자들이 나이를 먹으면서 여성 호르몬이 체내에서 증가되고 경제권, 가사운영권, 육아권, 자녀교육권 등 가정 내 모든 권리를 아내에게 맡겨두고 직장에 많은 시간을 빼앗긴 탓에 비슷한 현상이 일어나고 있을 것입니다.

반강제적으로 아내를 깨웠습니다. 아내는 얼마 전 돈 좀 아끼겠다며 머리 염색약을 사두고 틈틈이 내게 집에서 염색할 것을 강권한 적이 있습니다. 생긴 대로 살겠다며 단호히 거부했었습니다. 어린 시절부터 외조부와 체형 외모가 많이 닮아 대머리가 될 것이라고 많이 들어왔습니다. 예측대로 서른 중반부터 정수리를 중심으로 원형을 그리며 하루하루 머리카락이 빠지고 가늘어지더니 지금은 정수리 반경 10센티 외곽 외에는 반 탈모 상태가 되었습니다. 그런데 마흔 중반을 넘기며 그나마 남은 몇 가락 머리카락마저 탈색현상을 일으켜 나이보다 훨씬 나이를 먹은듯한 외모로 되어 버렸습니다. 그때부터 많이 없어진 머리카락으로 인해 주변으로부터 오해를 불러일으키고는 했습니다. 나이 많은 상사보다 나이가 더 들어 보인다거나 아내와 외출할 때 나이 어린 아내와 재혼한 것으로 비쳐지기도 했습니다(아내는 나와 한 살밖에 차이 나지 않지만, 선천적으로 동안인데다 실제보다 나이가 많아 보이는 내 외모 탓에 신혼 시절에도 오해를 받은 적이 있다).

가끔씩 아내가 가발착용을 권했지만, 아침저녁으로 샤워하기와 축구 등 격한 운동을 좋아하는 탓에 가발 착용은 영 내키지 않았습니다. "장가도 갔고 아들도 있고 이렇게 살다가 죽지 뭐."라고 되받았지만 가끔씩 가발을 착용하여 분위기를 한번 바꿔볼까라는 생각도 합니다. '남자라도 사회생활 잘하려면 외모도 중요하다는데 외모에 너무 신경 안 쓰는 것이 아닌가?' 하는 생각이 들 때는 가발이라도 착용하여 남들에게 멋있는 모습을 연출해보고 싶기도 합니다. 그렇지만, 가발은 내키지 않았고 얼마 전부터 이발소에서 염색을 해봤습니다. 생각과 달리 염색 후의 모습이 나이가 몇 살은 젊어 보인다는 사실에 다소간 만족스러웠습니다.

이후 몇 번에 걸쳐 머리카락 염색을 했지만 염색하는데 번거로움과 몇 가락 남지 않은 머리카락 염색을 위해 온전히 전액을 지불해야 한다는 것이 불공평해서 염색한 머리가 다시 완전히 탈색되어도 재염색을 하지 않거나 불규칙한 행사에 그쳤습니다. 아내는 견디다 못해 염색약을 사두고 집에서 자신이 직접 염색을 해주겠다고 선언했습니다. 아내의 손길이 내 머리카락을 어루만지게 된다는 사실과 작은 일이지만 모처럼 부부가 함께하는 이벤트라는 점에서 자가에서 불법미용(?)을 승낙하고 틈을 보다가 드디어 감행키로 한 것입니다.

아내가 급조한 치마로 된 가리개를 어깨에 두르고 아내는 몇 가락 남은 나의 머리카락을 요리조리 빗어 넘기며 창작활동에 돌입했습니다. 작은 방에서는 늦잠 자던 아들 녀석이 시끄러워 잠을 못 자겠다고 투덜거렸지만 우리는 아랑곳하지 않고 모처럼 부부가 함께한 놀이에 심취하였습니다. 아내는 특히 화가처럼 내 민둥산 주위를 각도를 달리하며 번갈아 요리조리 들여다보면서 심미안을 굴리더니 한가락도 이탈을 용납하지 않겠다는 표정을 지어 보이며 열심히 작업에 몰입하였습니다. 약품 설명서대로 염색 작업이 완료되고 아내는 작품이 건조되는 과정을 힐끗힐끗 보면서 아침상을 준비하였고 나는 못다 읽은 조간을

마음이 따뜻한 경찰이 되고싶다

대충 훑으며 염색약이 숙성되기를 기다렸습니다.

　동네 이발관 같은 집안 분위기가 연출된 가운데 나와 아내는 아침밥을 재빨리 먹고 염색약에 시달리던 머리카락을 샴푸와 비누로 감았습니다. 수건으로 머리를 닦은 다음 도공이 마지막 단계에서 제 작품을 바라보듯이 기대에 찬 눈길로 물기 덜 가신 머리카락을 거울을 통해 봤습니다. 새까만 도자기 완성품을 앞에 두고 카타르시스에 빠진 아내의 탄성이 거울 속으로 퍼져가고 나도 작품의 완벽함에 흡족해하며 아내에게 고맙다는 인사를 하려고 눈길을 돌렸습니다.

　그런데 등 뒤에 서 있던 아내가 슬그머니 "나도 한번 해볼까?"라고 했습니다. 유난히 머리숱이 많고 색이 까만 아내가 염색에 동참하려는 데 대해 나는 별생각 없이 "약 올리는 거지?" 하며 곁눈질로 아내의 앞머리 부분을 훑어보았습니다. 순간 빈속에 마신 소주처럼 저 깊은 곳으로부터 쏴 하게 밀려오는 아린 가슴을 느끼게 되었습니다. 항상 머리숱이 많고 아직은 삼십 대 초반의 피부와 머릿결을 가지고 있다고 생각했던 아내의 머리숱 사이로 듬성듬성 흰 머리카락을 본 것입니다. 평소 아내가 자기 머리에도 흰 머리카락이 보인다는 말을 흘려 들으며 흰 머리카락이 아니고 새치라고 했던 말이 미안했습니다. 내 눈을 의심하며 확인코자 흠칫 아내의 앞 머리카락을 쓸어 보았습니다. 생각했던 것보다 훨씬 많은 흰 머리카락이 머리뿌리에 감춰져 있었습니다. 곱기만 하던 아내도 세월의 바람개비를 맞고 있었던 것입니다.

　잠시 지난 7년 전 시간 속으로 빠져들었습니다. 건강만큼은 자신하던 아내에게 병마가 찾아왔습니다. 아내는 1여 년의 긴 시간을 싸웠습니다. 독한 약물복용과 항암치료를 하면서 그렇게 많던 머리숱이 하나 둘 빠지고 치료가 끝나면 다시 머리카락이 난다는 당연한 사실조차도 받아들이지 않던 나를 오히려 위로하면서 묵묵히 참고 버티던 아내, 어느 날 한가락도 남지 않은 아내의 머리 위에 곱게 얹어 놓은 가발이 제 짓눌린 가슴을 더욱 쓰라리게 만들었습니다.

하지만, 아내는 그 힘든 항암 치료를 무사히 마치고 다시 예전의 모습처럼 새까맣게 자란 머리카락을 더욱 아름답게 다듬고 우리 가족 앞에 환하게 웃으며 돌아왔습니다. 그리고 우리 가족 모두는 시간의 망각 마술에 걸려 지나온 기억들을 모두 잊고 살았습니다. 그날 아침, 빛바래진 아내의 흰 머리카락을 보게 되니 그동안 밝고 건강하게 지내온 아내가 너무 고맙고 하나님께 감사할 뿐입니다. 우리에게 남은 시간도 지나온 시간처럼 행복함만 가득하길 기도해봅니다. 앞으로 까맣기만 했던 아내의 머리카락이 모두 하얗게 변하고 내 남은 머리카락이 다 빠질 때까지 긴 시간을 함께 했으면 하는 마음 간절합니다.

베란다 창틀에 내리치는 빗줄기는 점점 거세지고 있었지만 나는 출근시간도 잊은 채 단상에 젖었습니다. "출근 안 하세요?"라는 아내의 채근에 깜짝 놀라 "여보 오늘 비 오는데 운전조심하고 다녀요. 내 일찍 올게요. 염색해줘서 고마워." 하고 속삭이며 아내의 상기된 볼에 입맞춤으로 염색 값을 대신 지불하고 급히 현관문을 나섰습니다.

# 책상 서랍 속에 보석이 있었네요

월요일 아침 출근하여 업무시작 전 모처럼 책상 서랍을 정리하였습니다. 평소 눈에 익숙한 행정봉투와 다른 아기자기한 무늬가 새겨진 편지봉투를 발견했습니다. 겉면 귀퉁이에 '사랑하는 아빠에게'라고 작은 글씨체가 눈에 크게 들어왔습니다. 누가 보낸 것인지 별생각 없이 봉투를 열어 언제 받았는지 기억도 가물가물한 편지를 읽게 되었습니다.

아들 녀석이 고교에 입학하기 직전 새해 설날 세뱃값으로 제게 건네준 편지였습니다. 어릴 적엔 그렇게 살갑게 대하다가 나이가 들면서 점점 과묵하게 커가는 것이 사내아이들의 속성이기에 녀석과 대화의 시간이 줄어가던 차에 받은 아들의 편지라 당시에 상당히 감격했던 것 같습니다.

자녀의 신체적 성숙과 관계없이 자식은 늘 어린 아이의 정신세계에 머물러 있을 거라는 부모의 일반적인 의식과 달리 벌써 아비의 건강을 염려하는 녀석의 편지내용에서 이제는 같은 마초의 세계에 접어들었다는 점을 인정해야 했습니다. 이젠 같이 목욕탕 가서 서로 때 밀어줄 때가 되었네 하는 일종의 동료의식 비슷한 것이라고나 할까요. 자식을 돌봐야 하는 대상으로 생각했던 부모가 자녀의 염려와 걱정을 받게 되는 순간, 세상에 의지하는 혈육이 있다는 생각에 든든한 마음을 갖게 합니다.

그리고 아내와 딸의 편지도 잇달아 발견했습니다. 마음을 글로 표현하는 것이 실제 마음보다 미화할 수 있다는 점을 백번 양보하더라도 평소 쉽게 말로 표현하지 못했던 것들이 조곤조곤 나열된 것에서 한없는 가족 사랑을 느끼게 되었습니다. 어느 구절에서는 가족사에 얽힌 애환을 다시 되새기게 되어 눈가가 뜨거워지기도 했습니다.

아내와 연애시절 절절했던 마음들을 적었던 편지를 철을 해두고 가끔씩 꺼내서 읽어보곤 합니다. 아이들이 어릴 적 생일날이면 건네주던 쪽지에 어설프게 써내려간 편지글도 모아두고 외지로 공부하러 훌쩍 떠난 녀석들의 빈방 구석에서 읽어보는 재미는 작은 행복입니다. 다시 읽어보는 아내와의 젊은 날의 편지는 누구나 그렇듯이 많이 유치했다는 생각에 얼굴이 후끈거리기도 합니다. 그러나 그때 그 순간만큼은 가장 소중하고 아름다운 순간이었던 것 같습니다. 결혼을 하고 아이들을 낳고 키우며 생활인으로서 아내와 티격태격했던 일들도 있었던 것 같습니다. 편지와 쪽지 속에 반성하고 사랑을 확인하고 했던 내용들도 많이 있는 걸 보면요. 어버이날 아이들이 만든 빛바랜 종이 카네이션도 꾸겨진 채 편지철 한쪽을 차지하고 있네요. 녀석들로 이것들을 다시 보면 유치한 것 같아 다시 보지 않으려 하겠지요. 하지만, 가족에겐 더 없이 소중한 보물인 거 같습니다.

살아가며 일어났던 일들을 글로써 해결하던 그런 많고 많은 편지를 편지철에 끼워두고 틈틈이 읽어 보며 삶을 되돌아 보는 재미는 비용이 들지 않고 큰 행복감에 젖게 합니다. 그래서 저는 평소 작은 쪽지 편지라도 버리지 않고 모아두게 됩니다.

마음이 따뜻한 경찰이 되고싶다

그런데 예기치 않게 사무실 서랍에서 발견(아마 편지를 받은 채로 옷 주머니에 넣어 두었다가 출근하여 사무실 책상에 둔 것이라 본다)된 가족의 편지는 새로운 감흥을 불러 일으켰습니다. 낯선 곳에서 오랜 지인을 만난 것처럼 반가운 일이었습니다. 다시 편지를 읽어 내려갑니다. 지나간 시간들을 되짚어 봅니다. 그리고 감사해 합니다. 세상 누구보다 소중한 아내와 아이들과 가족이라는 이름으로 연을 맺고 살아가며 이렇게 보석처럼 아름답고 빛나는 글들을 접할 수 있으니까요.

새로운 한 주를 시작하는 월요일 아침, 아! 가끔씩 서랍정리를 해야 겠다는 생각을 했습니다. 책상 서랍 속에 어지럽게 널려진 것들 중 버릴 것은 버리고 정리하면서 내 삶에 반짝이는 나만의 보석을 찾을 수 있기 때문입니다. '도랑 치고 가재 잡는다.'라는 말 이런 걸 두고 하는 말인 것 같습니다.

# 딸기봉지와 종이돈

<br>

　나는 남들보다 유년기 시절에 대한 기억을 되살리는데 다소 뛰어난 것 같습니다. 두뇌 성장기에 일상과 다른 여러 가지 일들을 경험한 탓일 것입니다.

　그러니까 지금부터 정확히 45년 전, 내 나이 다섯 살 적입니다. 대구 시내 중심가에 좀 떨어진 신천동의 빛바랜 초가집에 살았던 나는 어머니가 안방에서 파리한 안색과 힘없는 미소를 머금은 채 초여름 데워진 방안 공기에도 아랑곳하지 않고 두꺼운 이불을 덮고 누워계시던 것을 아직도 생생하게 기억하고 있습니다. 중년이 된 지금도 돌아가신 어머니의 정확한 병명을 알지 못하고 친지들이 간간이 들려주는 이야기를 종합하면 암으로 투병하시다가 돌아가신 듯합니다. 당시에는 의료혜택이 부족했고 아버지의 실직으로 생계마저 어려워 제대로 병원치료를 받지 못한 채 돌아가신 것입니다. 요즈음 같으면 조기발견과 좋은 약으로 더 사실 수 있었을 텐데 하고 아쉬워 해보지만 부질없는 생각일 뿐입니다. 나의 어머니는 나이 어린 막내아들에 대해 가슴 아파하시며 병석에 누워계셨을 것이라고 성인이 되어서야 짐작을 하게 됩니다.

　기나긴 이별의 시간만을 기다리며 속절없는 나날들이 흐르던 어느

날, 나와 11살이나 차이가 나는 큰 형님은 외할머니에게 가서 뭘 받아
오라고 하였습니다. 시집간 딸이 중병을 얻어 앓고 있음에도 약 한번
제대로 못 쓰는 것을 안타까워했을 나의 외할머니는 당시 대구시내 칠
성시장에서 과일행상을 하시면서 생활비에 보태 쓰라고 몇 푼의 돈을
형들을 통해 주거나 가끔씩 직접 들러 슬며시 내놓고 가시곤 했습니
다. 한참 많이 먹고 뛰어놀 나이의 외손자들이 불쌍하고 측은스럽게
여겨졌을 것입니다. 이후 아버지가 재혼했음에도 외할머니는 마음 한
구석이 편하지 않을 사위의 눈치를 보며 등이 굽은 불편한 몸을 이끌
고 사별한 딸 집을 찾아와 외손자들을 살펴보고 가셨습니다.

그날 큰 형님은 집안의 장남으로 끼니가 떨어지자 학교에서 돌아오
지 않은 둘째형과 셋째형을 대신해서 5살밖에 안 된 막둥이인 나에게
심부름을 보내기로 결심한 것입니다. 잠시라도 간호할 사람이 없어서
는 안 될 어머니의 병환으로 큰 형님이 집을 떠날 수가 없었기 때문입
니다. 이전 형들을 따라 외할머니의 시장 난전을 가본 경험과 큰 형님
생각에 내가 총기가 있어 그 정도의 심부름은 할 수 있다고 판단하신
모양입니다.

지금은 고향 대구를 떠나 30여 년의 시간이 흘러 그 주변이 너무 많
이 변해 찾을 수도 없지만, 당시 나는 기억을 더듬어 초여름의 얕은
햇살을 등진 채 큰 형님의 심부름을 위해 시장터로 외할머니를 찾아
갔습니다. 외할머니는 까맣게 탄 얼굴과 땀에 젖은 셔츠 밖으로 배꼽
이 다 드러난 행색의 막내 외손자를 보면서 얼마나 마음이 아프셨는
지 나를 보자마자 치마폭으로 눈물을 연신 훔치시며 "어떻게 이 먼 곳
까지 찾아왔느냐?" 하고 대견해 하셨던 것 같습니다.

외할머니의 시장 난전이라고 해봐야 나무 소쿠리에 과일을 담아 철

에 맞추어 파는 정도였습니다. 외할머니는 나의 급작스런 출현에 대해 이유를 잘 알고 계셨습니다. 지금은 사용치 않는 1원짜리 지폐 몇 장과 팔고 있던 물오른 딸기를 종이봉투에 담아주셨습니다. 지폐는 혹시나 잃어버릴까 봐 옷핀으로 끼워 바지 주머니에 꼭꼭 넣어주시고 딸기봉투는 손에 꼭 집어주셨습니다. 다섯 살 어린 녀석의 생각에도 내가 상당히 중요한 일을 한다는 생각으로 뿌듯해 했던 것 같습니다.

외할머니의 '딸기 사이소!'라는 외침을 뒤로하고 집으로 돌아오는 길은 발걸음이 가벼웠습니다. 외할머니는 수입이 적어 풍족하게 외손자들과 딸을 위해 지원해 줄 수 없었지만, 제철에 맞추어 신선한 과일이라도 줄 수 있다는 것에 위안을 삼으셨으리라 생각되어 집니다.

그러나 집으로 돌아가던 나는 지금은 계절에 관계없이 흔하지만, 당시로써는 제법 귀한 과일이고 '에미 갖다 주거라.'라고 하시던 외할머니의 당부 말씀에도 불구하고 철없이 그 딸기 봉투에 손을 넣기 시작했습니다. 처음 한두 개의 딸기를 먹을 때는 별로 표시가 나지 않아 괜찮을 거라고 생각하고 먹었지만, 집으로 돌아가는 먼 길은 딸기봉투를 점점 가볍게 만들었습니다. 딸기 물이 든 종이봉투는 붉게 변해가고 집이 가까워지면서 큰 형님의 성난 얼굴이 그려지면서 무서워지기 시작했습니다. 딸기 봉투를 아예 버리고 돈만 전해주면 형님이 모를 것이라는 생각을 할 수도 있었겠으나 아직 어린 나는 그런 사악한(?) 생각은 할 수 없었습니다. 집에 다 왔을 즈음에는 딸기봉투에는 한두 개의 딸기밖에 없었던 것입니다.

거의 빈 딸기봉투를 들고 집에 들어선 막둥이를 본 큰 형님의 마음은 어땠을까? 그래도 바짓주머니에 핀으로 끼워둔 지폐는 땀에 약간 젖었지만 그대로 있는 것을 본 큰 형님은 더 이상 말이 없었습니다. 이후 나는 외할머니에게 심부름을 간 적이 없습니다. 그해 여름, 나의 어머니는 마당 한가운데 누워 무당굿을 받는 의식을 치른 뒤 훌쩍 하늘나라로 떠났기 때문입니다.

살아오면서 초여름 딸기가 나올 때면 돌아가신 어머니 생각이 더욱 납니다. 지금쯤 살아계시면 딸기를 실컷 사드릴 수 있으련만, 나의 어머니는 옆에 없습니다. 그렇지만. 내가 살아오면서 어려운 일을 겪을 때마다 늘 사람 좋은 모습으로 나를 내려다보시는 어머니가 있음을 확신하고 살아가고 있습니다.

# 영화구경, 극장구경

■■

검었던 머리카락이 희끗희끗해지시고 세월의 연륜을 이마에 간직하신 채 외손주 재롱을 낙으로 삼고 살아가시는 나의 삼촌 박, 기자, 종자님!

내 희미한 기억 저편에 남아 있는 것은 '짠돌이' 삼촌이셨습니다. 그때는 총각이셨던 것 같습니다. 꽤나 놀이문화가 부족했던 시절, 무료한 시간을 달랠 길 없어 배꼽이 다 보이는 옷을 입고 동네를 돌아다니던 까까머리 조카들은 기종이 아재(지금은 작은 아버님이라는 호칭을 쓰지만, 그 당시 우리는 그렇게 불렀다)의 좋은 놀잇감이었습니다. 우리 역시 같이 놀아 주는 기종이 아재가 너무 좋았습니다.

그러던 어느 날 "화진아, 용진아 극장구경 시켜줄까?"라고 넌지시 던지는 아재의 제안에 우리 형제들은 그야말로 엄청난 기대와 앞으로 있을 시간들에 가슴 설레 했습니다. 따뜻한 봄날, 뚝방길을 지나 대구 시내와 멀지 않은 거리에 있던 극장까지 걸어가는 길은 너무나 행복했습니다. 동네 또래 녀석들이라도 보이면 잔뜩 자랑하고 싶은데 그날은 왜 그리 아이들도 보이지 않는지…. 30여 분을 걸어서 멀리 극장이 보이기 시작하면서 기대감은 더욱 커지고 형과 나는 온몸의 전율을 느낄 정도였습니다. 그 시절 극장가는 일은 명절 때 세뱃돈 아껴 한 번 가볼 정도의 일을, 명절도 아닌 평상시에 가볼 수 있다는 일은 아무리 생각해도 실감이 나지 않을 정도로 우리를 흥분시킨 일입니다. 그러나 기대가 크면 실망도 커진다는 사실을 세월이 흘러 성인이 되고서야 깨달았지만 난 그때 몸소 체험한 것 같습니다.

삼촌은 극장이 가까워질수록 극장 모퉁이만 빙빙 돌 뿐 정작 매표소로 접근하지는 않는 것입니다. 그리고 시간이 지나면서 입장을 위해 줄선 사람들이 마치 임금님 행차 행렬처럼 부러움과 흥미로움의 대상이 되고 있는데 나도 저 대열에 끼일 수 있다는 기대감…. 그런데 우리의 아재는 계속 극장 주변만 돌 뿐이지 않는가? 극장입장 시간이 거의 종료하고 더 이상 들어가는 사람들이 보이지 않자 형과 나는 초조감이 엄습해 왔고 "아재요, 안 들어가는교?" 하고 물어보기를 반복해보았지만, 아재는 대답 없이 빙그레 웃음으로 일관했습니다. 그리고 한참 후 한마디, "집에 가자." 아니 이게 무슨 소린가? 갑자기 집에 가자니! 이어지는 아재의 말. "극장구경 다 안 했나?"

꺅, 우리는 그제야 아재의 짓궂은 음모를 알게 되었습니다 아재는 우리에게 '영화구경'을 제의한 것이 아니고 '극장건물 구경'을 제안한 것이라는 것을…. 그 이후 형과 나는 절대로 아재의 음모에 말려들지 않을 것이라고 다짐했건만 몇 번 더 그런 아재의 계략에 말려들곤 했습니다.

그러나 세월이 흘러 작은 아버님은 경제적으로 넉넉하지 않은 교사 생활을 하면서도 알뜰살뜰 절약정신으로 가정을 꾸리고 자녀들을 출가시킨 후 숙모님과 푸근한 노후를 보내고 계십니다.

# 대물림,
# 형제 경찰관

■■
■

  직업을 대물림하는 것은 가업을 잇는다는 면에서 여러 가지 의미를
갖습니다. 장인정신을 내세우며 단무지를 만드는 소규모 가내공업이지
만 3~4대를 이어가는 일본의 가업 대물림 이야기는 우리에게 늘 본보
기로 거론됩니다.

  그러나 이러한 직업 대물림은 몇 가지 조건이 부합되어야 가능하다고
생각됩니다.

  첫째, 물려주는 세대가 자기 직업에 대해 강한 애착을 가져야 합니
다. 늘 자신의 직업을 잘못 택한 것이라며 불만스러워 하는 사람이 자
식세대에게 전수하려고 하지 않을 것입니다.

  둘째, 부모의 직업을 통해 묻어났던 직업의 가치를 받아들일 수 있
어야 합니다. 부모의 직업이 가져다준 여러 가지 불편 즉 경제적인 면,
사회적 인식 등으로 받아들여지지 않을 경우 부모가 대물림하려고 애
써 노력해도 잘 이루어지지 않을 것입니다.

  마지막으로 대물림으로 그 직업이 더욱 계승 발전시킬 수 있다는 비
전이 있어야 하고 부모가 가진 직업의 끼를 자식이 유전적으로 물려받

마음이 따뜻한 경찰이 되고싶다

앉다면 더할 나위 없는 대물림 조건일 것 같습니다.

 그러나 복잡다기한 현대사회에서 직업의 세계 역시 수없이 발전하고 있는 현실에서 부모 자식 간 직업을 대물림하는 현상은 점점 줄어들고 있습니다. 물론 우리 사회의 재벌 대물림 현실은 대물림을 받은 세대가 경제적 풍요를 기본 바탕으로 하여 부모세대가 마련해 둔 것을 현상유지만 하더라도 고단한 삶을 살지 않게 되며 부모가 쌓아 놓은 공을 쉽게 물려받을 수 있는 기업의 지배구조에 의해 이루어지게 되지만 그 옛날 장인정신에 바탕을 둔 진정한 의미의 가업 대물림 맛이 우러나온다고 볼 수 없습니다.

 어쨌든 직업 대물림 현상이 점점 줄어드는 현실에서 나와 나의 둘째형, 사촌형은 나란히 아버지, 백부님의 직업을 대물림하여 지금 동종업계(?)에 종사하고 있습니다. 내가 경찰대학에 입학하던 해를 전후하여 둘째형과 사촌형은 다른 경로를 통해 경찰에 입직하였던 것입니다. 지금도 팔순의 나이에 건강하게 살아계시는 백부님과 10여 년 전 돌아가신 나의 아버지는 젊은 시절 잠시 경찰직에 몸담으셨습니다. 이런저런 이유로 경찰직을 평생으로 삼지 못하고 떠나셨지만, 경찰관 직업에 대한 애착은 늘 두고 계셨습니다. 이를테면 우리는 형제 경찰관이요 2대 경찰가족인 셈입니다.

 형제들 가운데 유난히 정이 많고 운동에는 만능이었던 둘째형은 꿈많던 학창시절 운동하면 밥 굶는다는 아버지의 매질 훈육 앞에 굴복하고 자신의 의지와 관계없이 실업계 고교를 들어가 졸업 후 해병대를 자원하여 입대하였다가 제대 후 경찰대학 입시를 준비 중인 내가 계기가 되어 순경으로 입직하였습니다. 직장 내에서 선후배, 동료들 간 인정미 넘치고 한때는 조직폭력배들이 벌벌 떨던 강력반장으로 명성을 날리다가 몇 년 전부터 후배양성을 위해 경찰교육기관에서 교관으로 몇 년 남은 경찰생활을 마무리하고 있습니다. 논리정연하고 달변이며 스케치를 잘했던 사촌형은 대학시절 넉넉지 못한 가계를 걱정하여 졸업하자마자 경찰간부 후보생으로 입직하여 지금은 베테랑 수사간부로 서울시내 일선경찰서를 누비고 있습니다(2012년 겨울, 그는 총경으로 승진했다).

따지고 보니 우리 형제들은 입직경로는 달랐지만 입직 후 20여년 사이에 둘째형이 네 단계, 사촌형이 두 단계, 내가 세 단계 진급을 하여 지금은 나름대로 중견간부의 위치에 올랐기에 직장생활을 그렇게 나태하게 한 것은 아닌 것 같습니다. 세 사람의 계급을 합치면 조그만 군 단위 경찰서는 꾸릴 수 있으니 말입니다. 아버지가 생존해 계신다면 지금의 우리 형제들 모습을 보며 자신이 이루지 못한 꿈에 대한 보상심리로 매우 대견해 하셨을 것 같습니다. 살아생전에 명절 때라도 되면 동네 파출소에 들러 박카스 1박스라도 갖다 주며 자식자랑을 일삼던 아버지께서 중견 경찰간부로 성장한 아들들과 조카의 모습이 얼마나 좋았을까 하고 생각해 봅니다. 요즈음 내 아들 녀석이 학교에서 성적만 조금 좋게 나와도 은근히 어깨에 힘이 들어가게 되는 것을 보면 익히 짐작이 갑니다.

그런데 형제가 동종업계에 있다는 사실이 좋은 것만은 아닙니다. 남자형제들이야 그렇다 하더라도 장성하여 가정을 갖게 되면 문제가 달라집니다. 아녀자들 간 눈에 보이지 않은 경쟁심은 물론 도무지 직장 내 비자금 조성(?)이 어려워진다는 것입니다. 집안 경조사 등에서 만나면 자연스럽게 아녀자들의 이야기는 바깥사람들의 보직이나 승진 그리고 가장 민감한 수당문제에 이르면 눈빛이 달라집니다. 이들의 만남

후 그날 밤의 아내들의 바가지는 불을 보듯 훤합니다. 그래서 우리의 대응방법은 차단의 법칙입니다. 가급적 만나지 못하게 하는 것입니다. 하지만, 가족 간 그게 쉬운 일인가? 갖은 방법을 구사해보지만 역부족입니다. 우리 형제가 동종업계에 종사하는 한 겪어야 할 일종의 산업재해입니다.

그래도 형제가 같이 근무한다는 것은 그런 장애요소에도 불구하고 좋습니다. 앞으로 앞서거니 뒤서거니 하면서 형제지간 끈끈한 우애로 아버지 세대가 못 이룬 꿈을 조금씩 실현하고 싶습니다. 그런데 어느 날 초등학교에 다니는 아들 녀석에게

"아들아, 너 아빠처럼 경찰관 한번 해보지?" 하고 은근히 유도성 질문을 던지자 똘망 똘망한 눈동자를 굴리던 아들 녀석이 하는 대답. "아빠, 경찰관은 돈도 많이 못 벌고 집에도 늦게 들어오고 안 할래요." 아들 녀석의 단호하고도 맹랑한 답변에 속절없이

"그래, 내가 강요할 수 없지. 네가 하고 싶은 일 하고 살거라."

"에이, 이럴 때 대비해서 아들 한두 명 더 낳는 건데…." 자식 다섯 명을 둔 아버지와 백부님처럼 하고 부질없는 생각을 해 봤습니다.

# 방화공범

■:

    지나간 시절은 뼈아픈 기억이 아니라면 아름답게 떠올리게 되는 경향이 있습니다. 나에게도 나의 바로 위에 형과 벌렸던 어린 시절의 한 에피소드가 가슴 아련한 추억이 되어 이따금씩 시친 삶을 쉬게 해주는 그루터기가 되고 있습니다.

    아버지의 잇따른 이직으로 우리 가족은 당시는 대구시내에서 다소 외진 감삼동(지금은 베드타운으로 개발된 신흥 아파트지역)으로 이사를 갔습니다. 동네 어귀에 새마을 공장이 있고 농촌과 도시의 그림자가 드리워져 있고 유신의 깃발 아래 개발논리가 사회 전체를 감싸고 있어 즐겁고 신나는 일보다는 을씨년스런 분위기가 지배하던 시절이었습니다.

    형은 나와는 네 살의 터울이 있었고 기억하기엔 형이 중학교 3학년, 내가 초등학교 5학년이었을 때입니다. 갓 이사 온 동네에서 새로 사귄 친구들도 없어 형과 나는 형제 이전에 친구였습니다. 즐길 거리라곤 별로 없어 유난히 길게 느껴지는 겨울방학 어느 날. 지금도 농촌의 겨울이면 가을걷이 후 볏단을 논 한가운데 두고 말리면서 작은 더미를 두고 있어 동네 조무래기들은 따스한 겨울 햇살을 받으며 이곳을 좋은 놀이터로 삼고 있지만, 그 당시에도 짚단더미는 우리들에게 미끄

럼틀이고 뜀틀이었으며 전쟁놀이를 하면 은폐물로 이용되는 좋은 놀이 공간이었습니다. 어른들은 한 해의 농사를 모아두고 보면서 내년 농사의 귀감으로 삼았습니다. 겨울방학을 맞아 한 끼라도 덜게 하려는 식구들의 채근에 셋째 형은 이모 댁에 유배되다시피 외유를 나갔다가 몇 주를 보내고 돌아온 다음 날. 그날, 형은 나에게 이상한 제안을 했습니다. 동네 어귀에 쌓여 있는 짚단더미에 불을 놓자는 것이었습니다. 형의 이상한 제안에 나는 당시 아무런 저항감이나 거부감을 가질 수 없었습니다. 당시 형은 내 생활의 모든 것을 지배하는 골목대장이었기 때문입니다.

칠흑의 밤을 틈타 우리는 집에서 500여 미터 떨어진 양철지붕 독가촌 앞뜰에 쌓아놓은 마른 짚더미에 불을 붙이고 활활 타오르는 불길을 뒤로한 채 쏜살같이 집으로 되돌아 왔습니다. 우리는 거사를 성공한 것으로 자평하고 조용히 이불 속에서 잠을 청하려는 순간, 동네 어귀의 개 짖는 소리가 여기저기서 들려오고 우리 집 철대문을 둔탁하게 치는 소리에 귀를 곤두세우지 않을 수 없었습니다.

잠시 후 흥분한 일단의 억센 경상도 사투리와 함께 쇳소리로 "이 집 아들이 우리 집 지삐까리(낟가리의 경상도 사투리)를 태우고 도망갔는데 지금 집에 있는교?" 하고 철대문을 발로 차며 집안으로 들이닥쳤습니다. 그리고 놀라서 대청마루로 뛰쳐나온 아버지에게 거칠게 항의를 했습니다. 사태가 심각하게 돌아가고 있음을 간파한 형과 나는 대청마루로 나와 그 광경을 지켜보았습니다. 너무나 황당하다는 아버지의 표정과 너희들이 대답해보라는 원망스런 채근 앞에 형은 표정하나 변하지 않고, "우리는 모릅니다. 언제 우리가 그랬는교?"라며 완강히 부인을 했습니다. 내심 어둠 속에서 감행한 거사가 들켰을 리 없다는 야무진 생각에. 그러나 우리의 부인에도 불구하고 "휘이 타오르는 불빛에 느그들 얼굴 다 봤는데, 무신 소리고?"라는 양철지붕 주인아저씨의 말에 현장은 완벽하게 노출되었다는 사실을 알고 우리는 어쩔 수 없이 자백을 하기에 이르렀습니다. 사실 불빛이 타오르며 우리 형제는 잠시 주변을 돌고 노래하고 춤을 춘 뒤 달아나는 장면을 주인들이 다 보았던 것이었습니다. 우리만 모르고 있을 뿐….

이후에 벌어지는 사태는 말로 표현할 수 없었습니다. 혹시 귀신들린 것 아니냐며 굿을 해야겠다고 생각하던 어른들의 푸념만 기억될 뿐입니다(멀쩡한 짚단더미에 불을 지르고 노래하고 춤을 추어 댔으니).

세월이 흐르면서 그때 왜 형이 짚단에 불을 놓고 노래를 부르며 춤을 치는 거사를 했는지 가끔 생각해봅니다. 지금 같으면 방화죄 운운하며 법적 문제를 따지겠지만, 그 시절은 마을에서 벌어진 장난 정도로 마무리된 일입니다. 형은 이모댁에서 다음 철 농사를 위해 행해지던 쥐불놀이를 너무 확대해석 한 것이 아닌가 하는 결론을 내봅니다(반도회지에서 깊은 시골로 방학에 다녀온 문화체험을 다시 한 번 시도한 것이다).

지금 그렇게 상상력의 나래를 펴던 나의 형은 활활 타오르는 불꽃 같은 삶으로 모든 이에게 예수님의 은총을 전하는 장로님으로 거듭나 살아가고 있습니다. 젊은 날 누구보다 꿈이 많았고 문학을 사랑한 셋째 형의 건강과 행복을 다시 한 번 기원합니다.

● 셋째형 박용진은 초등학교 교감으로 교육현장에서 아이들에게 준법을 가르치고 있다.

# 최고의 간식

■

　70년대 초반 초등학교 저학년 시절, 그 시절 대부분의 아이들이 그랬듯이 피자, 양념치킨 등 요즈음 아이들에게 주어지는 간식거리는 전무했습니다. 허리끈 졸라매고 빈곤으로부터 탈출하기 위한 범국민적 노력은 지금 생각해도 그만한 열의가 어디에서 생긴 것일까 하고 놀랄 따름입니다. 적어도 우리의 부모님 세대들은 그랬던 것 같습니다. 또한, 한 가정에 4~5명 되는 자식들의 교육을 위한 열정은 지금 못지않았습니다. 그러다 보니 자연히 기본적인 생계비 외에 여윳돈을 지출한다는 것은 현실적으로 불가능 했습니다.

　지금 어린 세대들은 햄버거니 피자니 하며 아이들의 간식이 흔하고 너무 많이 먹어 어린이 비만을 걱정하는 세월이 되었지만, 당시에는 그런 제품들이라곤 찾을 수도 없고 그나마 구멍가게에 라면땅(라면 비슷한 형태로 튀긴 과자) 한가마(당시 우리는 이것을 한 봉지라고 부르지 않고 한가마라고 불렀다. 작은 봉투크기에 불과했지만 라면 땅 한 봉지면 마치 쌀 한가마를 가진 양 부러운 것이 없을 정도로 우리 입맛과 넉넉함을 사로잡았기 때문이다)를 사먹는 것이 최고의 간식거리였지만 그것마저도 사먹을 수 있는 형편이 되는 아이들이 별로 없었습니다. 그러나 궁하면 통한다는 진리처럼 우리들의 허기진 배를 채울 수 있는 저렴하고 풍족한 간식거리가 있었으니 일명 '뺑과자'(요즈음의 뻥튀기와는 다른 것임)가 그것이었습니다. 당시에는 요즈음 우리가 볼 수 있는 형태의 고깔 위에 아이스크림을 얹어 놓은 아이스크림을 시중에는 팔지 않았는데 그 아이스크림 받침대를 밀가루 반죽하여 틀에 넣고 일정 온도로 가열하여 만들었습니다(요즈음 받침대는 종이를 사용한다). 우리의 간식거리는 바로 이 고깔을 만드는 과정에서 생긴 불량품을 사다 먹는 것이었습니다. 동네 끝 골목길에서 가내공업으로 고깔을 만들었는데 지금 같았으면 모두 폐기하였을 것을 주인은 교묘히 하자있는 것들을 배고픈 동네 조무래기들의 배를 채우는 간식으로 팔아 꿩 먹고 알 먹는 식의 장사를 한 셈입니다.

당시 돈 30원 지금의 3,000원 남짓의 돈을 주면 부서지고 덜 구운 고깔 과자를 한 소쿠리씩 살 수 있었습니다. 그러나 그것마저도 마음대로 살 수 있는 것은 아니었습니다. 공급이 수요를 따라 주지 않았기 때문에 재빨리 가서 줄을 서지 않으면 풍족하게 마음대로 살 수 없었습니다. 방과 후 방안에 한 소쿠리 고깔 과자가 있는 것을 보면 푸근함은 이루 말할 수 없었던 것 같습니다. 물론 밀가루 반죽만으로 된 그것이 맛이 좋아야 얼마나 좋았을까마는 그래도 그 당시 그것은 우리에게 최고의 간식거리였던 것 같습니다.

세월이 흘러 지금의 우리 아이들은 고급 아이스크림이 채워진 고깔조차 잘 먹지 않고 있지만, 그 시절, 우리는 그것을 먹으면서도 가끔씩 파란 하늘을 바라보면서 어린 시절 꿈을 키운 것 같습니다. 부모가 된 지금, 모든 것이 풍족하여 혹시라도 과거를 모르고 자랄 우리 아이들이 부모 세대가 보낸 어려웠던 지난 시간들이 오늘의 풍요의 밑거름이었다는 사실을 가르쳐주고 싶습니다.

마음이 따뜻한 경찰이 되고싶다

# 뜨는 해, 지는 해

해마다 새해 첫날이면 해맞이 행사로 전국 바다와 산들이 사람들로 북적인다. 올해도 예외는 아닌 것 같다. 새해 첫날은 아니지만 몇 년 전 직장에서 승진에 누락되고 울적한 마음을 달래 보겠다고 같은 처지였던 친구들과 밤 열차를 타고 동해안 정동진을 찾은 적이 있다. 결혼 후 가족 외에 친구들과 사적인 여행은 처음인지라 낙방에 짓눌린 답답함은 아랑곳없고 친한 친구들과 어울린다는 것과 여행이 주는 해방감 탓에 무박 일일의 여행기간 내내 즐거웠던 것 같다. 열차에 오르자 정월의 찬 기온이 안경 유리알에 잠시 묻혀 따라왔지만, 난방기 가동에 많은 여행객의 온기가 더해져 객실은 따뜻했다. 좁은 열차 안에서 막걸리와 새우깡을 안주로 친구들과 조곤조곤 대화를 나누며 해맞이를 위한 여정을 시작했다. 철마가 굽이굽이 강원도 고갯길을 돌고 돌아 몇 개의 터널을 지나 밤의 심연으로 달리는 동안 일행은 체취 섞인 실내 공기와 막걸리에 휘감겨 밤을 지새우겠다는 애초의 다짐과 달리 일찍 잠에 빠졌다.

검푸른 동해바다 물빛이 차창을 스며들 즈음 목적지 정동진역에 도착했다는 장내 방송에 잠을 서둘러 깨우고 벙거지로 무장한 채 정동진 역사에 들어섰다. 젊은 연인들의 모습에서 중년의 부부, 자녀를 데리고 온 가장 등 모두들 새로운 마음 다짐을 하려는 사람들로 보였다. 시간이 좀 흐른 뒤 사람들이 가게 바깥으로 몰려나갔다. 일출 시간이 임박했음을 알리는 신호였다. 우리 일행은 누가 먼저랄 것도 없이 가게 문을 나서 철둑길을 건너 바닷가로 나갔다. 넓은 동해바다 수평선 위에는 검은빛 구름 몇 조각이 어슬렁거리며 해가 뜰 자리를 차지하고 있었다. 혹시 해돋이를 못 보는 게 아닌가 걱정했지만, 시나브로 붉디붉은 해 머리 부분이 조금 보이는가 싶더니 긴 수평선 어깨를 짚고 천천히 떠오르기 시작했다. 송강 정철이 '…소 혀처로…'라고 절묘하게 묘사한 현장을 눈으로 확인하는 순간이었다. 주변에 함성과 탄성이 퍼졌다. 해맞이꾼들은 기도를 하거나 절을 하거나 여러 가지 해맞이 의식을 하였다. 해는 시간을 더해가며 서서히 떠오르다가 어느새 병 주둥이 밖으로 튀어나오는 비눗방울처럼 수평선 위로 쏙 빠져나왔다. 해가 수평선을 떠나며 먼 동녘 하늘 위로 움직이고 사람들의 함성과 탄성이 잦아들었다. 주변이 한순간 조용해졌다. 무언의 다짐 시간인 듯했다. 능력과 노력부족이었다고 생각했던 승진 탈락의 좌절감과 자책감을 빨리 떨쳐 버려야겠다고 다짐했다. 삶에 대한 강한 열망이 밀려왔다. 신년에는 뜨는 해와 같이 나도 빛이 났으면 좋겠다는 막연한 희망과 기대감으로 정신무장을 했다. 인근 식당에서 뜨거운 미역 국물과 공깃밥 한 그릇으로 바닷바람에 시린 몸을 푼 뒤 서울행 기차에 몸을 실었다.

잠시 동안 일상 탈출은 그 어떤 비타민보다 생활에 활력을 주었다.

마음이 따뜻한 경찰이 되고싶다

월요일 아침 출근길은 몸과 마음이 한껏 가벼웠다. 승진 고배의 뒤끝을 말끔히 씻은 모습으로 새롭게 시작하겠다며 책상에 앉는 순간 맞은편 벽에 걸린 서해바다 낙조 사진 액자가 눈에 확 들어왔다. 몇 해전 사진을 잘 찍는 지인이 어디서 찍은 것인지 알려 주지 않은 채 나에게 선물한 사진을 액자에 담아 걸어 둔 것이다. 나는 처음에 그 사진이 동해바다의 일출 장면인 줄 알고 아! 나도 저 뜨는 태양처럼 인생이 멋지게 잘 풀리기를 소망하며 사무실 눈에 잘 띄는 벽에 걸어 뒀다. 그런데 어느 날 후배가 그 사진을 보고서는 서해바다의 낙조 사진이라고 하였다. 자세한 지명까지 거론하면서 근거를 제시하였다. '아니, 왜지는 해를 찍은 사진을 줬지?' 사진을 선물한 사람의 의도와 관계없이 불쾌한 마음이 들어 떼버렸다. 그 후 사무실을 옮기며 한쪽 벽면이 허전하고 준 사람 성의를 생각해서 다시 걸어두었지만 별 관심을 두지 않고 지냈다. 그런데 그날 아침 그 낙조 사진이 나에게 새롭게 다가온 것이다. '아! 저 낙조가 참 아름답다.' 서해바다 수평선 넘어가는 석양이 정동진에서 떠오르던 해보다 더욱 아름답다는 생각이 들었다. 순간 '사람의 삶도 저렇지 않을까?' 우리의 삶도 출발보다는 마무리를 어떻게 하느냐가 더 중요할 것이라는 평범한 이치를 떠올리게 되었다. 나는 26여 년 경찰관으로서 나름대로 최선을 다하며 지냈다고 자평해본다. 이제 더 큰 욕심으로 자리와 계급에 연연할 것이 아니라 정말 아름답게 잘 마무리해야 하는 것이 더욱 중요하다는 작은 지혜를 낙조 사진에서 얻게 되었다. 어느 시인이 산에 오를 때 보지 못한 꽃, 내려올 때 보았다고 노래한 것처럼 뜨는 해의 찬란함에 집착하기보다 수평선 위 낙조에 물든 갈매기 갈 길과 만선의 뱃길을 끝까지 지켜주는 석양의 붉은 아름다움같이 공직을 마무리해야겠다고 다짐했다.

# 카푸치노 哀歌

커피 전문점 열풍입니다. 직장인이 몰려있는 빌딩 숲 군데군데 어김없이 자리한 대형커피점은 물론 골목길 모퉁이 좁은 공간도 커피전문점으로 들어찼습니다.

언제부터인지 커피가 우리의 일상적인 음료가 되었습니다. 지금은 촌스럽게만 들리는 '다방'이라는 곳이 커피를 마시는 공간이었습니다. 그곳은 대중 가수의 가슴을 파고드는 사랑의 연가가 담배 연기와 뒤섞인 공간이었습니다. 몇몇 한량들의 잡담과 짙은 입술 화장을 한 여인의 웃음소리가 간간이 들리던 모습은 영화 속의 과거가 된 듯 거의 찾아볼 수가 없게 되었습니다.

아메리카노, 모카, 카페라떼, 카푸치노. 의미와 유래를 잘 모르는 외래어가 붙은 커피 종류가 너무 많아 막상 주문하는 일이 쉽지 않습니다.

매장은 세련되고 서구적 인테리어로 단장되어 있습니다. 그곳을 이용하는 사람은 매장의 세련미만큼 자신의 품격도 높아지는 착각에 빠지게 합니다. 서구의 또 다른 문화적인 식민지배를 당하고 있지는 않을까 하는 심각함은 별로 인식하지 못하고 있습니다.

커피와 프림을 뒤섞어 만든 자판기 커피에 익숙해 있었습니다. 일여 년 전부터 '카푸치노'란 전문커피 매니어가 되었습니다. 커피잔 위에 얹어놓은 우유 거품이 이탈리아 카푸친 수도원의 수도사 머리모양을 닮았다 하여 '카푸치노'란 이름이 지어졌다는 설이 있습니다.

에스페레소 원액 커피에 우유를 거품 내어 섞고 그 위에 계핏가루를 살짝 뿌린 전문커피점에서만 맛볼 수 있는 커피입니다. 커피와 계핏가루의 짙은 향이 입안을 감돌고 우유의 고소한 뒷맛이 과히 깊이 빠질 만합니다. 카페인 자극을 줄이면서 우유가 받쳐주는 영양을 고려한다면 많은 종류의 커피 중에서 꽤 괜찮은 것 같습니다.

요즈음은 점심식사 후 동료들과 커피 전문점이나 테이크아웃 커피 전문점을 지나치는 경우가 거의 없습니다. 각자의 취향에 맞게 선택해서 마시게 됩니다. 일여 년 전부터 우연히 접하게 된 카푸치노. 여러 가지문제연구소 소장인 김정운 전 명지대 교수님의 『남자의 물건』이란 책을 읽은 적이 있습니다.

책의 제목이 주는 에로틱한 선입견과 달리 중년 남자가 자신의 추억이 담긴 물건을 소장하며 삶의 공간을 살찌게 채워나가는 것을 역설하신 것 같습니다. 저의 카푸치노 커피 탐닉도 '남자의 물건'에 버금갈 만큼 제 삶의 한 부분을 차지하게 되었습니다.

아내가 떠난 지 반년의 시간이 흘렀습니다. 암과의 긴 싸움을 끝내 극복하지 못했습니다. 신이 주신 생명의 끈을 가족에게 반납하고 훌쩍 떠났습니다. 암세포를 잡기 위한 약물이 정상세포를 파괴하면서 아내의 몸은 점점 야위어 갔습니다. 항암주사를 맞는 날이면 일과를 마치고 서둘러 병실로 달려갔습니다. 희미한 미소를 머금은 채 남편과 아이들에 대한 미안함을 애써 감춘 채 병상에 누워 있었습니다.

남편의 퇴근을 맞이하는 아내의 힘없는 모습이 내 가슴을 더욱 아리게 했습니다. 약물에 취해 잠든 아내를 병실에 잠시 홀로 둔 채 허기를 달래기 위해 병원 현관에 있는 카페를 찾았습니다.

밀려오는 피로와 허기감을 함께 달랠 수 있는 음료가 있는지 살펴봤습니다. 카페인이 주는 자각증상에 힘을 얻고 싶었습니다. 허기감도 덜고 싶었습니다.

여러 종류의 커피가 있었습니다.
카푸치노란 커피가 두 가지를 해결해 줄 수 있었습니다. 그날부터 3주에 한 번씩 항암치료 날이면 어김없이 카푸치노 한잔으로 무력감과 이별의 두려움을 잠시 잊어보려 했습니다. 하지만 스무 잔이 채워지기 전 아내와 기약 없는 이별을 하게 되었습니다.

중년상처라는 말이 있습니다. 중년에 겪는 배우자의 부재와 상실이 주는 충격이 생각보다 큰 것 같습니다. 떠난 사람에 대한 그리움과 외로움, 앞날에 대한 두려움이 반년이 흘렀지만 잦아들지 않고 있습니다.

마음이 따뜻한 경찰이 되고싶다

그럼에도 불구하고 아직은 떠난 사람과 함께 할 수 있는 것이 있어 다행입니다. 카푸치노 커피입니다. 하루에 한잔 정도는 마시게 되니 하루에 한 번은 떠난 아내와 함께하게 됩니다. 한모금 한모금 목구멍으로 넘어가는 커피와 계피, 우유의 혼합물이 뒤죽박죽인 내 슬픈 추억을 보듬어 주고 있습니다. 앞으로 얼마간 더 카푸치노를 마실 것 같습니다. 카푸치노 마시기를 그만두는 그 날이 아내를 영원히 떠나보내는 날이 될 것 같습니다.

입속을 감돌던 카푸치노의 슬픈 감미로움이 잦아들게 되면 아내와 함께했던 수많은 장면들도 흘러간 영화 필름처럼 점점 더 희미하게 흐려지게 될 것입니다. 그러면 새로운 향의 커피를 찾게 될지 모릅니다.

그때 다시 즐겨 마시게 될 커피도 카푸치노 향만큼 짙고 깊은 맛으로 저를 사로잡게 될까요?

— 2015. 가을날

마음이 따뜻한 경찰이 되고 싶다

# 밤별

사위가 어두워도 두렵지 않다

제 몸 까맣게 태우고
실안개 하얗게 우산살처럼 펼쳐 보여
새벽 달 길동무한다

귀전을 맴도는 여름밤 풀벌레 소리
어둠 속에 푸른 별이 길을 밝힌다

05

에필로그

# 긴 생각 짧은 글

# 열매

사랑처럼
다가온 그대 손길

따스한 가을 햇살
마주 보며 보듬어

지금 여기 있음을
신께 감사 기도한다

마음이 따뜻한 경찰이 되고싶다

# 도라지 꽃

집 마당에 도라지 꽃 한 송이 피었다
밥상 위에 발가벗고 올라오는
도라지 무침만 알고 지낸 세월

하늘 향해 희망 쏘아 올리는 보랏빛 별이
발가벗은 몸에서 나오는 걸 알기까지
50년이 걸렸다

# 밤별

사위가 어두워도 두렵지 않다

제 몸 까맣게 태우고
실안개 하얗게 우산살처럼 펼쳐 보여
새벽 달 길동무한다

귀전을 맴도는 여름밤 풀벌레 소리
어둠 속에 푸른 별이 길을 밝힌다

마음이 따뜻한 경찰이 되고싶다

# 새벽

두려움은
설레임을 앞서 달리고

미련처럼 서성이는 달그림자 위
드러누운 홍싯빛 동녘

긴 밤 산고의 흔적 같은
태고적 울음 그치지도 않았는데

어제의 내일인 오늘마저
서쪽 하늘로 멀어져간다

# 하늘, 별, 시 그리고 차 한 잔의 여유

낮이 두려웠습니다
삶이 팍팍해질까
긴-밤을 지새워봤습니다
시간이 외로워질까

마구 마구 노래했습니다
詩마저 미완일까

그래도 내겐
조그만 하늘이 있습니다
반짝이는 별이 있습니다
찻잔 속에 반쯤 젖은 詩도 있습니다

아! 내가 살아가는 이유
하늘, 별, 詩
그리고 차(茶) 향기였습니다

마음이 따뜻한 경찰이 되고싶다

# 코스모스

대지의 뜨거움
가냘픈 몸 휘감아
실날 대롱 끝에 매달려
남은 여름 숨을 몰아쉬고 있다


진노란 꽃 수술
달빛 시샘 외면하고
앞서거니 뒤서거니
하연 분홍 붉은 분홍 토해내며

가을로 겨울로 날아간다

# 낙엽

허무하다 어이할까?
그게 이별인 것을

외진 길 한끝
멍하니 돌아보지만
혈육인시 기억조차 없고
홀로 있어도 어우러져 있어도
고독하기는 마찬가지

실핏줄 움켜쥐고
타다 남은 살과 뼈
사금으로 치장하여
땅속 깊은 곳 온기 덮은 채
태반 같은 아늑함 다시 맛보리라
환희에 찬 영혼의 떨림을

마음이 따뜻한 경찰이 되고싶다

# 가을

때가 되면 오려니
비바람 뒤섞인 몸부림도 까마득한 이야기
내게 주어진 망각 속 시간

산허리 감아 도는 갈잎 내음
지친 여름 꽃이 반겨 맞이 한다
머무르고 싶지만 여름 들판에 둘 수 없다

긴 숨 깊이 깊이
나뭇 그루에 넣고
눈보라 헤쳐
끄득 끄득 새살 돋는 그날 위해
갈바람 한 올 한 올 엮어두어야겠다

에필로그 • 긴 생각 짧은 글

# 산책

나락 누래지네
갈바람 살살 부니
날아오는 쇠똥냄새
삽살이 코끝이 실룩거린다
뉘엿뉘엿 넘어가는 햇살
덜 마른 내 삶  말려야겠다

# 은행나무 닢

사랑의 노래가 가을 바람에
속절없이 흔들린다

힘에 겨워 휘리릭
공중회전 한 바퀴
어디론가 날려가다
땡그렁
가로구석에 드러누웠다

가버린 푸르른 날
아쉽고 아쉬워
눈시울 뜨거워도

남은 노란 네 모습 살가워
한 닢 두 닢 입맞춤 한다

# 빨갛게 피는 장미라도 사랑보다 곱지 않다

처음에는 수줍었을 뿐이다

여린 숨결도 내뱉기조차 조심스럽다

내 꿈 앗아갈까

잔뜩 움츠린 몸 비틀어 날선 비늘 만들었다

초여름 때약볕

옅은 온기 줄기타고 내려가

깊은 땅속 용암

끓어오르는 정염

나선의 회오리 휘감아

한 송이 붉은 사랑으로 피다

마음이 따뜻한 경찰이 되고싶다

# 형제

어버이 피와 살 받아
어버이 흔적 되어

내 기쁨이 너의 기쁨
내 슬픔이 너의 슬픔

내리사랑 넘치고
얇은 시기 끼어들지라도

손잡고 세상구경 같이 하며 살아간다

# 산길

태고적 생긴 길 하나
오르막이 내리막 고통스러워 말고
내리막이 오르막 춤추지 말자

내 믿음 가벼워 보일 듯 보이지 않고
뱀의 유혹과 산심승의 울부짖음
두려울지라도 흔들림 없이 간다

모진 겨울 끝 연푸른 입김 모락모락 피어오르고
검푸른 그림자 하늘 길 막아선 그날
이리저리 헤매었지만

마음이 따뜻한 경찰이 되고싶다

해와 달이 지켜주고
비바람이 살포시 스며들어
갈라터진 가린 몸
훌훌 털어버린 채
기쁨의 몸짓을 할 수 있겠다

더 넓어진 길 더 높은 데 이른 길
하늘 닿을 수 있기에
사방이 트여도 두렵지 않다

마음이 따뜻한
경찰이 되고 싶다

초판 1쇄    2012년 11월 23일
4쇄    2016년 12월 05일

지은이    박화진
발행인    김재홍
편집기획    권다원. 이은주
디자인    이현주
마케팅    이연실

발행처    도서출판 지식공감
등록번호    제396-2012-000018호
주소    경기도 고양시 일산동구 견달산로225번길 112
전화    02-3141-2700
팩스    02-322-3089
홈페이지    www.bookdaum.com
전자우편    book@bookdaum.com

가격    13,000원
ISBN    978-89-97955-32-9    03810